封在
石头里的梦

李浩 著

北京出版集团公司
北京十月文艺出版社

目　录

封在石头里的梦

1

　　你找一找墨绿色的石头，黄土路说。他用一根枯掉的树枝敲打着山上的石块们，林白、李约热、朱山坡他们走到了前面，身影已被高大的树遮住但笑声却是遮不住的。只有墨绿色的里面才有，黄土路又重复了一遍，他说，那样的石头里有古代的人做过的梦。如果你找到，敲碎它，你就会梦见那些古人的梦，那时候的人，都愿意把自己的梦封在石头里，希望几百年几千年后，有人把它再次梦到。

　　"这个说法有趣。"我说，黄土路一向有些奇思妙想这我是知道的，某些奇怪的、有趣的念头总是从他的头脑里突然地冒出来，像雨点打出的水泡。弋舟还在后面吧？我问，问过之后我突然意识到这句话根本不需要——弋舟没有跟着我们一起爬山，昨晚他喝得更为糊涂，我们出发时他刚刚起床——"现在还是昏昏的。"我找到一根同样枯掉的树枝，学着黄土路的样子在石头上敲打，天堂山上，尽是些灰色、青色、暗红色的石头，墨绿色——"土路，你看，这里真有块！"

　　黄土路回过身子，这时前面的声音已经消失，仿佛从来没有过，这条路上只有我和黄土路两个旅人。不是，黄土路用他手里的枯枝在石头上敲了敲：那是苔藓。"怎么不是？"我再次学着他的样子，枯枝并不能把石块上的绿色磨下来——"我觉得它就是块绿石头。"为了进一步验证我的说法，我伸出自己的右脚，用散着臭味的旅游鞋擦了擦，擦了擦：石头上面的绿依然没有掉，它们本就没有苔藓状的小突起。土路，你看——我再用了些力气——我没有想到它有那么滑。滑，是突然从石头的绿色里生出的，刚才我踩过去的时候并不是这样。啊！我重重地向一侧摔了出去。

简直是飞翔。我确切地感觉自己是在飞翔，拖着笨而重的身体，然后是巨痛和一片混乱的轰鸣。

2

还好你醒啦，我看到了黄土路的脸，朱山坡的脸，吉小吉的迷彩，虽然仿佛隔着一层有雾气的玻璃。李浩，你怎么啦？林白也挤过来，你没事吧？摔伤了没有？

这时我才恍然自己的狼狈——没事，没事，我没事——我想翻身坐起，可自己的手脚并不听使唤，它们似乎在摔倒的时候就粘在了地上，已经不再属于我……"你别急着起来，先躺着""你的头没事吧""倒是没有流血，万幸，你看就摔在石头上了一定很痛"……我的耳边有几百条游动的舌头，它们同样显

4

得有些遥远。我没有事，我冲着面前的眼睛和舌头们笑了笑，抬起头——"你慢着，慢着点"，李约热伸出手来扶起我的头和身子："你动动，疼不疼。"

没事，没事，我试图让自己显得轻松，但巨痛还是骤然到达我的肩部和腰部，不过在它消散之后，我的胳膊，脚趾，都脱离了遭受诅咒的魔法，能够活动了。"我没事。"我在脸的下半部挤出一丝笑容，并起自己的腿……长话短说，我在朋友们的搀扶下走了几步，再走几步——还好，还可以走，只是有些疼而已，它可以忍受。算了，先送你下山吧，要不去医院看看——"好吧，我下去。不过到了天堂山没见到天堂，还是挺遗憾的。"我说着，我听见了笑声。

下山时已经没有了上山时的颠簸，应是司机有意慢了些，毕竟他的车上有一个摔伤的人。我向同时下山来的梁晓阳表示歉意，本来他还可以继续他的游兴——"没关系的，李老师，只要没把你摔坏就好，这座山我来过多次了。"为了向我证实他的确来过多次，梁晓阳说山上有一座庙，从我摔倒的地方到那里还有一个小时的路程，庙，有些荒败，"破四旧"的时候砸过。在庙的后面住着一个老太太，有二三十年了一直住在那里，一个人，就一个人，我们多次见到过。她不肯说过去的事，只说，多年前神仙托梦，让她来这修行，她就来了。吃什么？原来她还会下山来，现在八十多了吧……反正我们每次去，都给她带点吃的，有些旅友也会。当时还想领你们去看看，作家，不是要体验生活嘛，说不定可以写成小说呢。梁晓阳从车座的前面探出半张脸：

5

"马上到了。李老师，我们要不要去北流的医院看看？要是伤着你，我们的罪可就大了。"

没事。确实没事，除了皮肉的疼，这个无可避免。在我的坚持下回到了住处，上到三楼——我先睡会儿觉。我对梁晓阳说，兄弟，感谢你。躺到床上我就睡着了，丝丝缕缕的疼痛并不能把我从睡眠中扯醒。把我扯醒的是巨大的敲门声，弋舟在屋外喊，李浩，出来吃饭了，就等你啦。

牛肉，狗肉，野猪肉，野生的笋，野生的韭菜，以及，略有浑浊感的自酿米酒，它们被存放在一个个塑料桶里。坐下去的那刻我竟有些恍惚，仿佛这一幕在昨天就曾发生过，当然这样的念头只是闪了一下。倒上酒。第一碗下得很慢，昨天也是如此，但接下来的第二碗第三碗就变得迅速起来，我向冯艳冰敬酒：诗歌联展的事你放心，我回去一定好好做。我向林白敬酒：这次能来你插队的地方，很是高兴，刚才弋舟还和我说道，在我们开始写作的时候，阅读你的诗歌和小说，根本想不到有一天会陪你到此。说到这里我又有些恍惚，弋舟说这些话的时候应是昨天，今天一天他都不曾和我在一起……算了，不管它，我重重地喝了一大口，弋舟也是。走出房门，李约热拉住弋舟：你们去敬酒？多喝点，没事，就怕你们喝不惯。我和他们谈起我在绍兴喝黄酒的经历，这时一只黑色的小狗突然叫起来，它冲着一条白狗，而另外的三条白狗也跟着冲过来——四个打一个，弋舟笑了，他说多年没有看到狗打架了，李约热说也是。这时弋舟开始贬损玉林的狗，他说我们北方的狗都张牙舞爪的，见到陌生人早早地就叫，而一路上我们见到玉林这边的狗，都软塌塌的，连看人一眼的兴趣都没有，"它们都知道，不定哪天就给宰了，也折腾不上劲。"这时我再一次有些恍惚，似乎昨天我们说过类似的话，还谈到了知识分子的区别——我想，天堂山上的这一跤，真摔得我有些晕，怎么会是昨天呢。吉小吉的酒碗迎过来："各位大作家，喝得惯我们的米酒不？咱们来个豪爽点的，干！这酒好喝，度数不大。我再去屋里敬酒。没事没事，你们能来我们就高兴。"

我们几个人上楼，弋舟坐倒在沙发里，然后是李约热和我。谁有笔？我问，我看了一眼电视墙，那里还没有电视，但留出了位置，楼房的主人为它钳上了一块正方的木板。"李浩一喝多了就爱写字，一喝多了就爱写字，你昨天写了今天还写，"弋舟笑起来，"在鲁院写了三个半月还没写够。""看来写字解酒。我有笔。"黄土路拍拍我的肩膀，"你还疼不疼啦？摔了那么一跤。当时可把我吓坏了。"我晃晃脖子，不疼，哪都不疼了，如果不是他提醒我都忘了自己曾在山上摔倒过，"喝了酒就没事了。"我说，哥，给我拿笔过来。在楼下呢。"你去拿。"李约热叫住走到楼梯口的黄土路：下去的时候告诉他们，送上一桶酒过来。"还喝啊，"我摇摇头，"我都吐了两次啦。你们喝，我写字。"

"你就写，曾因酒醉鞭名马，生怕情多累美人。"黄土路把粗大的签字笔递给我，乘着酒兴，我飞快地写下——哥，不对，我写错了。是错了，下面的一横实在过长，它难以变动——"你就写吧，写什么都行。"我停滞了一会儿：这两点一横，再改成"曾"字会异常难看，也罢，我在横的下面添了个"自"——首

7

先，曾因酒醉鞭名马，生怕情多累美人。"哥，有了首先就得有其次。"说到这里我又生出了恍惚，似乎昨夜也是如此，他给我的其次应当是——坎坷人生拼命酒，大胆文章断肠诗。"我昨天曾这样写过，"我说，"土路兄，你还有别的词吧？""就这句。我喜欢这句。"

楼下一阵杂乱的脚步。还在喝酒？那好，我们接着喝。边喝边聊天，应是人生一大快事。来来来，让他们再弄点下酒菜来。

3

重上天堂山是吉小吉的提议，反正，余下的这一天也没有别的事做，作为地主，他希望我们能留下来多玩一天，"你们也不急于返回南宁。"李约热表示赞同，我也是，我这个胖子，在家里总不运动，如果有机会我还是希望能走走路。好吧好吧，葛一敏也跟着附和，她说她把楼上我们写的字都拍了下来，"你写了整整一墙。能够到的地方都写上了。"她说得我无地自容——真是醉了，真是喝大了。怎么就没有人制止我。这时梁晓阳走过来，一本正经地向我们介绍一种新吃法，他信誓旦旦，说是本地特色，无非是，让我们在吃菜的时候蘸一点酒。好吃吧？他的严肃认真并没有换来多大的成功，大家纷纷拒绝——弋舟呢？我问，李约热说他不下来了，也不准备和我们爬山。——我怎么觉得，像之前发生过一样。我喃喃自语，这种恍惚让我有些不安，也许，昨天那跤摔得实在有些太重——可因为摔跤，我就会把时下的发生看成是之前的重复吗？实在有些费解。

咱们走吧。去坐车。路不好走。石才夫、非亚也走过来，哦，我去拿水杯。我跑到楼上，在下楼的时候看了看自己写在墙上的字——它们实在让我羞愧，我感觉自己已经重重地羞愧了两次，上一次，发生于昨天……我这是怎么啦。摔糊涂了。为了验证今天不是昨天我故意在楼梯口那停了几分钟，看时间会不会按昨天的样式把我推走……没有。我可以停在那里，也可以重新上楼。不过，我怎么会在同一面墙下两次写下同样的字？弋舟！我冲着屋子里喊，他还在睡着，没有应答。

我们再次来到天堂山。这一次，我又落在了后面，肥胖总是一份甩不掉的累赘，即使凉风习习，我的后背也已渗出汗水。"你要多运动啊。要不，你先别走啦，跟我去巴马吧，我带你爬山，走原始森林。"黄土路停下来等我，"我领你去见我爸。""哈，你昨天说过了，"我拍拍黄土路的肩膀，"我跟你去。你看，这些新叶，真让人有种生机勃勃的感觉。原来，我以为南方一年四季都绿，那树木是不落叶的，所以也不会有新叶——真不知道自己当时是怎么想的。""你多来几次南方就知道了。可能，和你生活的北方很不一样。"黄土路蹲下去，拍了三张照片——你找一找墨绿色的石头，他说。只有墨绿色的里面才有，那样的石头里有古代的人做过的梦。如果你找到，敲碎它，你就会梦见那些古人的梦，那时候的人，都愿意把自己的梦封在石头里，希望几百年几千年后，有人把它再次梦到。

9

你昨天说过。背后凉风习习，淡淡的雾垂到了树梢上，它们缓缓移动，朝着风的方向。"是吗？我怎么记不起来。"黄土路用手上的枯枝敲击着石头，它们没有中空的回响，那里面，似乎并不能贮藏住任何的梦。我也学着他，用一根捡到的枯枝敲打着石头，把落在上面的枯叶扫下去——弋舟是不是在后面？话说出来的那刻我就开始后悔，但即使努力，我也只吞掉了最后的尾巴。这是怎么回事，莫名的恐惧像一些慢慢爬上我身体的虫子，我想，下一步，我就会发现一块墨绿色的石头，但这一次，我一定不能过去踩它……

墨绿色的石头！它真的赫然出现，被一大堆潮湿的松针围绕，一副欲盖弥彰的样子。"土路兄，"我的声音不自觉地发颤，"你看！你看，这石头……"有梦的石头，他点点头，用手里的枯木敲击着：你听，里面是中空的。你听见它的回响了吧？我想了想，最好是实话实说：我听不出来。我觉得它和别的石头没有区别。"怎么会。"他凑得更近些，试图用脚去踢那块绿石头——不！我冲着他喊，不要！小心摔倒！

怎么会摔倒呢。他用一种奇怪的眼神看着我，多少有些浑浊的复杂，不过最终他还是收回了脚，而是俯下身去试图搬动："真重。"他直起身子，"这里的梦是有重量的，我觉得。"

——那我们砸开它。一起。

一起。

我们各自找到可以使用的石头。一起，一二三——

4

我做了一个梦。我感觉自己似乎是杀了某个人，当我进入梦中的时候那种紧张在，愤怒在，似乎血的气息也还在，甚至还异常浓郁，它把我的视线都染成了淡淡的红色。我试图甩掉它，甩掉那份黏稠的气息，可是它们就像我的影子，风也吹不散它们。这时官兵们循着追过来，他们穿着铁环的铠甲，提着长矛和盾牌，但没有人骑马……我穿过两条巷子，窜入到一片玉米地里，沙沙沙沙，后面的追赶并没有减缓，而我的双脚却又被地面的一大团蓬草缠住，我挣扎，焦急地挣扎，恐惧而绝望地挣扎，然而那团蓬草越缠越紧，我根本挣不脱，它们就像有意识的绳索。而后面的追赶也越来越近。我甚至听见前面士兵粗大起来的呼吸，玉米叶子发出的沙沙声也掩盖不住。"在这！"一个没有戴头盔的士兵发现了我，他的手伸向我，就在即将抓住我的衣领的那刻，我的身体前倾——纠缠的蓬草一片断裂之声，真是有种千钧一发感！我终于挣开了它们，朝着更深处钻下去。

玉米的叶子划破了我的衣服。它们甚至划破了我的皮肤和肉，我觉得自己在奔跑的过程中几乎被分割成不少的碎片，然而并不觉得疼痛，自始至终这个梦里都没有疼感，可巨大的恐惧一直在着，就像是另一块石头。我奔跑着，奔跑着，是奔跑在带着我走，直到我肺里的空气越来越少，直到我口里的空气越来越少。不知过了多长时间。我跑出了玉米地。被划碎的身体重新聚拢，但它的里面已经没有多少力气，我把自己已经跑得空空荡荡。一条河横在面前。如果在平时，我也许可以游到河对岸去，然而把力气跑光了的此刻的我根本不敢如此，湍急的流水一定会把我冲走，就像冲走一根干枯的树枝，一团草，一条鱼。影影绰绰，后面的追兵也赶过来，他们的长矛高得过玉米，他们的长矛摇摇晃晃，使得玉米们也跟着摇摇晃晃。我不想再跑，即使我想，我的腿也不肯再跑，我的脚也不肯再跑，何况还有这条阻挡的河。大口地喘着气，这时我竟有些小小的释然，背上石头的力量也略有减轻。这时，这时，我突然发现在河对岸，一片芦苇丛中，一条小船悠悠地划了出来。船家！我大喊，用出了仅剩的全部的力，从腹部到喉咙都有强烈的撕扯感，船家，渡我！渡我！

"这并不能说明什么，这样的梦我也做过。我是被警车追，至于自己做了什么倒没那么清楚。""就是，我也做过被人追的梦，追我的是土匪，好像我偷了他们什么情报。""你就是紧张。有什么事让你紧张。"林白插话，"这和石头没有关系。我也做过类似的梦，追我的是日本鬼子。他们还朝我开枪，就是打不中我。"——没想到林白老师还有英雄梦。很是低调的覃瑞强插话，我小时候看《鸡毛信》，晚上也做过类似的梦。"你就是紧张。不知道出于什么事情，你就是紧张。"

"我知道他紧张啥。"酒意刚醒的弋舟脸上带着笑意，"他在想，给人家墙上画得乱七八糟，实在没办法见人。人家宋江酒后题反诗——你要知道宋江酒醒了之后多后悔。""这有什么可紧张的，"葛一敏翻弄着她的相机，"我把你们写的字都拍下来了，人家主人也说，他想好好地保留着，人家比我有眼光。""人家是顾及我们的面子，不得不这样说。"我想继续谈我的梦，它的后面还有一段儿，可是周围的七嘴八舌完全把它堵住了。"你说你做的梦是红色的？我在微信上看过，说做彩色的梦的人，可能是身体有些问题，譬如红的粉的，可能是脾。蓝的是胃还是肺……""你爬山累了，又喝了酒。"当地诗人吕小春秋把脸从琬琦的后面探过来，"去年，你们那的李南老师来过广西，我很喜欢她的诗。"是是，她也是我欣赏的诗人，我尽快终止这个话题，想把我做的梦和他们说完——

"我做了一个梦。梦见我在古代，杀了一个人。"伸着懒腰的黄土路从另一侧出现，他说，刚刚他去河边了，那里的水流很响，而主人家的狗一直跟着他。"我就跑，后面有追兵追赶，他们把我赶到了玉米地里。"

——你看到的官兵，穿的是什么衣服？

"布衣，但外面有铠甲，一个个相扣的铁环。他们还拿着长枪，对对对是长矛，像电视里的红缨枪。"

——你是不是被一团草给缠住啦？

"是啊，我怎么挣也挣不脱。一个士兵，在就要抓住我的时候，我一挣，才挣开的。在梦里，我都把自己吓得半死。心都跳出来啦。"

——跑出了玉米地，你是不是到了一条河边？

"是啊，你怎么知道？"

我扫了周围一眼，按住自己的小激动：我再讲下面的发生，你看，和你的梦是不是一样。

船夫把你渡到了对岸。而追兵，竟然也找到了船，那些插着旗帜的船完全是从水里生出的，之前它们没有，不存在。你急急地跑到岸上，而摆渡你过河的船夫，被追过来的官兵踹进了水里。你跑，继续跑，可始终不能摆脱掉他们，他们总是不远不近地出现，让你不得喘息。后来，你窜进一家人的院子，院子里有一只……

"一只大白鹅！"

是的，一只白鹅。屋里没人。你想藏到屋里去，这样的念头只是一闪，然后你就掉过头来钻进盛放柴草的偏房，让柴草盖住身子……

"追兵追过来，但没有发现我。"

他们没发现，他们走了。这时你松了口气，终于，松了口气。你看到外面阳光灿烂，已经没有了先前的红色，只是大片大片的白，晃动着的白。

"到这里还没结束，后面还有……"

后面还有，你听到鹅在叫，有些凄厉，仿佛看到了什么让它恐惧的东西。

"后来变成了笑。"

变成了孩子的笑，咯咯咯咯……里面好像有磨牙的声响，骨头碰着骨头。

"那我倒没听出来，就是挺瘆人的。"

14

然后，你探着头，偷偷朝后面看去。你发现，那只白鹅——

"那只白鹅变成了长脖子的鬼。""穿着白衣，显得有些臃肿。""对对，它没有脚，看不见脚。""没脚的鬼却有长舌头。舌头露在外面。""它晃着，不是飘，也不是蹦。走得挺慢。""它慢慢走近了你所在的柴屋。这时，你醒了。""是。我就是那时候醒的。"黄土路拉住我的手，"我做的梦你怎么知道？我从来没想过我还能梦见自己是个古人。"

——我也做了同样的梦。那块绿石头，是咱俩一起砸开的。

5

我们商议，石才夫、覃瑞强、冯艳冰、非亚、葛一敏他们先走，北流的诗友们也先走，我们不能让所有的人都留下来陪我们，大家都有自己的事。朱山坡也要走，他的孩子在上小学，不然他是一定要留下来的。梁晓阳留下，我们在当地的住处是他联系的，而主人是他好客的同学，他坚持留下陪我们，"我也想砸石头去。我还从来没做过古代的梦呢。"覃瑞强让李约热留下照顾我们，毕竟，此次寻访作家故乡的活动是由他们《广西文学》组织的，当然不能有始无终。犹豫半天，弋舟还是决定要走，机票是早订好的，不能给人家主办方添麻烦，而且他还有另外的行程。"那个古人一定是受到了惊吓。恐惧延绵了这么多年，现在终于散去了，你俩做了件好事。"他拍拍我的肩，"要有有趣的梦、新奇的梦一定告诉我，微信留言，别光给自己留着。你多待些日子吧，以后也别写小说了，当个心理学家得了，你也写一本《梦的解析》，多好。"随后他发出感叹，"北流真是个神奇的地方，要不，怎么会出林白、朱山坡、吉小吉呢。"

临上车的一瞬，两个同样犹豫着的人有了倾斜，她们决定留下："我和琬琦做伴。我们也想梦见古人的梦。"吕小春秋拉着自己红色的箱子，"这样的事，我们也是第一次听说，第一次碰到。实在太神奇了。黄土路，是谁告诉你的呢？""我奶奶。是她说的，她说了很多稀奇的事。不过她就是随口说说，没人听她的。"

好吧，我们继续寻找墨绿色的石头，山上一定还有，那样的石头不可能是完全孤单的，尽管它们可能显得稀少一些。这次的开始并不顺利，我们被堵住了，有村民建房，沙子、石子和搅拌机固执地横在路中，前去交涉的人看上去颇有些为难。百无聊赖的凝固时间，车上的空气越来越浑浊，低头看微信的人已经把刚刚的微信浏览了三遍——你们说，古人为什么会做那样一个梦？

——惊吓。弋舟老师说得对。有次我听收音机，里面就说，全世界不同民族的许多人都有过大洪水的梦，收音机里说那是全世界人的集体记忆，一定有过一场非常大的洪水暴发，像《创世记》里说的那样。我们原来也做过类似的梦，被什么缠住，被追杀，它很可能也是我们的集体记忆。或者叫集体无意识。我们总是受到惊吓，而这样的梦，就一代一代地保留下来……

——可能是惊吓，但在梦里，惊吓是后来的事，它的前提是我杀了人。不管怎么样都是我杀了人，我有杀人的心。说明这个

16

古人在当时一定有一个恨透了的人，他总想除掉他。

——嗯，这个解读有意思。我？我想不出来。

——我？我能不能更进一步，这个梦，不管是古人的还是今人的，我不管，它完全可以是现在的人的，我也做过类似的梦。我觉得，我说得不一定对，我觉得除了前面已提到的，它还可以看成是……一个游戏，一个奔跑的狂欢。梦里的我有意让危险靠近，然后又甩开它，等着它再次靠近，又甩开它，如此反复——我觉得这里暴露了做梦者的心理意图，他期待某种危险。惧怕是有，当然，但核心可能不是这个……他可能希望自己在和危险的这种迷藏中获得冒险的快感。所以我觉得它有狂欢的性质。因为我也做过类似的梦，我觉得那时我就是试图冒险，它出现在我上学的时候，我想追我们系主任老师的女儿，这样的梦就在那时反复出现……

"你是？"

——各位老师还不认识我。我是……

车开了，前面的交涉并不成功，我们的车辆只得转回，从另一条更险峻的山路上去。我没听清他的名字。"你在哪里上的学？"林白问，"这个小伙子的说法挺有意思。"

他的回答我又一次没听清楚。但他后面强调的那一句倒是清晰的，我学的是心理学。他盯着我的眼，他的眼里有一种暗暗的吸力：我喜欢荣格，不喜欢弗洛伊德和布洛伊勒尔。

"林白老师，你怎么看，这个梦？"我拉了拉坐在我前面座位上的林白。她侧着半张脸："我没多想。小伙子的这个想法我

17

就从来没想到过。""我也没想到过,"我说,"但它也有它的道理。"

——别忽略里面的任何细节。任何一个细节,对心理分析来说都是极为有用的。是方是圆,是红是蓝,向左旋转还是向右旋转……其实都是重要的暗示。那个学心理学的青年说,现在,他在学着诗人。"我不是好诗人。不是谦虚,我不是,当然我希望自己能写得更好些。"

这条临时选择的路有些坎坷,中途,我们有几次不得不下车,让空载的汽车自己冲上去。"他就不懂坐车人的心理,"李约热指着最前面的那辆,"他非要拉着我别下来。他不怕,我还怕呢。"李约热的这句话又让我恍惚了一下,我记得,前天,不,大前天,朱山坡也说过同样的话。我晃晃耳朵,右耳那边的蝉声还在,经过晃动之后又多出了几个分贝。"你怎么啦?""耳鸣。两年了。一次去宁夏,我笑出来的毛病。"

"你说我们会不会再找见绿石头?"

"我觉得行。试试吧,应当会有。"

6

用了整整一天的时间,收获应当还算不菲,这一次,我们得到了三块,虽然看上去都小了些,墨绿的颜色也没那么重。将它们搬到车上运回去是林白的主意,她说,山上坡太多,地面不够

18

光滑，我们很难保证每个人砸下去都能砸中这块石头。"最好是大家都梦得到。"这当然是个好提议。

我们梦到的是——下面的叙述，是经历了各自补充和修订之后的版本。大家的叙述小有差别，譬如是釜是瓮还是锅的问题，譬如崖壁上有没有一棵树的问题。为了避免可能的混乱，我要使用我的个人视角。

第一个梦：我梦见一座大营盘，周围是来来回回的士兵，而我，坐在一口大瓮的边上烧水。没有人注意到我，他们都在忙，他们大约有自己的分工，我的职责把我固定在这口厚厚的大瓮的一侧。我点火，加柴。烟冒起来，它有些呛，在梦里我也感到了呛人的气味，在李约热和吕小春秋的描述中也是如此，他们也闻到了。这时，我突然发现，在瓮里坐着一个孩子，六七岁大小，他赤裸着全身，用手拍打着水花。水在慢慢变热，先是少量的气泡翻出来，后来气泡越来越多，那个孩子似乎毫不在意，而气泡的冒起在他看来简直是种难得的玩具，他尝试着抓住它们，把它们按回到水里去。这里面，怎么能有……我只是这样想了一下，它真的是种闪念，随后，我继续加柴。气泡还在增多，而水越来越热——坐在瓮里的小孩也感到了不适，他不再捕捉泛起的、更大的气泡，只是扭动着身子；但他始终不哭不闹，也没有任何想要逃出来的努力。孩子，你走，你走啦，我在心里默念，似乎出于某种限制，我不能帮他，也不能把话说出来。孩子还在扭动。我觉得，他的身体就要化了，化到水里去——这时，他回头，用一种有些幽怨的眼神看着我——这时我突然意识到，在水里煮着的，是小时候的自己，那个孩子是我（所有人中，只有吕小春秋对此有些异议。她说刚开始她也感觉大瓮里面的是她，后来她又觉得是自己的弟弟）。可职责要求，我不能把他从水里抱出来，我也不能有半点的懈怠——不由自主，我依然朝着瓮下的火焰里添柴，四周的士兵们来回走动仿若没有腿的游魂。我抽泣着，但无法阻止手上的动作，又有两根粗大的木柴被我插入火中……

第二个梦：我在攀登一座陡峭的山峰。每一步都异常艰难。下面是山崖，它深不见底，只有云朵在我脚下飘移着，听声音，很可能有一条咆哮的大江在下面流经。我从黑暗的缝隙里向上爬，不，我不可能再上一步，只是在那里吊着，而手指和腿都已开始颤抖。一缕光从头顶上升起。我看得到，它距离我一步之遥，然而我够不到它。

第三个梦：我梦见众多的腿，众多的肩膀，它们形成一个不断向前的丛林，我被裹挟在里面——在梦中，我是和家人失散的少女或者少妇，在逃难的奔忙中，我被踩掉了一只鞋子，在由腿和肩膀组成的丛林中我无法将它再找回来。在梦中，我是柔弱的女子，无力的女子，被裹挟于众人中的女子，被慌乱压垮的女子，应当还有些娇生惯养……当然现在还来不及哀伤，这是我即将的颠沛流离的第一步，在之后的日子里我也许再无家人的消息，有没有之后的日子还说不定。我拖着两条发木的腿，有了水疱的脚，走着，就落在了后面，走着，我的腿就成为了海绵，支不起我的身子。我只得挤出丛林，在一棵孤单的、不动的树旁依着，任凭心里的百感交集变成水流，把我淹没在水中。

你是谁？有人问我。他骑在马上。后面是他的士兵们。

我忘了我是怎么回答的，似乎我并没有回答，他就知道了全部的缘由。上马吧，他说，他把缰绳递到一个士兵的手里，然后径直朝前面走去。上来吧，你就跟着我们的队伍走吧，也许能逃过这劫。

骑马，我是第一次，所以笨拙，何况我还少了一只绣花的鞋子。我不知道这匹更颠簸的马会把我带向哪里，而我的家和家人们……又一次，悲从心里缓缓泛起……

——为什么那个爬山的梦那么短？黄土路在溪水边寻找被我们昨晚丢弃的石头，他试图从石头的裂痕里找出理由，但，那几块碎开的石头已经不见。

早饭来啦，梁晓阳冲着我们呼喊，都来啦都来啦！这一次，他再次向我们推销他的发明：把炸好的油团用筷子撕开，然后将它泡进酒里，半分钟，在盐盒里面蘸上盐——好吃，特别好吃，这可是当地最有名的，你在别的地方吃不到。我挪开手上的碗：晓阳，别再给我啦，你一天示范一次累不累。是吗？没有吧！这种吃法只有本地有，北流没有，玉林也没有。特色，这可是真正的特色呢。

听着这话，我又产生了些微的恍惚感，这些话，我在前天听过，昨天听过，似乎那表情动作也极为相似。而刚才离开饭桌的那些人中，我似乎又看到了石才夫、凡一平，此时他们应当已在南宁——那，刚才的身影？我直起脖子，那些一晃而过的身影早已消失，留在院子里的多是当地的男女，他们在远处站着或偎

21

在墙角处，远远地看。"石头们都没有了。"黄土路洗净了手，"你们说，这梦，都是什么意思？"

"先让那个专家谈吧。"林白提议，"学心理学的。"

然而我们并没能找到他，没有谁有他的电话，梁晓阳说他也跟这个人不熟悉，只知道是北流的诗人，好像在电力部门上班。"也许是吉小吉叫的。他们走啦。"

——我先说第一个梦。它几乎是一个完整的寓言，有着很深的寓意在。它甚至有某种的现实性，我觉得这个梦不是古人的而应是我的。我真这样想。一个人在煮水，他煮的是小时候的自己，即使知道这一事实他也停不下来……似乎是卡夫卡、贝克特或者马尔克斯的故事里才有的，而我们的古人，竟然在梦里梦到了……怎么说呢，他实在具有远见，而且抓得住本质……

"马尔克斯不会写这样的小说，"李约热插话，"他的小说里没有这样的故事，这不是他的风格。"

嗯，是的，马尔克斯没有这样风格的小说，卡夫卡可以有，布鲁诺·舒尔茨可以有……

——要是咱们的先人，把这样的梦写下来，该有多牛。

——你们说，那些来来回回的士兵……有什么寓意吗？我觉得他们的存在和不存在一样。就是些背景。

——我觉得，他们属于……一种潜在的威慑，就像我们常说的，自我审查的宪兵们。你可以当他们不存在，他们也的确不存在，然而如果一旦你有越矩之处，他们马上就会变得具体起来，我觉得是这样。梦里的那个古代人，我，为什么明明知道瓮里

22

有个孩子，那个孩子就是没有长大时的我，还要按规则向里面添柴？很可能就是因为这些影子士兵。它表示，表示……

——听不明白，太深奥啦。我觉得做梦的那个人没这么想，不会这样想。在他那里，这就是一个奇怪的梦。反正在现实中也不可能发生。李老师，你太爱……我觉得你应当学心理学才对。昨天那个人的分析，根本就不靠谱。

——反正让他一说，我就更不明白啦。有时，我看诗歌评论，本来诗是懂得的，可看完评论，我发现我就不懂了。主要是不明白评论说的是什么，和这首诗有什么关系。

"作家和评论家，完全是两套思维。"黄土路说。他盯着相机，翻看着自己拍下的照片。

7

我们约好第二日继续上山，然而不凑巧，凌晨的时候下起了雨，它把我们阻挡在房子里。外面噼噼啪啪地响着，打在树叶上，芭蕉叶上，石头上，屋顶上，青灰的雨滴让我感觉我们的房子就像是个孤岛。电也停了，停电的上午更让我们与世隔绝——"我们把他们叫过来聊天吧。"李约热敲开我的房门。

好，当然需要。很快，所有人就都聚在了一起。我们说着房子和雨，路，旧事，林白的围巾和土路的鞋子，文坛逸事、趣事、脏事乱事，林白当年养的、会跳跃的猪，饥饿最终也迫使它特立独行……很快，话题又绕回到梦的上面。梁晓阳说自己在新疆的时候总是做一个黄沙弥漫的梦，四处都是黄都是沙，他根本辨不清哪里是路，自己走得对不对。后来他又总是能看到远处有一个模糊的影子，女性的，他就拼尽全力朝影子的方向走，可又一直走不到她的身边。黄土路说自己做过一个很奇怪的梦，梦见自己过河，可到水中央的时候一只螃蟹拖住了他，非要把他抓到水里去，他怎么也挣不开。吕小春秋的梦是，在高三那年，她有两次做了相同的梦：她梦见自己的身子上生满了绿豆大小的痘，现在想起来还全身痒。"压力大。"林白说，"你一定是压力太大。""那我给你们也讲一个关于压力的故事。"琬琦低着眉毛，她说，她根本不知道自己是在做梦。她梦见自己回到高中，上课，可她太累太困了，尽管强打精神也无济于事。老师敲她的桌子，她是听见的，但抬不起眼皮。老师推她，她是知道的，可她的眼皮厚重，依旧抬不起来。"起来！考试啦！"考试，她一惊，马上睡意全无：考试？我不是考过了吗？我不是在读研吗？我不是在做梦吧？不是梦。老师用很坚定的声音告诉她，不是梦，这是二模，试卷马上发。可我在读研，不要再上一遍高中啦！依然是老师，他说，你现在在这个时间里。能不能考上大学还不一定。不，即使在叙述中，琬琦也突然地改变语调，有着小小的颤音：不，不行，我得回去！我不要再上一遍高中！——可没有路，她出不去，门也是锁着的。老师、面容模糊的同学们都静静地看着她，颇有些幸灾乐祸的感觉。她只好撞墙，用肩膀，用头，试图回到后面的时间里……"我也做过考试的梦。"我说。"我也做过。""我也有。"——看来，考试对我们的影响太深远啦。要是我们的梦也可以封进石头里，后面的人，只得一遍遍地考试去了。

我们又说起墨绿色的石头，天堂山，树林和山上的庙，以及住在庙后面的老人。"你们那天见到她啦？"不，没有，没见到。吕小春秋说，为此，她还写了一首诗，《寻隐者不遇》。能不能给我们读一下？我问。写得不好。吕小春秋有些忸怩，她扫过周围的人，不好，不读啦。读一下吧，我们想听，李约热插话，对，读一读。众人当然一起怂恿，她无法拒绝。

隐者姓甚，名谁，不知
隐者山中一住二十年
房屋一间，破墙半堵
屋前坟堆，屋后亦是
其余草木万千
乃世人所见

某日，跟随一匹风上山意欲寻隐者
披荆抵，不遇
唯山山辉映
木木相见

"吾等俗人，岂可有幸遇之"

25

同行者拓夫曰，小果曰

另有同行土路者，拍照一，拍照二
认真，细致，侧拍，跪拍
草木、香炉、房屋
皆安静于镜头

尔后，各各下山
隐者遇或不遇
心中有，或不同。

　　好诗。我们说。心中有，或不同，我们说。很现代，又很古
典，我们说。屋外的雨下得似乎更加热烈澎湃，远处的山和树都
已不见，只剩下灰，或浓或淡的灰。短暂的冷场。我们喝茶，在
这个冷场的时间里，有一股淡淡的寒意——你说古人，怎么会做
那样的梦。他竟然梦见煮的是自己。——其实这也没有什么好奇
怪的，似乎，似乎在古罗马或古希腊的传说中，有一种蛇，就是
不断地吞食自己的尾巴，直到把自己变成一个圆形的环。现代性
不是凭空出现的，所有的现代性都可在古典中找到最初的支点，
嗯，好像是罗素说的。——对了，前年，是前年吧，我听说安阳
挖掘出了曹操墓，可里面有一具小孩的尸骨，他们给出的解释就
是，这是少年曹操。是这样吧？——哈哈那是个段子，够狠，我
想安阳有关部门听到这个段子会气疯的。很长一段时间，我们都

26

说曹操墓应在邯郸，因为那里有古邺城遗址，曹操的墓一定离得不远。但还是被安阳给率先抢到。这个世界充满了各样的荒谬。所以梦到荒谬也不奇怪。——是啊荒谬也不是现在才出现的，肯定早就有。——就是，现在想起来，梦里的自我残害还是让我浑身发冷。

这时楼下响起了敲门声。我们支着耳朵，门开了，楼下的人慢慢上楼，他的脚步有种湿淋淋的感觉——没错，上楼来的人已经全身湿透，他的雨伞只护住了很少的一片位置——啊，你是那个……那个专家！你是学心理的专家！林白认出了他，刚才我们还提到你，你到哪里去啦？

我出去走走，结果遇上了雨。他甩着身上的水点，喝下刚端给他的茶。梁晓阳的梦说明他有期待，但他不知道期待的具体是什么，是哪一个，所以才有那样的梦。黄土路老师，你的这个梦，和荣格的治疗笔记里一个病人的梦有些相似，当然我没那个意思说你是病人，不是。好像是《无意识心理学》里面提到的。我觉得这个梦说明，你和你的好友或者家人有严重的分歧。你们无法相互说服。这位小老师……哦，吕小春秋，你的梦不是紧张感，可能不是那样的解释，我认定那时你在暗恋。你怕遭受拒绝。当时，你肯定有一个自己喜欢的男生，而他很可能正被另外的人喜欢着，他们之间更亲密。琬琦的梦……

——你别说我的梦啦，你说，我们共同梦见的，第一个梦……

通常，对梦的解析，心理学角度的解析不同于社会学的，我们可能从中找出的是另一种……另一种贮藏，象征，暗示。在心理学的角度，这个故事可能说明，做梦者正面临艰难的选择，而任何一种选择都将使他受损，财产上，名誉上，欲望上，或者别的。这里有选择上的强迫，我们看到他失去了控制。

——那第二个梦呢？

山崖。它是英雄情结的，在西方，把自己想象成普罗米修斯的"人类拯救者"多数做过这样的梦。孤独的窃火者。很可能，做这个梦的，是一个不得志的官员或者诗人。

第三个。里面有一匹马。弗洛伊德《梦的解析》里有一节，梦的肉体方面的来源，其中也谈到了马。驾驭，是和性心理连接最为紧密的，包括骑马的人。我愿意把它解读成一个有着期待感的春梦。做这个梦的人应当是一个少女，十二三岁的样子。所以它显得幻美些，并没有直接的、裸露身体的提示。和家人的失散更加重了这种期待，也反映出做梦者心理上的纠结。她希望脱离注视，只有这样，她才可能释放刚刚发育出的另一个自己……

——我不，我不认可，在阴影中，吕小春秋脸色有些潮红，小的时候我也做过类似的梦，好像是民国。我的朋友说那是我的前世。我不信，不太信。但在梦里，我没有半点……那时我也不懂。它和性心理性幻觉一点儿关系都没有。我们那时候和男生都很少说话。

那时，你是……十二三岁？

——是。差不多。可能还在上小学。还有一个同学也做过这样的梦，是我们班的另一个女孩。

那，为什么，你们这个年纪，你们女孩们会更多地做这样的梦呢？

雨还在下着，打在树叶上，芭蕉叶上，石头上，屋顶上，我们各自的沉默上。但窗外的天色亮出很多，灰蒙蒙的天堂山也显得近了。雨怎么还下。林白站起来，她凑近窗口：这雨得下到什么时候。

你是不是依然不同意我的说法？那个被雨淋湿的人对着吕小春秋笑了笑，我说的，只是一种片面解释。如果使用《周公解梦》，它预示着或吉或凶，或者将要发财也说不定。德国的W.伊瑟尔说过，"作品的意义不确定和意义空白促使读者去寻找作品的意义，从而赋予他参与作品意义构成的权利"——梦，给人留出的阐释空间是巨大的，心理学能揭示的，仅是一小部分而已，何况，还总是出错。你完全可按照你的理解去阐释它。

我走上前，用右手轻轻拍了两下他的肩膀：兄弟，你应当是好作家，好诗人。"不，我不是。"他的脸色马上有些黯淡，"我身上有太多……无法调和的东西。它让我写下一个字，一个词，都非常非常地艰难。我知道我不是。"

8

在雨停歇之后不久我们就又开始新的酒宴，房子外面极为干爽，几乎看不出有下过雨的痕迹，我们用手机给忙碌的人们拍照，给处理鹅血的中年女人拍照，给穿梭于腿边的黑狗白狗拍照，给远处的山和树拍照，仿佛一切都是新鲜的，我们刚刚来到这里。一碗。两碗。我再一次找不到厕所，只得叫李约热和梁晓阳陪同——第一天，我也是这个样子，当时我并不知道米酒其实很烈。席间，我向林白敬酒，很高兴能来。她说希望我们玩得愉快，"明天我要回去啦。你们继续留在这里吧，不回北京，我是去北流。"要有有趣的梦、新奇的梦一定告诉我。你多待些日子吧，以后也别写小说了，当个心理学家得了，你也写一本《梦的解析》，多好——这话似乎听人说过，当然也可能是酒醉后的错觉，管他呢！我一饮而尽。琬琦和吕小春秋过来，向林白敬酒，我和土路也就走到了外面。屋子后面的狗在咬，五六只，它们在撕咬，一只白狗已经落败——很久没有看到狗打架了。不知由怎样的缘头，我们谈到知识分子，中国的和西方的，"我们使用的不是一个概念。它们很不同。但我们总以为是一个，总混在一起来谈。"

第三碗。第四碗。我的脑袋里出现了马达的轰鸣，尽管它是间歇的。不行，我醉了，我说，我要上楼。"好吧好吧，我们一起上去。"

我又要来了笔。哥，写什么？曾因酒醉鞭名马，生怕情多累美人。郁达夫的句子。好，我写。我在电视墙的边上蹲下，正准备胡写——哥，我昨天写的字呢？黄土路挥了挥手，不管它啦！你写，你再写。或许是酒醉的缘故，那面电视墙，那块方方的木板，都像是新的，从来没被涂画过一样。点。点。横。不对，它已经无法更改——首先，曾因酒醉鞭名马，生怕情多累美人。其次，其次是……

谁还喝酒？李约热把酒杯递给我，碰了一下，肉，他们马上拿过来。咱们喝。聊天。我说你先签上自己的名字，黄土路，你也去。要是主人怪罪，也别只怪我一个人，对吧。

我们喝着，可酒并不见少。我们砸开的，都是些逃跑的梦，爬山的梦，躲避的梦，无奈的梦……这些梦里，都有些危险。危险，你们发现了没有？是是是，真是，你不说我还没意识到。就是危险。这地方太偏僻，瘟疫，洪水，大大小小的战乱也多，所以他们就总是做些危险的梦。老百姓们提心吊胆。在你们河北、北京、河南、山东，石头里的梦可能就很不一样，有的会梦见自己升官，发财，当皇帝……黄粱梦，是在河北吧？邯郸，河北邯郸。北流也出过一个皇帝你知不知道？不是古代，是80年代，一个有力气的农民，都设计了国旗国歌。朱山坡家和他家离得很近，还有亲戚。我知道我知道，那件事轰动得很，只是我不知道就在这里。所以这里也应该有当皇帝的梦才对。那个有力气的农民，应当是哪一天砸开石头，梦见了古人的梦，他就觉得看来是上天让他来当皇帝……那天来的时候我听他们讲过。说，这个皇帝外出巡游，看见邻村一个在田里插秧的少妇很有姿色，就和人家的老公商量：你让她当我的娘娘，我让你当丞相。结果怎么着，还真成了。那个丞相最后还是这个有力气的农民的铁杆儿，据说最后也判了刑。真是闹剧。是闹剧，可就是有人信。他的信徒有几百人，最多的时候。还有海外的捐款。疯啦。都疯啦。

31

——明天，我们上山。

好，我们上山。为了上山，干一杯。不喝了吧？喝！

9

墨绿色的石头。墨绿色的石头。墨绿色的石头。我们在路边寻找，在树林里寻找，在草丛里寻找，在庙墙的后面。他们在寻找的路上散去没了踪影，陪同我的仅剩下李约热一个。我用手里的枯枝探寻，用我的鞋子——"李约热，你快来看！"

一块巨大的石头，全身泛着墨绿的光，简直像一块落在泥土里的玉。这是吧？是。他的声音也有些发颤，这么大。我们快把他们喊过来。

一遍一遍，树林里动荡着我们的回音，但就是没有别人的回应。都去哪啦？"可能太远了，听不见。其实转一个坡就听不到，树林会把我们的喊声阻断的。这样，我们等等他们。山上也没信号，电话打不通。"好吧，我们就坐下来等。脱掉鞋子，躺在山坡上等。再坐起来，站起来等。再呼喊一遍，站着等。坐下等。重新脱掉鞋子，躺在山坡的草地上，等。没有人来，没有人知道我们的位置，除了风，树，一两只孤单的鸟，我们再也看不到任何身影。几点啦？一点。大约一点钟了。

二点二十。他们也许根本不会找到这里。"我们再等一会儿。"

三点零五。算了，我们，我们不等啦，我已经饿坏啦。这样，不如我们俩将它砸开——反正它是搬不动的。我也怕，我们找到了他们，却再找不回这里了。"是啊。我也有这样的担心。我们转述也没问题，砸开吧！"

我梦见，我们出现在一座高大的山上，三个人，三个相遇的人，三个相见恨晚的人……我们模仿桃园三兄弟，或者，我们就是那三兄弟：刘备，张飞，关羽，至少在打扮上有些类似。我们结拜为兄弟。当然要饮酒，当然要赠送相互最最珍视的物品，当然要继续我们的长谈——大哥，前面——前面有一座高大的古堡，我们仨手拉着手走进去，那时，阳光在我们肩上飘浮就像落下来的羽毛，那时，我的心情也如这阳光一般，我甚至能感受它渗进衣服里皮肤里的暖意。我当然无法想到，这是我的噩梦的开始。

古堡里面空旷而简陋，有一缕细细的光从高处泻下，地面上是杂乱的柴草，里面有一张木质的床，一张被厚尘土覆盖的桌子，上面，还有一盏被更厚的尘土覆盖起的油灯——没有酒，也没有菜或者肉，当然也没有半个人影。走吧，我们准备去另外的地方，这时天色已慢慢变暗——可是，当我们转身，才发现刚刚还开着的门已经不见。我们，被封在了这座圆形的古堡里面。

我们寻找，从一个墙缝到另一个墙缝，用手，用脚，用腰间的剑或背上的斧头——无济于事，我们损耗它很少，但损耗自己却很多，我们没了力气，而那墙，却似乎能够重新长回。"怎么办？"我们也尝试向上：它太高了，没有人能爬得上去。

只得等待机会。一天。一天。没有一滴水，没有一粒米。我们只得嚼一点地上铺着的柴草，或者掉落下来的墙皮。那一天，使斧子的老三终于再也忍不住，他冲着流泻着细光的上面大喊，老天爷，你是个什么东西！你干吗这么折磨我们哥几个！能来得痛快一点吗！城堡里尽是他的回声，一遍一遍，听得我和长须的二弟都感到恐惧。这个鲁莽的老三！他挥动斧头，朝着上面甩去——

　　斧头旋转着，闪光旋转着，然后飞快地下落——啊！我听到了惨叫声，那声音一直透进我的骨头——鲁莽的老三，斧头深深地插进了他的右腿里。快，快，我们把他抬到床上去，这时老二和我对了一下眼神，我们都已经心领神会。我按住老三的头。长胡须的二弟把手伸向被老三的腿骨咬住的斧子——他撕下了一小片肉。他用斧子将肉分开，分成两片，把其中的一片放进了自己嘴里。对不起，我对老三说，对不起。不是哥哥们要害你。对不起。哎哟。三弟说。

　　之后的日子，一天一天，我们天天如此，我走过去对着老三说，对不起，兄弟们也不想，不是哥哥要害你，老二就把斧子拿过来，割掉一小片肉：我们都尽量节省。躺着的老三不哭不闹，只有在割肉的时候才会咧一下嘴，哎哟。哎哟。时间过得很慢，在梦里依然如此，不去割肉的时候我和老二就抱在一起，尽量不朝床边的老三看。我们，怎么可以。老二喃喃地问我。我们，怎么可以，我也这样问他。问一次，我们就会满眼的泪水。

　　一天一天。我们吃尽了他腿上的肉，手臂上的肉，后背的肉，而他自己好像也在瘦着。只剩下脸上的和额头上的了，这时老三也没有了力气，他的眼神空洞，连哎哟也不吐了。老三，你有什么心事未了，跟我们说，哪怕我们兄弟只能出去一个，也会……他没说什么。不哭也不闹。他安静的样子让人心酸。

墙依然是墙，我们一遍遍地摸索，期待奇迹出现，可奇迹就是不来——其实摸索已完全是例行，做做样子，哄骗一下而已。对不起，兄弟们也不想。我又说，这时老二把我拉开：大哥，老三脸上的肉，还是给他剩下吧。我们吃完了这点儿就没有啦。下一步呢？——走一步看一步吧。不行，大哥，要不我现在就杀了我，我身上还有些肉，我们不能看着等死。——兄弟，大哥体质弱，你还是吃我的肉吧。我们俩又抱在一起，我发现，老二的右手始终紧紧握着那把斧子。

也就是从那时起，梦里的我失掉了睡眠，我刚刚睡着，马上就会被噩梦惊醒，我把它看成是上天的惩罚，作为大哥，应当先吃我的肉才对。不是，大哥，不是，老二一边哭着，一边剔尽了老三脸上的肉。大哥……

我实在难以再熬下去。我感觉自己的身体在烧，像一块烧红的炭。坐在墙边，我睡着了，刚刚睡着我就坠入到噩梦里去，我梦见了古堡，我梦见长胡须的老二爬到我身侧，朝我举起了斧子——我身体的炭颤了一下，睁开眼：长胡须的老二已经爬到了我的身侧，高高地举着手里的斧子——老二啊。他吃了一惊。我当然看出了他的慌乱：大哥，你看，斧子锈了。他把斧子递到我的面前，我不看。老二啊，你吃我的肉吧。咱们总不能一起等死吧。

大哥，你说的什么话。你还是不相信我啊。他团起自己的胡须，蒙住了脸，哭泣起来：大哥，我怎么会吃你呢，我怎么会……这样吧，斧子放在你这，你，你总放心了吧？

我们都不肯再靠近斧子。它是凶器是仇人，是罪恶是魔鬼，我们都距离它远远的，把它抛出很远。可是，可是我们依然低估了饥饿的力量。一天，一天。这一天，分辨不清是早晨还是正午，我和已经骨瘦如柴的二弟几乎同时，朝着斧子爬过去。我，略略地领先半步，把斧柄抓在了手上，而抬着胡须的二弟安静地看着我，把斧子和上面的寒光举起来——就在这时，一缕光，一缕强烈的阳光突然洒过来，我发现古堡的门突然塌下去，从那缕不断加厚的光里，走出了许许多多的人……

10

我感觉，在那缕光的照射下，我完全是赤裸的，赤裸得近乎透明，无可掩饰。我感觉，在那缕强烈的光中，我的身体又轻又薄，仿佛是一片就要飘到地上的纸片。

——是，是。李约热的脸上也有细细的汗，我和你的感觉一样，我也觉得，自己没有衣服。而光里面进来的人有男有女。羞愧得我啊。

我也觉得羞愧，非常羞愧。看来，这个羞愧本来就是梦里的。可醒来的时候它还在着。我说，现在，我还是……感觉自己没有穿衣一样。"真是个奇怪的梦。它这么长，还这么完整。"李约热直着身子，他朝着林外面看："写成小说都行了。要不，你给我们刊物写吧，我们争取头条发。这类的题材，应是你感兴趣的。"

好，我还真有兴趣。我点点头，要不，我们一起写，就像我曾和朋友们一起写过《我在海边等一本书》和《会飞的父亲》一样。我愿意这样游戏。文学本来就是游戏，尽管它是严肃的游戏——这是那个博尔赫斯说的。

行，我也写我也写。李约热点点头，要是，黄土路也在这就好啦，他也会感兴趣的。

——多亏他不在。不然，我们俩就先吃了他了。我打趣，可说这话的时候我感觉背后凉风凛凛，竟然有种……你说，这个梦……我急急岔开，但那股凉风似乎还在，它追赶着我……你说，我们回去和不和别人谈？

我们商定不谈，和谁也不说。随后我们又商定，我们也不把它写成小说，它有些怪异，过于怪异，而且让人……不舒服，很不舒服，有种一谈起就芒刺在背的感觉，仿佛，我们就是其中的那个人，真的做过那件事——太逼真了。李约热说，我现在都不敢再想。我根本没意识到那是梦。我觉得，自己的嗓子里还有股血的腥气……我们不谈。一句也不说。

车来，我们坐到车上去，这时吕小春秋和琬琦也跟过来，在琬琦黑色的布包里有两个墨绿的石头，其中一个略略大一点，上面还有块红褐色的斑——你们想，这里面会有怎样的梦？吕小春秋把它递给李约热，红斑点，这块石头上的红斑点会不会和梦有关系？它会不会暗示什么？

李约热把石头递回来，他没有回答。我也没有，我的脑袋依然被刚才的梦塞得满满的，其中的细节一遍遍复现，它反而使眼前的发生不够真实。车很颠簸，路途中还有和另一辆的错车，我们的车只得开到山崖危险的一侧以便让上山的车经过——那一刻，我的心和身体在城堡里，兄弟的斧头正抛向高处，接下来是四溅的血。我们来到路口，趴在草堆上的狗眼神慵懒，伸着的爪子也不肯缩一下。再绕，停车场，打开车门之后就是连绵的喧闹，可我的心和身体在城堡里，这时，我正按住三弟的头和肩膀。他只是咧了一下嘴。

——你们先休息会儿。再见。他们说，她们说。我再一次感觉恍惚：这是什么时候？我们怎么在这里？怎么，我感觉和古堡有些相像？我定定神：不，不一样，古堡中没有这么多间房子，没有电也没有墙上的瓷砖，所谓的近似处只是渐渐暗下来的天色。走，我们上楼。李约热凑近我，他压低着声音，只有我们两个能听得见：我总在想那个梦。刚才，我觉得我们又回到古堡里啦。不是，我也拉着他向上，梦里没有楼梯。你想想，梦里没有。没有拖鞋。玻璃的杯。这样的锁。都没有。所以不是。

我们走上三楼。弋舟曾睡过的那间房间的门是敞开的，里面还有轻微的鼾声——也不知道是谁。李约热制止住我的好奇：也许是这家的主人。这么多天了，也够累的。我们别打扰人家啦。

38

咱们也去睡会儿。

又是酒宴，依然有牛肉狗肉野猪肉，野生的笋，野生的韭菜，以及，略有浑浊感的自酿米酒，它们被存放在一个个塑料桶里。第一碗，苦而辣，我咽得生涩，等到第二碗，第三碗——弋舟！我突然发现到他，他正端着酒碗和吉小吉聊得火热——你，你不是走啦？明明是……我急急把黄土路和李约热拉到身边：他不是走了吗？怎么，怎么……是不是我在做梦？你们给我做证——你们能看见他吧？

我走到半路又回来的。弋舟说，修路，我们在路上堵了四个小时。飞机是赶不上啦，所以我就和司机说，咱们回去。我们也刚从天堂山上下来。我们也捡石头来着。

——你可吓死我啦，李约热拉住弋舟，我刚才也被你吓到了，你不是明明走了吗怎么又出现了……"来，我们喝酒，"带着几分酒意，梁晓阳冲着我们呼喊，"都来啦都来啦！感谢各位老师。都干了吧！"接着，他叫我们到另一张空了大半的餐桌旁：我给你们介绍我们当地的名吃，你在别的地方吃不到！我们都说算啦算啦，晓阳，你天天推销，我们知道你的意思，你这个坏人。我们喝酒就是啦。

桌子边上，一只黑狗叫起来，露出短小的牙齿，而另外的三条白狗也跟着冲过来——四个打一个，弋舟笑起来：在我们北方，大狗小狗都张牙舞爪的，见到陌生人就跟见到仇人似的。而你们玉林这边的狗，都软塌塌的，连看人一眼的兴趣都没有，"它们都知道，不定哪天就给宰了，也折腾不上劲。"——你说

39

过这话！我拉住弋舟的手臂，脑袋里的酒开始翻滚，你说过，肯定说过。你走啦，你早走啦。我觉得，我们这是回到前几天啦……

没有。我们不可能回去，虽然它有相似处。声音从我的背后传来，转过身，那位学过心理学的诗人又一次出现在我们面前，这次，他穿着一件有着模糊图案的黑色风衣：我们不可能在一生中两次跨进同一条河流，时间当然也是如此。不过，太阳每天都是那个旧的，旧太阳底下的事总有重复，也是正常的。李老师，你可以少喝，我干了。我昨天刚读了你的一首诗，很不一样。"下午六点，唤回归鸦／用沙哑的音乐。我的呼唤紧张而且徒劳，就像一个被钉穿了手掌的巫师，就像我喜欢那种疼痛……"这样的句子我写不出来。

谢谢你的夸耀。不过，我不能信任你。我依旧拉着弋舟和李约热的手，仿佛我的手一松开他们就会消失掉，把我抛在这个充满着诡异和心悸、责任和鬼火的世界上——你，你总是突然出现，也总是忽然消失，我不知道你是不是就是幻觉……

不是，不是，李约热挣开我的手，而把这位诗人的手抓住：我知道他，他是当地的作者，在我们刊物发过诗歌。去年还发过一篇散文，挺不错的，写得不错。李约热拍拍我的肩膀：他和我们都挺熟的。和土路，和凡一平都熟悉。走，你喝多啦，咱们上楼吧。去聊天。米酒的后劲太大。

11

我要来了笔。我在悬挂着木板的电视墙上写下，首先，曾因酒醉鞭名马，生怕情多累美人。其次，坎坷人生拼命酒，大胆文章断肠诗。得承认，这些字里充满了让我晕眩的酒气，我的头有种将要裂开的感觉，更早要裂开的是我头上的血管，它们一跳一跳，仿佛要把全身的血都压缩到头部的血管里——

不行，我说。

等我从卫生间出来，楼上已经布满了更多的人，他们或坐或依，主人又提来了酒桶。不喝了，刚刚又……我说着，脚下似有云朵飘浮，我就站在让人发软的云朵上，只能依靠不断地移动才能保持平衡：我喝多啦。我不喝啦。我的脑子里满是奇怪的梦。

没事没事，我们也不多喝。他们纷乱地说着，似乎有更多条舌头。我们就是来谈梦的。你说吧，你说吧。

什么梦。我看了李约热一眼，这时又是一阵恍惚：周围的人突然消失，身体和脑袋似乎重新又回到了古堡里。那个被称为三弟的人只剩下头上的肉，他略显漠然地盯着我们两个，斧子划过的时候咧一下嘴。兄弟，对不起。我被他盯得心酸，要不是你被砍伤了，我们也不会，不能。可你被自己砍伤了。我们没药。就是我们不吃你的肉，也只得眼睁睁地看着你等死……

"你没事吧，"李约热推我一把，"你坐下，真不让你喝

41

了。要不，你回屋里歇着去吧。我们再聊会儿。"

把他拉进我住的房间里，打开灯：哥，我不知道你怎么样。我总是在想那个梦。来来回回。也许，我们把它说出来会好些。反正，我们做的这个梦也是古人的，也不是我们真的杀了兄弟……我也是，李约热点点头，我刚才也又。和他们说话喝酒，也是想冲淡一下，可一愣神儿，就又觉得自己是在古堡里，正在挖肉来吃。"这样下去，非把咱们逼疯了不可。"

于是，我们重新回到外面，回到嘈杂之中。今天我们发现了一块大石头。你们都不在。我们也搬不动，我们想过搬回来，可搬不动。我们一直在喊，听不见，都。是，我们等了很久，想去找人，又怕……又怕找到了人，石头又找不见了。所以，我们就只好砸开它。我们两个，旁边没人，再没别的人了。一个很可怕的梦。

听着都有些瘆人，梁晓阳说。他抖抖肩膀，我靠，我都不敢回自己屋啦。土路和我一屋睡吧。不，不和你一屋，我怕你。黄土路笑了笑，他用笔在餐巾纸上画着大大小小的圈儿：我又没有太多的肉。咱们最好吃一个胖子。

胖子肥肉多，不好吃。我站出来，试图用自嘲调解：胖子的脚也太臭了。不如，我们吃弋舟。对了，他在哪儿？刚才他还在这里呢。

——他睡着了。穿黑风衣的诗人从弋舟屋里走出来：我刚把他扶进来。看来他也没我想象的那么能喝。我还以为他酒量不错。他自己倒上一杯酒，和李约热碰杯，和黄土路，梁晓阳，和另外几张脸。然后，走到我的面前。"咱们干了。"

兄弟，你怎么看待，我们刚才讲的这个梦？我的话里或多或少有挑衅的性质，我还是不能信任他，总感觉他是莫名的闯入者，仿佛是梦的一部分：我感觉，自己如同处在一个持续的、循环的梦中，而这个有神秘感的人，很可能是梦境安插给我的监视者、控制者……我说不清为什么会这样想，可它就是固执地在着，并且变得越来越强烈。

"你觉得自己被封在梦里面了是不是？感觉自己这些天的经历，完全是在梦境中。从一个梦里出来，你会再进入到别一个梦中，如此往复，可始终出不去，这样的感觉从一开始就有，而此时越来越强烈了。"他又一次给自己倒上米酒，"李老师，你甚至，怀疑我是梦的一部分，是一个秘密的……使者，对不对？"是的，因为，你刚才说的这些是我心里想的，我根本没有把它说出来。而且，似乎，前几次，我们谈梦的时候你根本不在，却一进入到房间里，就给我们解梦，好像你是在场的一样。我实在不知道该怎么解释。

"我是在楼下避雨时听到的。当时，我一直犹豫是不是要上来。你说的是下雨那天的事吧。"他晃动着酒杯，里面的米酒在晃动中变得更加浑浊，甚至有股淡淡的烟冒出来——学过心理学的人，多多少少会一点读心术，我想李老师应也听说过。我们可以根据你提供给我们的梦来猜测你的心理，也可以根据你的说话、表情、语调、动作，判断你的心理，你在想什么你想要什么。这没什么困难。"不过你想的也没有什么大错，我们反复地说人生如梦，梦如人生，当然可以把我们的一生都看成是一场连环不断的梦。这些梦有的是大颗粒有的是小墨点，有的密密麻麻有的疏朗得几乎可以走马。它们连结着缠绕着向前跑向前跑。等纠结解开了，线拉直了，梦做完了，这人生也就……"

众人不再说话，他们的舌头似乎被禁锢住了，能够移动的只剩下黑风衣诗人嘴里的那条。他似乎突然意识到了这点，你们，我就是瞎说。好吧，我就来谈一下我对这个梦的看法。不过这次，我不想再按什么心理学的套路……

说着，突然从弋舟的房间里传来抽泣之声。这声音越来越大。"怎么啦，弋舟，你怎么啦？"我们问，我们一一伸长了脖子。

摇摇晃晃的弋舟从里面走出来，他的右脚上穿着一只拖鞋，而脸上已经满是不断的泪水。"我梦见，我刚才梦见……"

迷宫中

1 迷宫中

他是我一生的噩梦。现在，我终于可以摆脱他了。

这是我母亲所说的最后一句话，她为说出这句话积攒了力气，而这句话，足够让她把自己全部的力气用完，从此干瘪下去，再无半点儿的力气。我母亲说这句话的时候他并不在，我母亲说他并不在意自己的生死，对他来说这个不停地咳，几乎要把自己的胃、自己的心和胸腔、腹腔里的一切器官都咳出来的病女人，只是一团肮脏的赘肉，能让亡灵之神赫尔墨斯帮助他清除其实是件求之不得的好事。母亲说得咬牙切齿，那时她的力气还多一些，尽管这些力气会慢慢地被她的咳所耗尽。

愿她安息。愿她在通往冥府的路上不会遇到那条叫刻耳柏洛斯的狗，遇到的时候它的三个头也都是睡着的。我母亲把自己交给死亡，已经有两年零三个多月了，我觉得她在冥河的那边不会比在这端更觉得孤单和寒冷。她不会再次死于心碎，我觉得。

愿她安息。她可能猜不到，我们已经被国王封闭在迷宫的里面。这座迷宫，就是他所建造的，现在，他就睡在我的身侧，打着充满了暖乎乎臭味的鼾。在冥河那端获得了安息的母亲也许

47

并不关心这些，她或许会说，伊卡洛斯，离开他吧，你是沾染了母亲心性的人，母亲的心性会让你裂成两半的。离开他吧，越远越好，尽管他是你的父亲，他也给了你一半儿的血。她或许会哭泣着说，儿子啊，那个虚荣的罪人最终连累到你啦。我就知道会这样。

听着身侧暖乎乎、有臭味的鼾，我同时听到一声叹息。它来自我的母亲，或者说与我母亲的声音很像很像。这声叹息来自另一侧，它更黑暗些，仿佛真是从地下发出的。我坐起来，朝着那个方向，但声音在黑暗中消失得很快，瞬间便没有了踪迹。

——你在干什么？鼾声停止了，他翻了翻身子，把鼾声的尾音压在身体下面。睡觉。他说，只有克里特的石柱可以整夜不睡。而你不是。

我当然不是石柱，但我生活在克里特岛上，甚至永远会固定地生活在这里，国王的迷宫让我和他都无法摆脱，在这点上我又像他所提到的石柱。想到被困，我心底的怨愤来了，于是我故意加高了音量："父亲，我睡不觉。我感觉自己看到了母亲，刚才，她还叹气来着。"

——算了吧。她早就死了。就算她是个瘸子，也应该早就爬过冥河。我的父亲，这个被母亲一直称为"他"的人伸出手来，把我按倒：睡觉吧，别再理会那个讨厌的死人，她纠缠你的时间已经够久了。她如果真的是为了你好那就不该不把自己的脚印全部收走。别人的死亡都是那样。

"可是……"我想了想，又把"可是"后面的句子咽回到肚子里。它也许是会激怒我的父亲的，被激怒的父亲总是让我恐惧，一直如此。

其实，不被激怒的父亲也让我惧怕。

2　在克里特的家里

——你惧怕我什么？有一次，我的父亲携带着他的厚厚阴影问我，那时候他的手里只有一个用狼的胃缝制的酒壶。

"没，没什么。"我不知道该怎样回答。但我的双腿已经颤抖起来。

——本来，你是可以成为像我一样的人的，他用一根手指重重地敲了一下我的额头，可你太懦弱了。我都怀疑，你是不是代达罗斯的儿子。

"父亲，我是你的儿子，我怎么可能不是你的儿子呢？"我的眼里满是泪水，我觉得委屈，我觉得他会把我抛到大门的外面去，就像几天前他把孤苦的赫卡柏大婶赶到雪地中去一样。"我是你的儿子啊，父亲，他们都说我的眼睛像代达罗斯的，它有厄瑞克族人的特征……"

已经微醺的他根本没在听，而是撩开悬挂着绘有帕拉斯神像的羊皮门帘，拖拖拉拉地走进去。那里面立即有了让人厌恶的欢声笑语，我母亲在另一房间里的咳也影响不到他们了。她咳得撕心裂肺，我能听到她的内脏在撕裂中的声响。

那年，我七岁。

后来在我九岁的时候他又一次问我，你惧怕我什么？为什么在我的面前，你总像一只遇到了猫的老鼠？

我忘了那次自己是怎么回答的，但记下了他的提问。

我记得那天，他把我从厨房边上的陶缸后面拉出来，几乎要把我的耳朵拉长了，从我耳朵的边上有一条疼痛的线一直疼到最小的脚趾。那天他没有喝酒，也没有带回用鲜花、栎树树枝和毒蛇蜕掉的皮做胸前装饰的女人——告诉我，你为什么总是躲着，为什么会惧怕我？

我忘记了那天是怎样回答的，我能记得的是，他又狠狠地抽了我一记耳光，直到第二天我的脸腮还有火辣辣的痛。我能记得的是，我的母亲也跟着流下了泪水，这个残酷的厄瑞克人，他的心是用毒蛇的毒液泡着的！而等她说完，我的父亲突然出现在门口。这一次，他倒没有对我母亲动手，只是用一种寒冷的语气对她说，不许在他面前提到蛇，世界上就没有这种奇怪的动物。如果她一定愿意提，那，她会首先变成这样的动物的。"我会把这个有厄瑞克血统的傻子带回雅典的，在那里，他会吐出属于你的全部血液，再不与你相认。"

父亲说。说完，他踢了我一下——滚一边去，我最讨厌哭出鼻涕来的男人！我怎么会有这样一个软弱得像鼻涕一样的儿子！你最好滚得远一点！

——你惧怕我什么？

再次问起我这话的时候我的母亲已经死去。他没有等我回答就摆了摆手，算啦。我已经很累啦。你知道，我在为弥诺斯国王建造。真是个大工程！你的父亲，代达罗斯，本质上是在为自己建造！你这个傻瓜，是不会懂得的。

已经喝醉的他有些沮丧。你说，你惧怕我什么？难道弥诺陶洛斯会跟在我的身后？本来，儿子，我是准备把我的一切手艺都传授给你的，包括我的荣耀。为了这份荣耀你的父亲愿意奉献一切。已经喝醉的他有些沮丧，他脱掉一只鞋子坐在我母亲曾用过的枕头上——要是塔洛斯在……

他没有说下去。他突然地，哭泣起来。

3　在克里特的家里

这并不是我父亲第一次提到塔洛斯。

虽然这个名字仿佛禁忌。

和这个名字一起成为禁忌的还有锯子——在我们的家中，从来没有任何一把锯子的存在，虽然克里特岛上的人都说这属于他的发明。可他没有带回过任何一把锯子，这，可不是我父亲的风格，他是一个极为在意声誉的人，尽管我的母亲并不这样看。在我母亲的眼里……

还是先说塔洛斯吧。

我第一次听到塔洛斯这个名字，是在一个月光很好的晚上，那时我只有五岁。我听见我父亲用一种几乎是哀求的语调在说，

51

塔洛斯，你听我说，塔洛斯，我，我当时……

他是在和院子里的影子说话。他以一种从来没有出现过的，低矮的语调。月光能清楚地照见他对面的那条灰影子，那条影子看上去要更矮小一些，以至我的父亲不得不弯起腰和它说话。塔洛斯，你知道我是……我教给你好多的东西你不会忘记这些吧，你是我最好的学生，何况还是我的侄子。我知道你不肯原谅，我知道，我也很是慌恐，即使雅典法院不做出那样的判决我也很是慌恐的，毕竟是我造成了后果……塔洛斯，是的我承认我妒忌了，妒忌女神把她的毒汁滴进了我的酒碗，而我又是一个习惯贪杯的人。我妒忌你的……

我不能说这些是我完全记下的，我在那个年龄应当记不得如此清晰，可是每次回想起来我都感觉那个场景是清晰的，包括我父亲说过的每一句话，我不知道这是不是月亮女神阿尔忒弥斯的旨意。我甚至能记起在那个晚上父亲所穿的衣服和鞋子，月光赋予它们很不同的颜色，显得有些寒冷。

我能记得那样清楚也许是因为受到了惊吓，我吓得哭起来，本想撒在院子的草地上的尿也全部撒进了裤子。

——伊卡洛斯！你在干什么？父亲回过身子，他冲着我大声叫喊，藏在栎树里的鸟儿都被他的叫喊惊到了，它们猛然地飞走被头上的树枝撞掉了不少的羽毛，可那条影子并没有离去。直到我母亲点亮了屋里的灯，直到她和仆人们都集中到院子里。这时，那条影子才从院子的月光下面走出去，它走的时候甚至还撞了我一下。第二天早上，仆人们在打扫院子里发现这条影子走过的地方留下了一块块腐烂着的肉，散发着难以掩盖的恶臭，我父亲不得不命人换走了院子里的土。

第二天早上的发现我是后来听仆人们说的，在晚上回到房间的时候我就开始发烧，在梦里反复着我所见到的情景，不过到最后那条影子并不是走出院子而是冲着我喷出愤怒的火焰。后来我还听仆人们说，第二天早上我母亲在水瓮边碰到了并没有真正离开的影子，这条影子正在试图把掉在地上的碎肉们一一找回，贴到身上去。他们还说，过了两个晚上，我母亲再次遇到了那条影子，它正在用地上的荒草结成绳索，试图把自己扎得紧一些，当我母亲看过去的时候它显得格外忧伤。又有一个下午，我母亲从我的房间里出来时再次遇到了它，它正在雨中徘徊，一副一筹莫展的样子，它的这个样子也深深地感染到我母亲，她捂着脸蹲在院子里，悲伤地哭出声来。

那些日子我一直在发烧，沉陷于昏迷。我并不知道自己沉睡了多久，醒过来的时候已经是个晚上，"好啦，终于醒啦，感谢弥诺斯国王！感谢祭司菲利门带来的葡萄！"——至今，我也不知道那么缥缈的声音是从谁的嘴里发出的，似乎并不出自于我的母亲也不出自于仆人们。

塔洛斯，那条叫塔洛斯的影子在我重新醒来之后也就消失了，再也没有出现过，连同它的名字。这个名字成为了禁忌。直到我母亲死亡，她也没有再次提到过塔洛斯，仿佛这个名字和那些记忆都只是我的臆想，只是让我恐惧的噩梦。

4 克里特城堡

塔洛斯被抹掉了，父亲铲除了院内的杂草，重新铺上新土，并在地面砌上雕有橄榄枝和斗鸡图案的青砖——做完这一切之后那个秃顶的菲利门又一次来过，他带来的是一种暗红色、有些混沌的水，这些混沌着的水被他精心地洒在斗鸡图案上……从此之后，塔洛斯便被抹掉了。

可同时被抹掉的还有我的父亲，只剩下了"他"，我母亲后来嘴里的他——厄瑞克族人，天才，雕刻师，建筑师，脾气暴躁的酒鬼，爱慕虚荣的人，厚颜无耻的人，国王的走狗，谄媚者，意志坚定的人，思想者……他还会不时地出现在我们的家里，但有了变化。

譬如他会多日不肯回家，借口是，他在为弥诺斯国王做事：建造水池，宫殿，城堡，修筑通向厄里山斯山山顶的道路……后来他的借口越来越少，但不回家的时候却越来越多。最后就连我的母亲都听到了这样的消息：他在和住在克里特玫瑰街的妓女们鬼混，借以打发让他厌恶的漫漫长夜。

譬如他喝醉的时候越来越多，他变成了一个酒徒，一个酒鬼。他自己宣称，他曾和狄俄尼索斯一起饮酒，而最先倒下的却是作物之神。整整一夜的时间，那位作物之神都找不到返回丛林的路，而他却跌跌撞撞地返回到自己的床上。"我不会输给任何一个人，哪怕他是……"酒意让他昏睡过去，打起充满气味的鼾。

他说自己没有输给狄俄尼索斯，但却遭到了惩罚，那就是，他成为了一个离不开酒的酒徒。酒使他的手脚发软，可他在不喝酒的情况下这种现象更甚。他只得把自己泡进酒里。

譬如，他开始恶狠狠地对待仆人们，对他们咒骂或者实行鞭笞，只要稍不如意。他也开始使用这样的方式对待我和我的母亲，我们不得不接受他的拳头、鞭子和咒骂，只要稍不如意。他从"丈夫"和"父亲"变成了"他"，一个原来我们没有见过的恶魔——这都是那个不能再说的塔洛斯所引起的。父亲的禁忌也一下子多了起来，我们不能再提塔洛斯，不能拥有锯子，不能提到月亮和石头，不能提到雅典，后来发展起的禁忌还有城堡、坠落，胆小的人，徒弟，影子……

他开始带女人们回家。在我母亲病后更是如此，有一次，我听见他说，这并不是出自于他的情愿，但，他不能不如此——这话是对我母亲说的，换回的是母亲从牙缝里挤出的冷笑。为此，恼怒的父亲抓住母亲的头发，将她拉到门外，从石阶上推下去……他还不许任何人靠近，包括我。"你会遭受惩罚的，邪恶的厄瑞克族人，厄里倪厄斯一定不会轻易饶恕你的这种举动。"母亲一边擦拭着额头上的血一边试图爬起来，可我父亲，已被恼怒烧红了脸的父亲又把她踹倒在地上——放心吧，丑女人，我不会遭受到任何惩罚，除非这一惩罚来自于弥诺斯国王。复仇女神是不会为难到我的，因为我是阿佛洛狄斯的仆从，我从来没有少过给她的献祭!

你这个丑女人,什么都不知道!你根本也不想知道!他恶狠狠地摔门而去,我们都以为他在那天是不会回家来的,不会,然而我们都想错了。

半夜。我正经历一个噩梦,在梦中我被封进了果壳,一个持有大锤的铁匠正准备把这枚果壳狠狠砸碎,这时父亲来了。他叫我,起来。跟我走。他的话语里满是葡萄酒和胃液浑浊着的气息。

我是第一次在夜间登上克里特城堡,负责守卫的士兵们似乎都认识我的父亲,在他经过的时候都向他行礼,装作闻不到他所携带的酒气。

这里是我所建造的,他说。这里也是。还有这里。我几乎为国王建造了整座克里特城!这座坚固无比的新城,只取了旧城很少的一部分土,一部分土,你懂吧。

他指点着远处:那座高楼,是我建的。我以为国王会把它当作图书馆,然而后来它的用途是行刑台。我为这座行刑台建造了三种刑具,在这个世界上没有比它们更完美的了。远处,一片黑暗,我看不清高楼的位置。

他指点着远处,那里,有四根巨大的柱子,柱子的顶端是雕刻完美的石龛,我原以为国王会在石龛里放进灯盏,没想到的是,国王放在石龛里的是犯人们被砍下的头。没有人知道弥诺斯国王的心思,他的心思是不能被猜透的。父亲连打了三个酒嗝,他小声说,这,也许是国王的恼怒,他可不希望别人在背后这样说他，即使是我。——你看到了没有？就在那里。

我没有看到。那个远处也属于黑暗，只有一片一片来回涌动的黑暗，我无法找到石柱和石凳的位置。

"父亲，这里有些凉。我们……我们不如回去吧。"

可他在前面走着，没有停下来的意思。我只好跟了上去。

——你为什么不自己回家？你不是和你母亲一样怨恨我吗？他问。他并没有回头。有时候我会一个人在城堡里到处走走，就一个人，一直走到天亮，然后回到雕石馆那里去。我本来想把我的手艺全部传授给你的，伊卡洛斯，可你太让我失望了。我记得你在石雕馆里……

"你嫌弃我太笨，父亲。你说，你想把我的手砍下来，把木头装上去都比原来的这双手灵活，要不是克宇克斯叔叔拼命拦着，你就真的这样做了，父亲。"

——你应当很恨我吧，伊卡洛斯。你会不会想，把我，从城堡的墙上推下去？你可以想一下。有时我也觉得自己挺招人恨，似乎谁都有恨我的理由。从墙上摔下去，砰！我会大于现在的自己五倍，而血，会溅到城墙的上面来，它和我的建造融在一起……应当也是不错的，你说呢，儿子？

"我从来没有这样想，父亲，我向阿波罗神庙的台阶发誓，我从来没想过谋害自己的父亲，一次也没有过。"

——你其实可以想一次。我的父亲站在城墙的边上，向城堡下面望去。

5　克里特雕石馆

后来我才知道，父亲那时正受着煎熬。他的胸前和后背有着两块烧得火热的铁。

他接受了弥诺斯国王的新任务：为伟大的克里特帝国制造一个能一次绞死十二个人的绞刑架，因为国王遭受了十二个人的冒犯，让他震怒不已，于是他决定将这十二个人一起处死，并向其他的人发出警告。

那十二个人：一个是典狱长堤丢斯，他提醒国王他的监狱里人口实在众多，几乎可以再建一座城市了，而解决人满为患的方法是释放一些罪过较轻的人让他们改正——弥诺斯国王绝不接受这样的解决方式：你这是鼓励犯罪！任何的犯罪都不会得到律法的允许，这，你应当清楚！提出这样的要求无异是对法律的不敬，无异是谋反！你违背了国王的意志！将要处死的还有预言家苏格拉底，据说他是个不敬神的人，一直向青年人的脑子里灌输引起混乱的东西……有三个士兵，他们分别是赫克托耳、埃利阿斯和提拉蒙，他们竟然借口天气寒冷在巡逻的时候饮酒，尽管只是每人一小杯；将被绞死的阿喀墨斯杀死了自己的兄弟，而哭哭啼啼拒不认罪的伊斯提涅则是因为偷盗，失盗的主人说他丢失了一头奶牛而伊斯提涅只承认因为酒醉而去牛栏边撒尿，在他撒尿的时候牛栏里就没有了奶牛。奥德修斯将军获罪的原因是，他没

58

能像他承诺的那样，为弥诺斯国王带来一场他想要的胜利，尽管这位将军作战勇敢，可相较胜利来说这个美德完全是微不足道的。玛卡里阿是王后的侍女，她打碎了王后的镜子因此遭受重罚，而得摩丰和特里克斯的必死是因为谋反，他们试图害死伟大的国王……

我当时并不知道这些，我知道的是特里克斯是我父亲的好友，他曾多次来到我们家里，和我父亲饮酒，谈论未来的城堡应该如何建筑；我知道的是，父亲不止一次地提到典狱长是他的恩人，我父亲最初是作为犯人被关在监牢里的，而典狱长发现了他的才能并向国王弥诺斯推荐了他，为他洗刷了子虚乌有的罪名……我当时知道的是，父亲为此很是悲痛。

当然，就像别人所认可的那样，我父亲是一个能干而认真的匠人，他会对自己的每一项工作都尽职尽责地完成。可悲痛还是不自觉地浸入到他的建造中，他选择的石头和木板都因为浸入了悲痛而略有些扭曲。

我就是在那个时间来到他主持的克里特雕石馆的。我母亲希望我能成为一个好学徒，成为一个和我父亲一样声名显赫的匠人。

我跟着卡什叔叔学习木工，他教我做棺材。他说，你要先学习使用锛子、锯子，学习力量用得准确。他说我要把它做成斜面交接的，这样一来，钉子吃住的面积就比较大；雨水只能斜斜地渗入棺材。要知道雨水顺着垂直、水平的方向渗流起来是最容易不过的了。他说棺材有用，有太多的人需要棺材，就是被国王下令绞死的这十二个人也需要棺材。西西里岛的居民不需要棺材，他们会把尸体悬挂在树上直到它们干透为止。树上挂满了各种各样死去的人，士兵们从树下经过会让自己的标枪碰撞到尸体，它们会发出钢铁碰撞的声响……卡什叔叔来自西西里岛，他是带着腿上的伤疤来到克里特岛的，在这里他成为了有名的木匠，学会了制作棺材。

在克里特雕石馆，我学习木匠，学习制作棺材。可我总是使用不好锛子。我总是用不准力气，每一下，都是一条歪歪斜斜的线。卡什叔叔也有些恼火。

那时，我父亲的制造也遇到了困难。他已经克服了悲痛，但另外的一些属于技术的活儿却不是那么容易克服的，他一次次失败，而国王弥诺斯已经失去了耐心：再给你三天的时间，如果还不能完成，你将也陪伴那十二个人一同绞死！负责传旨的官员一脸真诚。

我总是使用不好锛子。我总是用不准力气，每一下，都是一条歪歪斜斜的线。卡什叔叔也有些恼火。"你怎么可以这样，你看准我给你画出的线……线在哪儿？你怎么能把它锛没啦？"

父亲让人拉起悬挂的绳索，而这时，巨大的绞刑架出现倾斜，其中一块代替人悬挂在上面的石头掉了下来。"混蛋！"父亲跳起来，他手上的皮鞭狠狠抽在负责拉动绳索的人的身上。"你们几个！是不是想让我去送死？在我被处死之前，我会先把你们送过冥河的！"

……我依然使用不好锛子。它甚至不像斧头，也不如锯子好用。我根本控制不了它。这时，狂怒着的父亲朝我奔过来，他的拳头狠狠打在我脸上——笨蛋，一个笨蛋！我怎么会有你这么笨的儿子！把它给我剁掉吧，把木头装上去都比原来的这双手灵活！他真的抓住了我的手。他真的，抓起了斧子。

克宇克斯奔到他的面前，抱住他，我的手才得以幸免，但斧头砍到了克宇克斯叔叔的背。"代达罗斯，你不能这样……"

我被赶出了石雕馆，我父亲说没有他的话我永远不允许再踏入半步。在我走的时候我看到父亲俯下身子，哭泣起来。他的手遮住自己的脸，一副让人绝望的样子。

父亲最终按时完成了绞刑架的建造。那真是一架完美的机器，它有树木那么多的枝丫，而全部的绳索只用一个绞盘就能提升起来。遵照国王的命令，全克里特城的人都聚集在王宫外的广场上参看行刑，而我父亲则不停地在绞刑架前走来走去，检查着每一个部件。那十二个人被押到了绞刑架前，或许是因为饥饿和痛苦的缘故他们都显得非常矮小。我父亲还在检查，他拉拉这里，拉拉那里，向滑轮处再次滴上用以润滑的油脂——父亲的动作吸引了特里克斯。他为我父亲的建造由衷地赞叹，但同时，提出了一个改动的建议：如果在最上端的枝丫处加上一根横向的木梁……我父亲瞬间便明白了，他低声把石雕馆的三个工匠叫到身边，他们飞快地退下去，不一会儿，三个人就扛来了一条长长的木梁，各自的手里还提着工具箱和滑轮。

还不到行刑的时间，父亲和那三位工匠现场操作，把木梁刨平，装上滑轮，而特里克斯也提供着建议：向上一点儿，不，绳索从下面绕过才对……不不不，这样不行，它会把另外的绳索绞在一起的，它要从左边开始……父亲听从了特里克斯的建议，只是在安装的高度上遵照了自己的想法。——你是对的，代达罗斯，这样看上去更美观些，而行刑者也会少用一点儿的力。特里克斯点点头，他对我父亲说，我再也给不了你别的意见了。再见吧。

加上了木梁的绞刑架一下子也多出了几个可以悬挂的地方，弥诺斯只得从克里特监狱里临时抽出三个罪犯挂上去，另外的空余国王也加以利用，在每三个犯人之间吊上三四只猫。僵直的尸体和死猫悬挂了三天，起初所有克里特的人都不忍心去看。

但随着时间……我们发现那些尸首都瞪着愤怒的双眼，于是我们对这桩惨案的认识也发生了变化，产生了与以前不同的感受。而这时，弥诺斯国王更是印刷了十二个人罪行的告示，负责印刷的就是我的父亲。（他把印刷不够精美的几件废品拿回了家，于是，我记下了那些人的名字和各自的罪行。）

……至少在我的家里如此，母亲和仆人们都开始对被绞死的十五个人感觉厌恶和痛恨。有三位女仆，还结成对子来到绞刑架前，分别向尸体们投掷石块和西红柿。"那三个后来被拉来的人……他们的罪名是什么？""管他呢，反正他们都是该死的，弥诺斯国王一定有他的道理，即使我们一时不能理解！"

6 迷宫中

他找不到路径。"克里特的迷宫将成为奇迹，它困住了它的
建造者。"我父亲甚至为此骄傲，但，留给我们的粮食和酒已经
越来越少，而秋天将至。

我提醒他，父亲，我们如果找不到出路，就会死在您的伟
大迷宫里。——这有什么。他并不掩饰自己的得意，你不知道，
有许多的工匠，穷其一生也无法完成这样一件伟大的作品，如果
我愿意把我的成就和他们交换，我相信就是在这个小小的克里特
岛，也会有十个人愿意用死亡来交换我的才能，如果在雅典，愿
意交换的绝不会少于一百个……"不过，我是不会被真正地困住
的，伊卡洛斯。我只是希望……现在还不是告诉你的时候。"

他要我和他一起参观他的建造：我想，你也许希望见一见弥
诺陶洛斯，是不是？你们是如何描述它的？我想知道。

听说它是一头可怕的怪兽，凶猛，残暴。听说，它有双重
的形体，从头顶到肩膀是一头公牛的形状，而其余的部分则像一
个身材高大的人。我还听说，根据一份古老的协议，雅典每隔九
年就要给克里特国王呈献七名童男童女，作为上贡给弥诺陶洛斯
的祭品。听说，就连国王弥诺斯也受到这头怪兽的控制，某些残
酷的命令是根据弥诺陶洛斯的意见做出的，若不然以宽厚却不乏
严谨的国王的性格，他是不可能非要杀掉那么多人。我把我听

到的告诉他，他为我的话做了一点补充：谁也没见到过弥诺陶洛斯，是不是？据说凡是被弥诺陶洛斯看到的都是不会说话也睁不开眼睛的死人，是不是？就连国王想要接近它，也必须戴上黄金和蟒蛇的皮做成的面具才可以，是不是？

是的。我说。所以它是一头可怕的怪兽。在克里特城，没有谁提到这头怪兽不会胆颤一下。

"那，你想不想见见这头怪兽？要知道，这座迷宫，就是专门为弥诺陶洛斯建造的。"

不想，我积攒了一点儿摇摇晃晃的勇气，父亲，我不想见它。即使它不会杀死我，我也不想见它。我不知道为什么要见它。

"可它就在迷宫里。"父亲笑了起来，他笑得阴冷而狰狞。"有时候躲是躲不开的。不过，你早就见过它了，儿子。只是你没意识到而已。"他摆摆手，"走吧，跟着我。伊卡洛斯，虽然你不是最好的人选，但我还是愿意领着你参观一下。就是奥林匹斯山上的诸神来到这里，我想他们也是会被困住的。"

我们穿过由假山和树木构成的外围迷宫，它的设计师在经过沉思之后总能找到正确的出口。在迷宫的边缘处有几栋低矮的草房，父亲告诫，只有灰色屋顶的那间可以进入，其他的房间里要么是陷阱要么是被吃人的怪兽占据，千万不要打开。我们走到河流的面前：那条河有着反反复复、杂乱无章的纵横交错，这是我父亲颇为得意的设计，他说，迷宫里的河流是根据夫利基阿的密安得河境况来设计的，那条互相交插又互相分离的河流给了他巨大的灵感。他叫我蹲下去观察——你看，这水流的走向！它此时是在向前，哦，在我说话的时候已经转向，它开始向后涌去了……它没有固定的流向，谁也不知道下一刻它是向前还是向后，还是在原地旋转起来形成涡流。告诉你，这条河河水的流向，时常会和河流本身的意志背道而驰，我甚至不知道奥林匹斯山顶的诸神是不是能够理顺！要经过这条河流走向里面的高楼当然困难重重，就连我，也不敢保证每次都能顺利通过，进入到里边……

父亲说得没错儿，我们往返三次才找到正确的路径，那时已经是黄昏。我们经过一片广阔的沙漠，它实在是太广阔了，也不知道走了多么久，父亲凭借怀里的指南针和一只水银做的金丝雀的指引，才来到一座高楼的前面。

"哦，我们走到了中午。"我抬头看看顶在头上的太阳，"真是奇怪，我们在沙漠里，似乎没有过经历夜晚。"——没什么好奇怪的。父亲点起火把，在这里，时间甚至时令都是不确定的，你以为是在中午，不一会儿就可能是深夜；你以为是在春天来的，鲜花们都在开着，可能下一时刻，这些花朵就会迅速地枯萎下去，你的腿边却积下了厚厚的雪。当年，建造迷宫的工匠们也都不敢相信自己的眼睛。唉，愿他们沉进河水中的骨骸不再争吵。

果然，天暗了下来，整个星河就垂在我们的头顶。父亲抓着我的手，避免我沉陷到沙丘的下面去——我不知道脚下的沙丘是什么时候聚拢的又是什么时候成为了沙谷，没有风，它根本没有移动。"你说，从你所站的地方到这座楼房的门口，需要走多少步？"

十步？十五步？"不，需要整整一天的时间，如果你确定自己走的是直线的话。在我的这座迷宫里，处处都是错觉，眼睛所看到的没有一项正确！"父亲的声音里含满了不可一世的骄傲。我听得很清楚，他说的是，我的迷宫，而不是弥诺斯的迷宫或者弥诺陶洛斯的迷宫，我父亲不肯把它轻易地交出来。

——那，我们是不是还要过去？我的心里有种隐隐的不安。

"不过去啦。我知道，此刻，弥诺陶洛斯并没有住在里面。"父亲说，他的表情有些黯然，"这座高楼里面满是噩梦。我也不能保证我的双脚踏进去之后还有机会走出来。"

7 迷宫中

他又喝醉了。这次，他带来的不光是难闻的酒气还有满身的泥浆。他撞开门，跌跌撞撞的身子还没进来就开始咒骂——

卖肉的，卖臭肉的，卖被冥河的水泡了三年的臭肉的。吃过邪恶女神粪便的人，从恶狗的肚子里出生的人。塞壬的儿子，嘴里面长了两条有分叉的舌头，喷出的都是花言巧语的毒液。和暴死女神乱伦交媾的胆小鬼……

他骂着，突然冲过来抓住我的头发——"父亲，你干什么？我是你的儿子伊卡洛斯啊！"

伊卡洛斯？他松开手。哦，伊卡洛斯。那个丑女人的儿子。

那个丑女人……他哭泣起来，用力地抱住我，伊卡洛斯，伊卡洛斯……我的心里，有一条毒蛇在疯狂地咬。我的血都快流光啦！你这个吸人血的鬼魂！

我将他拉到床上去。这并不是一件很轻易的事，就在我用力拉扯的时候他竟然睡着了。可在我准备起身的时候他又伸出手来抓住我：

"塔洛斯，你不知道我现在有多后悔，其实摔到地上的是我，是我！我把自己摔得四分五裂！砰！我就再也没有了，塔洛斯，我早就被你杀死，现在活着的我也不知道到底是谁。"

"父亲，是我。我是伊卡洛斯。"

"伊卡洛斯？"他松开手。"哦，伊卡洛斯。你的母亲早就过了冥河，我不知道她在那边是不是依然不肯放弃对我的诅咒。现在，我就把你送到她的身边去。你以为我不敢吗？你以为我，不敢吗？"

"敢，父亲，您当然敢。"我不知道从哪来的勇气，这是我长到十四岁以来第一次和他这样说话。我转过身，在他的工具箱里找出锤子、刀子和锛子，一一放在他的手边。"父亲，您敢，您什么都能做得出来。当然这和您所服侍的国王还有差距，但也足够了。您知道我母亲临终时说的最后一句话是什么吗？她说，他是我一生的噩梦。现在，我终于可以摆脱他了。"

"你这个混蛋！"他甩过一记狠狠的耳光，让我的耳朵里一下灌满了喧哗的鸟鸣，"你怎么敢这样跟我说话！伊卡洛斯！你什么时候吃掉了豹子？好吧，好，你等着，现在就让赫尔墨斯把你接走！不过他未必会把你送到你母亲那里去，他也许会把你的骨头丢给哈得斯的看门狗。"

"我也乐得如此，父亲大人。"我突然泪流满面，"父亲大人，在我母亲死后，当我被弥诺斯国王的卫兵拉进迷宫来陪您，我就在等接引的神。在这里的每个时刻都是煎熬，死亡不过是被拉长了，父亲。"

"你不知道。你什么都不知道。我们会离开的，不过现在还不到时候。"可恨的父亲，让人厌恶的父亲，嘴里面满是腐臭的父亲，又一次沉沉地睡下去，这一次，他睡得像一块没有知觉的石头。

可我的恐惧却来了。它来得汹涌，无边无沿。它在四周的黑暗里潜伏着，我能听到它的呼吸。

8 迷宫中

起来，他叫我，除了口腔里残存的酒臭，他似乎已经忘掉了昨日。我最看不得人懒惰的样子，即使你是个笨人，即使你是我的儿子。伊卡洛斯，我要出去几天，你要在这栋房子里好好待着，千万不要走远。

好的，我飞快地坐起来，揉着眼睛，父亲，你要去哪儿？

当然是迷宫里，还能到哪儿去。我只是想，如果我不凭借工具，看我能不能走到河那边去，然后再返回这里。我要忘记它是我建造的，而把它当成是另一位伟大工匠的杰作……他兴致勃勃，把他的工具箱和其他用具都放在一个羊皮袋子里，然后又装上了酒。"我用红线给你画出了范围，如果你走到红线的外面，一定要马上退回来，否则，我可能永远都找不到你了。"

这一次，他竟然没提到赫尔墨斯。千万不要走远。

说着，他就消失在一堵墙的后面，随后没了身影。

9 迷宫中

我被孤单地剩在了迷宫里。

我不知道自己该做点什么，不知道。我对父亲划定的红线也没有半点儿兴趣，我走过一堵墙还会是另一堵墙，我走过一片由树木组成的过道还会是另一片由树木组成的过道，我走过去，只会让自己在过道和过道之间、墙壁和墙壁之间绕来绕去，它没有任何的趣味——而我走得时间过久的话，还很可能会把自己走失，再也找不回原来的位置也找不回自己——我对这样绕来绕去的冒险没有兴趣。

我宁可无所事事。

我在无所事事的时候会想一些混乱的事，会想起我的母亲，我想用女仆伊菲革涅亚教我的方法招唤亡灵，可这个办法根本无效，我并没能见到我的母亲也没有听到她的声音，我招来的只有一缕淡淡的烟。我想起那个叫塔洛斯的影子，我也想起克宇克斯叔叔对我说的话，他说，孩子，我要走了，要到遥远的地方去了，因为我知晓了代达罗斯的秘密。我不走，他一定会想办法杀掉我的，就像杀掉辛尼斯那样。他不会眨一下眼的，不会。而且，他不会生出一丁丁点儿的愧意出来，我太了解他了。他说，即使你父亲不杀我也不想再待下去的，他为凶残的国王做了太多凶残的事，而我也是帮凶。再这样下去，我身体里积攒着的痛苦就要把我埋葬在这里了。

救过我的克宇克斯叔叔说，我父亲是一个非常优秀的匠人，这点儿毋庸置疑。我的父亲一定是阿波罗和雅典娜的宠儿，奥林匹斯山的神灵给他太多了，恐怕某些神灵也会对他妒忌。克宇克斯叔叔说，我父亲具备一个艺术大师的全部优秀品质，他的身上只有一个显著的短板，就是爱虚荣，爱妒忌。当然这个短板也是自古以来的艺术家们所共有的，不过，在我父亲身上，它显得明显而邪恶。

克宇克斯叔叔说，我父亲在雅典的时候就已声名显赫，甚至他的影响一直影响到遥远的世界边缘，人们对他创作的石柱佩服得五体投地，说它是具有灵魂的造物。他创造了一个有别于前人的雕刻法，这种雕刻法甚至让石柱上的生灵都会移动，插进身体的标枪会让它们慢慢渗出鲜红的血。然而，不知出于怎样的原因，奥林匹斯的诸神在赋予代达罗斯神性的同时，却把同样的神性赋予了另一个人，他是我父亲的徒弟，也是他的侄儿，塔洛斯。他甚至更优秀些。

'在很小的时候，塔洛斯就发明了陶工旋盘。他还利用蛇的颌

70

骨作为锯子，用锯齿锯断了一块小木板——后来，他用同样的方式制造了锯子：也就是说，我父亲剽窃了他学徒的发明，在到来克里特之后将它的发明权据为己有。

这个塔洛斯还发明了圆规和另外的一些用具。在雅典，他的声名和我父亲一样显赫，人们在赞叹我父亲的雕刻和发明时总不忘提上一句："要是塔洛斯来完成的话……"

人们的称赞引来了我父亲妒忌的怒火，它是分叉的，飘忽不定的，但却并不容易熄灭。一个傍晚，我父亲和他的侄子塔洛斯登上雅典的城墙，他们在谈论水车的设计，沉浸于叙述中的塔洛斯完全没注意到我父亲的脸色和已经冒到了头顶的火焰。他说着，不停地说着，他已经被自己的思路缠绕在里面，等他突然意识到自己在坠落的时候为时已晚。克宇克斯叔叔说，塔洛斯是被我父亲推下城去的，千真万确。

"不可能，"我说，"你听到的是谎言，是出于嫉妒而虚构出来的谎言。我父亲说了，他的侄子死于奇怪的疾病，当这种疾病落进他身体的时候他身上的肉就开始松了，就自动地散落下来，并发出恶臭。我父亲说，他的侄子以为我父亲无所不能，手里掌握着能让他恢复的药剂，可事实上我父亲没有……"

克宇克斯叔叔说，他说得千真万确，他再次用到了千真万确这个词。关于我父亲的这件事，他是听辛尼斯说的，辛尼斯也是来自雅典，只是最初他隐瞒了它，直到，塔洛斯的影子一路追到阿提喀来到克里特城。

"也许是他说谎……他为什么要隐瞒身份？从这点看，他也是一个习惯说谎的人。"

　　他没有说谎，至少在塔洛斯和你父亲的这件事上没有。克宇克斯叔叔说，他所以隐瞒，就是因为怕代达罗斯知道他来自雅典知道些旧事而不会雇用他，而他选择向克宇克斯说出则是因为塔洛斯影子的出现。这条影子，先找到了辛尼斯。它是冲着克里特雕石馆的招牌去的，它找到辛尼斯和他交谈的那个黄昏恰好克宇克斯也没有走，他被一些琐事缠住而忘了时间。

　　在角落里做事的克宇克斯无意中听到了他们的对话。他知道了，那个寻找而来的影子叫塔洛斯，死于我父亲代达罗斯的谋杀，最让它难以忍受的是我父亲在掩埋尸体的时候说自己是在掩埋一条毒蛇。它并不希望辛尼斯对我父亲的行为提出控告，这会让他为难的。它所希望的是，出于同情和应当的悲悯，来自雅典的辛尼斯能够为它指认代达罗斯的住处，它要亲自去找他。

　　"哦，似乎是……可这也说明不了什么。"我想起关于影子的旧事，但我拒绝承认我父亲是杀人犯，尤其是杀害自己亲侄子的凶手。

　　我知道你出于怎样的理由不信。克宇克斯叔叔说，他当时也依然有些半信半疑，但信的成分超过了一半儿，毕竟它是由一条掉着碎肉的影子说的。让他走向确信不疑的原因是，辛尼斯不知出于怎样的理由，他向代达罗斯报告说那条影子曾来过雕石馆，而他也不得不指给它代达罗斯家住哪里，如何才能寻见……克宇克斯叔叔说，我父亲当时就极为愤怒——你的舌头长得太长了！我会让它再也不能多说一个字的！谁知道你还会说出怎样的

72

话来！我会让你消失的，辛尼斯，你要为你的舌头付出代价，在我杀死塔洛斯之后就不会在乎再除掉另外一个人，我清楚我在做什么。

被吓傻的辛尼斯找到我，我是他在克里特雕石馆里最为亲近的朋友。他说，克宇克斯，我该怎么办？这么多年我都没曾把这件事说出来，我觉得自己为代达罗斯大人保持着秘密，因此上心里与他有着特别的亲近，可他却要杀掉我，不肯信任我是出于对他的忠诚才向他汇报的……他哭得痛苦而绝望。这时，国王的卫队闯进了雕石馆，他们将瘫软得不得了的辛尼斯架着走出去，就像拖走一条已经死去的狗。后来你父亲给出的解释是，辛尼斯是个说谎者，是个罪犯，是个逃跑的奴隶，他只能属于监狱和斗兽场——从那之后我就再没有见过辛尼斯，他只在我的梦里出现过一次，面目模糊，仿佛是从水中捞起来的一样。在梦里，他一句话也没有说。

克宇克斯叔叔说，后来，代达罗斯打听到辛尼斯被卫兵们抓走的时候我也在场——他试探着，试图从我的嘴里了解我都知道了什么，我虽然装出完全无知的样子可我知道代达罗斯并不信。我知道接下来迎接我的后果是什么，之所以他现在还没有做是因为辛尼斯刚刚被抓走不久，他不想给人留下猜测。

——你父亲杀死了塔洛斯，两次。后来，他又使用在克里特禁止的巫术，让邪恶巫师除掉了塔洛斯的影子。这件事，石雕馆的匠人们多数知道。

"我母亲也……"我没有再说下去，它让我痛苦。我父亲是有种种的不好，这是我所清楚的，但我不肯相信他会那样。它让我痛苦。克宇克斯打断我，他说我父亲受到了雅典最高法院的审讯，他们认定他有罪。所以才有了在克里特岛的代达罗斯，他不得不逃亡。

我母亲也知道在她嘴里被咬得有深深齿印的"他"请了巫师，杀掉了影子，但对于"他"之前就曾杀死过塔洛斯也是不信的。她痛恨这个人，后来越来越恨，她认为我父亲为了自己能做一切事，无论这些事是美好还是丑恶，但她没有向我提过我父亲杀死了塔洛斯。"伊卡洛斯，你可不能成为他那样的人啊。否则，我在冥河的那端也会痛苦得再死一次的。"我母亲沉陷的眼窝里总有泪水的痕迹。

迷宫里，我在无所事事的时候就想我母亲的遭受，我为她痛，为她苦，为她抱怨，也为她来痛恨——当痛恨涌来形成浪潮的时候，我甚至会在心里杀死他，一遍遍。我为自己的想法而颤抖，每次想到我使用刀子，斧子，或者其他的什么……我的心就会猛烈地颤起来，让我不能再想下去。

我也想在克里特城里的发生。想黑暗来临时天空中盘旋的秃鹫和乌鸦，它们把克里特看作是乐园，甚至偶尔那些白鹤与鱼鹰也会享受到和它们一样的乐趣。弥诺斯国王对不尊重他意志的人是严厉的，而那样的人却总是层出不穷。我想着家里那些叽叽喳喳的仆人们，他们就像一群阴暗的老鼠，当我父亲在家里出现他们立即把嘴里的叽叽喳喳隐藏起来，变成另外的人——也不知道他们现在是怎样了：总是一脸愁容的欧迈俄斯，在背后叽叽喳喳的声音最响的珀涅卡珀，无比贪吃而又力大无比的埃克朋诺尔，还有总跟在我母亲后面为她擦拭泪水的卡珊德拉……我和父亲，是被弥诺斯国王的卫队带进迷宫的，他们来到家里的时候还算客气，只是语气不容置疑。"遵照尊敬的、伟大的弥诺斯国王的命令，有请代达罗斯再次查验弥诺陶洛斯迷宫，国王不希望这座迷宫有任何的漏洞。因为需要的时间过久，也请他的儿子伊卡洛斯一并前去，慰藉父亲的心……"

　　不知道时间过了多久，无所事事会让时间变得更为漫长，所以我更不知道时间了——在我这里，时间也完全是种无用之物，它不用来贪恋也不用来希望，我对它没有要求，反而因为它的存在让我感觉着限制。可以用来回想的事情并不多，而且它们多是灰色的，我不想让自己沉在里面，于是我寻找着松针和落叶，躲在树木的下面或者墙壁的拐角处为自己编故事——在迷宫里，墙壁的拐角实在太好找了，几乎每处都是，有的是用土垒起的，有的是由砖或石砌成，有的则是利用着乔木、灌木或者芦苇……大约几天的时间下来，让我有兴趣的故事也被我编完了，我只得再重复一次。这样的重复有些索然无味，我就让自己回想欧迈俄斯给我讲过的国王故事：珀布律喀亚的国王阿密科斯是凶残的，他杀人无数，更是规定陌生的人进入到他的领地则必须在和他的拳击中取胜，否则便不能离开他的王国，为此他杀害了许多完全无辜的人。国王弥诺斯曾向海神波塞冬许诺，他将把自己看到的从大海里浮现出来的第一件物品当作祭品，用以祭供海神——只见海水奔啸，水里面浮起一头健壮、硕大的公牛。大喜过望的国王

75

却起了贪心，他将这只公牛悄悄藏在自己的牛群里，然后牵出了另外一头牛……底比斯国王拉伊俄斯年轻的时候被赶出家园，他被伯罗奔尼撒的国王收留让他住在王宫里，当作客人一样款待。后来，他却恩将仇报拐骗了国王的儿子克律西波斯，将他变成了奴隶，国王不得不发动战争才将克律西波斯救回去，然而就在路上克律西波斯还是遭到了杀害。拉伊俄斯得到一则神谕，说他命中注定将丧命于自己的儿子之手，于是他在儿子出生后的第三天就命人将婴儿双脚刺穿，然后用索子捆绑起来扔进了荒山。萨尔摩钮斯是伊利斯的国王，据说是一个蛮横无理、自以为是的人，他建造了一座豪华的城市萨尔摩尼亚，要求那里的臣民们对他要像对宙斯一样祭奉和尊重，否则就会遭受残酷的惩罚。他打造了雷神的车，而国王在车上挥舞着火把将它当作射向人间的道道闪电。当他寻欢作乐的时候，会命令周围的人全部躺倒在地上，就像是被雷电烧焦的尸体……最终萨尔摩钮斯国王遭到了惩罚，惩罚他的正是他所模仿的众神之神。宙斯劈下一道暗红色的闪电，它击倒了国王，并使整个萨尔摩尼亚都沉陷于火焰之中，城里那些可怜的居民们也无一幸免……

我偶尔地会想一下我的父亲。在我想到他的时候，他只是一道模糊的影子，我竟然记不起他的脸。

10　迷宫中

父亲走了回来，他的后背上背着一条有破洞的口袋，里面满是鸟的羽毛。

"你是干什么去了，父亲？难道，你是去捕鸟了？难道，你是想，用它织成毯子，准备冬天的来临？"

当然不是，我要把它们粘起来，做成翅膀。地上的路和水上的路都被封锁了，我们无法绕过弥诺斯国王把守的卫兵。

"父亲，你的意思是……"

他说，我现在能猜到也不算太晚，是的，凶恶多疑的弥诺斯并不是让他来仔细检验迷宫的设计，而是想把它的设计者困在里面，看他是不是能出得去。"因为他希望得到的就是，能把设计者困死在里面的迷宫，只有这样的迷宫才值得信任。"之所以国王要他把自己的儿子也带进来，就是要进一步测试他：国王觉得他代达罗斯或许可以牺牲自己的生命而使迷宫显得天衣无缝，但一定不能忍受和儿子一起被困死，一定会用尽全力寻找逃出的路，那样，他的检验效果才可达到。"我们一旦离开出现在外面，也就是自己的死期，国王不能容忍我设计一个有漏洞的、设计者可能进退自如的迷宫。"

父亲说，他知道弥诺斯的想法，虽然他并不是这样说的。他和这个国王已经共事多年，对国王多少是了解的。"你还记得我带你去王宫时的情景吗？"

11 在王宫

那年九岁半，我跟在父亲的后面，不知道爬了多少级台阶，反正我的膝盖都爬疼了。然后，我们经过一道道长廊，接受一次次检查，终于在一座大殿的外面停下来，不久，里面传来声音，让我们进去。我跟在父亲的后面，这时我的膝盖更疼也更软了。那时已经黄昏，残存的阳光随意地涂抹在大殿的墙上，里面充满了翅膀的晃动：那么多的乌鸦在屋顶上盘旋。

弥诺斯国王高高在上，他坐在一把大木椅里，这让他显得很瘦小，我甚至记得他是一个孩子——后来我不得不借助实际来修正我的这一错误——可在我十一岁的时候，我想起那次经历，王座上坐着的依然是一个孩子，而不是别人嘴里的国王。

他问我父亲的建造情况。我父亲小心地回答着，他谦卑得几乎不再像他。"这是你的孩子？叫什么名字？"

坐在那里的那个"孩子"有着一种魔力，竟然让我张不开自己的嘴巴。只得由我父亲回答：尊敬的、伟大的国王，他是我笨拙的儿子，名叫伊卡洛斯。哦，伊卡洛斯，很不错的名字。将来也许能会和你一样成为克里特最有用的人。我喜欢这孩子。国王挥挥手，我获得了一个金色的夜莺，它的肚子里是好吃的糖果——也许正是这样的赏赐，让我的记忆生出错觉，以为坐在王座上的国王其实是个比我大不了多少的孩子。"代达罗斯，我让你制造的锋利刀锋完成得怎么样了？它能不能割开雅典娜的盾

78

牌？还有，我让你引来冥河的水，把它浇到色雷斯人的马槽里去，有没有进展？我要一面能测试梦境的镜子，代达罗斯，你知道这世界上想谋害国王的人太多了，虽然他们会不断地掩饰，可梦境会使他们的秘密泄露出来。代达罗斯，成为国王就等于是坐在了针毡上，他们都在试图用隐藏着的牙来咬你。尽管你拿出十二分的小心，可依然防不胜防。"

我被弥诺斯国王赠送的金夜莺给迷住了，确切地说是被里面不断能掏出的糖果给迷住了，后面父亲和国王又谈了些什么完全没有印象，甚至，我对什么时候离开的王宫也没有印象。

多日之后，父亲问我对弥诺斯国王的印象，我冲口说出：国王？你说那个坐在椅子上的孩子？父亲愣了一下，然后惊恐地堵住了我的嘴巴。

"你还记得我带你去王宫时的情景吗？"父亲问。我说记得，我记得来来回回、弯弯曲曲的长廊，记得高大的栎树和一口深不可测却不断有鱼骨升起的井。乌鸦们，它们几乎是拥挤的，四处是它们的叫声吵得我耳朵都疼。我把坐在王座上的弥诺斯看成是一个孩子，或许是他太瘦小而且给了我糖的缘故。

"你这么说过？你说，他是一个孩子？"我父亲代达罗斯大声地笑起来，"你说他是孩子，哈哈，这太可笑了，没有比这更让我发笑的笑话了！我儿子说他是个可怜的孩子！"

——父亲，我没有说他可怜。

他就是可怜。因为他的座位下面连着库克罗普斯的地狱，不断传来的哭泣之声让他睡不着觉。

12 迷宫中

现在我可以说了，伊卡洛斯。我建造了这座迷宫，我被困在了迷宫——但这里也是弥诺斯国王的手够不到的地方，耳朵伸不进的地方，我也许要感激自己的这一建造。现在我可以说了，伊卡洛斯，把酒给我拿过来，我需要。

你没有见过弥诺陶洛斯，是不是？但你一定听说过，这个迷宫就是为它建造的，是不是？它被描述成一头公牛，就像从海水里升起的那头公牛一样，不过它有人的身子，是不是？现在我可以说了，谎言，全是谎言。我没有见过这只怪兽，死去的特里克斯也没见过，告诉你吧，儿子，就连国王本人也没见过这头怪兽！因为，它是被国王虚构出来的，国王想象自己拥有这样的一头怪兽，于是他就有了。给我倒酒。

没有这头怪兽。七名童男童女——那是国王想出的把戏，反正他能轻易处理掉这几个人，他们连一根骨头也不会留下。没有弥诺陶洛斯，没有。伊卡洛斯，别冲着我眨眼睛，我讨厌你的这个样子，你的这个样子让我会想起那个丑女人，我娶到她，不过是为了在克里特有个落脚之地，她不过是一个屋檐，一张床，一个靠背而已……别冲我眨眼睛！再给我倒酒！要是洒到外面，我会抽出你的筋骨来的。我说到做到。好吧，伊卡洛斯，你听我说。

没有弥诺陶洛斯，那建这个迷宫是为什么？你应当问这个问题，你应当问。可你就是没有问，我知道你在想什么，你在想我实在太怨恨眼前的这个人了，又在想我怎么能怨恨这个人呢，他可是我的父亲啊！要不是他我根本活不到今天……要不你也喝点葡萄酒？我说到哪儿啦？对，建迷宫干什么。干什么？其实迷宫里住着的是弥诺斯，是国王！如果冬天来临，我们父子离不开迷宫，弥诺斯就会住进来啦，我知道我猜到了他的心思。他一直说，迷宫是为弥诺陶洛斯建造的，因为这头怪兽实在凶暴他不得不用这样的方式来控制它，可就在我把高楼建起来的时候，他竟然让另外的工匠搬进了他最喜爱的象骨的床。见到床的时候我就明白，这座迷宫将由国王本人居住——为了迷惑他们，我故意装作没有看到，虽然工匠们知道我看到了，可他们绝对不会说出去：把它告诉国王只会让他们的生命结束得更早一些，他们当然也知道这点。我们都在为弥诺斯国王建造，我们都希望自己能成为国王肚子里的蛔虫。

我知道弥诺斯国王在害怕，他一直在害怕，但没想到他的恐惧有这样深。他不信任奥林匹斯的神灵，也不信任住在冥河那端的亡灵，其实他更惧怕他所能见到的所有人，所有，他曾说过在他身边所有的人都想拔掉他的头发而且的确是这样做的……他说迷宫是为一头叫弥诺陶洛斯的怪兽建造的，那样，就不会有人想到国王会住在迷宫里。我知道，伊卡洛斯，胆小的弥诺斯甚至深信，如果迷宫建造得足够完美，会让冥府之神哈得斯的使者在其中迷路，永远也找不到出路。他作恶太多了，只得靠更多的恶来麻木自己，然而这样的恶越多，他的害怕就越积越厚。

如果我们在迷宫里死去，弥诺斯国王就会一个人住进迷宫里，只有在需要出现的时候才会在他的王宫里出现。伊卡洛斯，你为什么不问我既然迷宫的建造者都走不出去那国王又是如何进得到里面，并能够随时出入？把酒再给我倒满吧，儿子，我告诉你，现在我可以说了。我在唯一正确的道路上埋设了一条彩色的线，而这条线，只有用冥河边上的砾石磨成的镜子才能看到，而这面镜子掌握在国王的手中。没有镜子，谁也不可能从迷宫里走出去，无论是从水上还是陆地上。

伊卡洛斯，可你的父亲太聪明了，尽管这是他后来才想出来的。还有一条路，还有一条路可以出去——那就是，那就是这些羽毛。

我们，可以从天上走！代达罗斯会变成飞翔的鸟儿，心怀恶意的弥诺斯绝对想不到！说实话这也是我在前天才想出来的，之前我只在迷宫里打转都把自己绕得晕头转向啦。

再给我倒一杯，快。从明天开始。从明天……

13　迷宫中

他收集了羽毛。他把短的羽毛放在上边，把长些的羽毛粘在下边，他拥有了一双翅膀。长的羽毛不够，他就把短的羽毛用线连接在一起，看上去，就像天生的一般。

82

使用线，更多的线，他把羽毛们捆扎起来，让它们和竹子做成的骨架连在一起，然而又用蜡将它们封牢。他用更多的工具：小刀、锛子、斧头和锯子，两肩翅膀就做好了。然后，他再做另外的两肩。

"伊卡洛斯，自豪吧，现在，你有了一个会飞的父亲！这个世界上，除了奥林匹斯山的诸神，谁还有代达罗斯的本领？"

"我也会让你一起飞走的。虽然你并不讨我喜欢。我也许早应当和那些女人们生几个孩子——如果出去，我一定要好好地补偿一下自己。"

"我母亲说，你得上过脏病。还把脏病传染给了她。"我突然想起了这么一件事，它就像一根卡到了喉咙里的刺。而代达罗斯，则斜起眼睛看着我，随后狠狠地把我踢了一个跟头。"那个丑女人总是诅咒我，这个在地府里也不想安宁的长脸女人真该被锁链锁住！你给我爬起来，"他说，他盯着我的脸，"不过，伊卡洛斯，你也应该尝尝女人了。你这个笨家伙也需要的。"

不要。我说。

哼，那可由不得你。我想起来了，我把克里特城最出名的阿尔太娅带回家里去的时候，你的眼珠子都瞪到了外面！伊卡洛斯，我们出去之后我就会带你去找女人们。等你明白了，你会感激你的父亲的，是他让你见识了女人的好处。快过来，帮帮我，难道你真想困死在迷宫里面？在余下粮食和酒用完之前，我是一定会飞出去的，到那时候能怪的只有你自己。过来，帮我梳理一下！

14　迷宫中

他又喝了那么多的酒，他把喝得过多的酒都吐在了地上。

然后，他又去喝。

他说，这是我们在迷宫里的最后一夜，明天早晨，我们就将和驾车的阿波罗一起出发，升入到天空中去。

在那个晚上，他反复地咒骂弥诺斯：长着獠牙的人，背着龟壳的蛇，冷酷的恶狗，丧失了信誉的变色龙……他说，这么多年，自己违背着自己的心愿为弥诺斯做了那么多的事，经历一次次心肺的撕裂，直到变得麻木，可这个短手短脚的国王却始终没有长出半点儿的同情，把自己看成是一条捕到了猎物、丧失了作用的狗，眼睛一眨不眨地就把他丢进了煮满沸水的锅里。

说着，他就哭起来，把余下的酒又倒入酒杯。"我可不想给他剩下一滴！"父亲恶狠狠地说着，他的脸变得扭曲，"我是女神阿佛洛狄斯的最真诚也最有才干的仆从，我是厄瑞克族历史上最伟大的建筑师和雕刻家，我应当赢得所有人的敬重才是，凭什么他就把我看成是穿破了的旧鞋子！"

我离开他，离开那间建筑于迷宫里的房子，走到清凉的夜色里去。望着天上密得透不过气来的星星，我忽然感觉沉重。不知道为什么，我甚至有些期盼，明天能来得更晚一些。我有些惧怕明天，同样不知道为什么。

屋子外面有那么多的黑暗，它们起伏着，仿佛是黑色的浪潮，拍过来然后又退回到平静中去，接着另一片浪潮又拍打过来。在漫漫的黑夜之中，我甚至感觉不到自己是身处迷宫，而是在，那个看到塔洛斯影子的晚上。

15　在克里特的家里

我仿佛回到了旧日，这个"仿佛"显得固执，虽然理智告诉我不是。

我仿佛刚从自己的房间里出来，我仿佛听见另一间房子里母亲在咳，它有撕心裂肺的连绵，完全不像是幻觉。

我也仿佛看到了自己的父亲，在阴影中。

他是在和院子里的影子说话。他以一种从来没有出现过的，低矮的语调。塔洛斯，你知道我是……我教给你好多的东西你不会忘记这些吧，你是我最好的学生，何况还是我的侄子……

父亲！我竟然冲着黑暗喊出声来，就在我喊出声来的瞬间，之前的幻觉骤然散去，只留下丝丝缕缕的惆怅，和母亲低低的抽泣之声。

它也是幻觉的部分，我的母亲早已踏过的冥河，我知道，她不能再在我的耳边发声了。我想留住它，可我留不住它。

16　天空中

　　我有了一双翅膀。父亲把最后的羽毛都用蜡粘在了给我的翅膀上，他告诫我说，"你要当心，你必须在中空飞行，不能过高也不能过低。如果你飞得太低，羽翼就会掠过水面，海水的浸泡会让它沉重，从而把你拉进波涛；如果你飞得太高，距离太阳过近的话，阳光会晒化用来粘住羽毛的蜡，甚至会使羽毛燃烧。"他告诫我，"跟住，别把自己落在后面，否则跟过来的秃鹫能把你的眼睛啄瞎掉！我可不肯养一个瞎子让别人笑话！"

　　我和父亲展开羽翼，渐渐升到天空中去。

　　他飞在前面。"叫我伟大的创造者吧，伊卡洛斯，在这个世界上还没有哪个人能像我们这样飞行！没有我，你会死在克里特的迷宫里，死掉的样子会比建造它的工匠们更丑陋，会比在克里特城堡吊死的那些犯人们更可怜。"他叫我跟着他在迷宫的上空盘旋，"伊卡洛斯，你再看一看你父亲所创造的！即使在上面看它也是一个奇迹。没有人会不赞叹的，即使……如果可怜的塔洛斯也能活到今天的话，他也一定会大为叹服，乖乖地退回到冥河的里面去。伊卡洛斯，现在，我也没有必要隐瞒了，塔洛斯确是我杀死的，你所听到的所有指控我都认，不管它是真的还是假的。这有什么关系？伊卡洛斯，我们要飞得远一些，在另一片土地上开始新生活，只有不可救药的傻瓜才会把已经过去的事情背到身上。"

我们飞过达萨玛岛，那里的海水是一片可怕的深蓝。"你将会有新母亲的，伊卡洛斯，我要在那些好女人中选择，我要让她服从，像一个谨小慎微的奴仆。我也要让你见识女人的好，把那些不必要的忐忑都丢到海水里去吧，时光流逝得那么快根本来不及患得患失。"我们飞过提洛斯，那里的山顶是红色的，仿佛是刚刚喷射出的岩浆。"这些年，我学会了很多，伊卡洛斯我指的可不仅仅是技艺。我不会放过弥诺斯的，为了这个目标我会动用所有的手段，愿意付出所有的代价。"

你还会杀人。

如果需要，会。不过我会尽可能地做得隐蔽些，这也是我在弥诺斯国王那里学到的，如果他真有给予我的话。如果需要我是会杀人的，我不会为此有半点的负担，哪怕阻挡我的是你，伊卡洛斯。我希望你也是如此，我们没必要遮遮掩掩，在新生活里，我们只能活得更适应些，更有力些，有更多的得到。

父亲，你在做这些和准备做这些的时候……我没有把这句话问出来，它不需要证实，我知道他能给我的答案是什么。我知道。

那一刻，我突然有了百感交集，突然有了挣脱的愿望——而这个愿望一经产生就立刻膨胀起来，膨胀得就像太阳晒在我的肩上。我想起母亲，想起母亲最后的那句话，她说，他是我一生的噩梦。现在，我终于可以摆脱他了。

17　天空中

我终于可以摆脱他了。

回想起母亲的这句话，简直是一片轰鸣。

就在那片轰鸣声中，我用出自己全部的力气，向更高的高度飞去。我承认我是一个怯懦的人，我承认自己惧怕——惧怕国王们也惧怕这个父亲，即使在新生活里，我也不得不被他们笼罩，迫于这样或者迫于那样——母亲说得没错，他，本质上是可怕的噩梦，这样的噩梦我不想再做。

只能如此，只能如此。我感觉背上翅膀上的蜡开始融化，闻到一股类似鹅毛被烧焦后的味道。

那样的味道钻入到我的鼻孔，它，让我兴奋。让我悲凉。刹那间，我觉得自己百感交集，百感交集像一团燃烧起来的火焰，从内至外，它的热度比外面的阳光的热度还要强烈。

我闭上了眼睛。

失败之书

那个坐在冰凉的石凳上的人是我哥哥，那个坐在那里，像一块木头一样的人是我哥哥。他坐在那里，阴冷地坐在那里，虽然从我的角度和距离看不见他的表情，但我猜得到。他有几年来始终如一的石头表情，我们都小心翼翼地看惯了，看厌了，坐在那里的他，肯定还是那副让人厌恶和压抑的阴冷表情。

　　我站在三楼的阳台上看他，因此上他比实际渺小得多，这种渺小会让我突然地心疼一下，然后另外的，复杂的情绪涌出来覆盖了它。这种渺小让我产生了某种错觉，仿佛拥有一米八二身高的哥哥是一个用沙砾和泥土堆起的矮小的人儿，他弱不禁风，只要一根手指，轻轻一碰，他就会倒下去摔碎，摔成沙子和土。他没有支撑。他是一个虚弱的人。

　　我站在三楼的阳台上看他，但他看不见我。我躲在窗帘的后面，躲在黑暗里，我不能让他看见。我有足够的小心，可他抬头看过来时我依然感到紧张地窒息。他看不见我，可他却总是时不时地抬头，朝着我房间的方向，或者这仅是我的错觉。

　　楼下空无一人，只有三个石凳和一张石桌。我哥哥是依在一条石凳上的木头，他不生长但开始着腐朽。夜晚静得可怕，我甚至能听见昏暗的路灯所发出的吱吱吱吱的声响，这种吱吱吱吱的

91

声响分布在短浅的光里，飘动着。那个深夜，那个清凉的深夜也发出吱吱吱吱的声响，寂静得可怕。

路灯突然变得更暗，它红红地闪了两下，然后熄灭。黑暗仿佛一股潮水一样从四面聚拢，就像灯火是投入水塘的一粒石子，现在它就吞没了。同时吞没的还有我的哥哥和那三个石凳，一张石桌，还有自行车棚里的三辆旧自行车。

黑暗，外面的黑暗和我房间里的黑暗连接了起来，没用绕过窗帘它们就连接了起来，那么巨大，阴沉。我回到床前重新躺下，躺下，但我无法入睡。我努力不去想那个人，我的哥哥，可他的影子总在乘虚而入，我用了种种方式都赶不去他。他就在那里，还在那里。

我知道他还在那里，一个人坐着。因为我没听见他回到楼上来的脚步声，没听见他打开自己房间的声音。那他就还在那里。在黑暗中。

哥哥留给我一个坚硬的失败者的形象，它深深地揳入了我的记忆。像钉在墙上的一枚生锈的钉子，像玻璃容器上的一道裂痕，我不知道可以用哪种方式来修补它，改变它。我写下这篇经过多次修改却始终无头无尾的《失败之书》，自己也不知道目的是什么，厘清还是忘却。离开我的家已经两年，然而我的哥哥还是失败中的那副旧样子，我年老的父母还必须天天面对他。窒息。写到这里的时候，窒息像一块透气性很差的棉花堵塞在我的胸口，它吸收着我体内的水分膨胀起来，并且更加密不透风。而我的父亲，母亲，他们没有离开的可能，没有任何一种躲避的手段，他们只能面对。小心翼翼地窒息，提心吊胆地窒息，无时无刻。这种窒息是我哥哥附加给他们的。他应当把窒息也带给了自己。

我们家的空气是哪一年开始突然减少的？是2001年，我的父母将我哥哥从北京的"画家村"接回来的那一年。五年的时光也许不够漫长，可是它得分成一分钟一分钟来计算，而我们家的一分钟，长度超过别人家的半小时。至少如此。就是如此，如此绵长的窒息，如此绵长的空气稀薄，它改变了我父亲母亲肺的形状。

我们小心翼翼，这小心翼翼也是母亲反复告诫我们的，在他面前，我们不提损失、失败、无所事事之类的字眼，我们若无其事地笑着，至少不表现忧郁和忧伤，我哥哥的回家取消了我们某些情绪的表达权力，是的，我们不去指责不去碰他在北京三年的生活，因为我们不知道哪里就是他的旧疤痕。我们要体现一种温暖，我母亲说，我母亲说妹妹我对你不放心你可不能用话伤他，你是女孩子要对他细心耐心点，别让他觉得自己无用让全家人瞧不起。我用了最大的力量点头。我们是种温暖，必须是。

可能我们错了。从一开始就错了。

他拒绝了我们的温暖，他拒绝了我母亲的，我的，和我父亲的温暖。

在最初的几个月里，我哥哥将自己封闭在他的小屋里，他不出现。除了吃饭和上厕所。偶尔在夜深人静的时候悄悄溜出门去，在石凳上木头一样坐着，一支一支地吸烟。他是一只怕人的老鼠，他是一只，软壳的蜗牛。

他回来了，他的那间房间就从我们家里分了出去，他不允许我们进他的房间，任何人。他想带着那间房间从我们的视线里消失，可是不能，我们不能。他也同样不能。我们谁都无法真正忽略那间房间的存在，它像一个黑洞，吸走了许多的光线、温度和空气。

我父亲的牙痛病又犯了。虽然他显得若无其事，但我还是看了出来，我相信我哥哥比我发现得更早。我父亲艰难地咬着一块并不很硬的馒头时，我听见我哥哥的鼻孔哼了一声。又一声。我父亲收起了艰难，埋头对付着面前的碗，他的眼睛有些发红。后来我母亲的眼睛也开始发红，她咳嗽了一下，这轻轻的一下竟然是一条导火索，我哥哥重重地将碗摔在地上：都看我不顺眼是不是！嫌我没用是不是！装什么啊！别以为我看不出来！

空气里那种硝烟的气味一下子弥漫过来，它不是比喻，我真的闻到了硝烟的气味。它浑浊，带着灰色的颗粒。

这根本是一场力量不对等的战争，本该应战的一方似乎措手不及，一触即溃。在我哥哥的强大面前他们就如同做错了事的孩子，面红耳赤，一声不哼。

我一直记着我哥哥木头一样坐在石凳上的形象，在我的记忆里那个形象是我哥哥的首要标志，它被反复固定了下来。后来我离开家，来到上海，然后北京，从阳台上往下看时时常会遭遇到那种木头一样站着或坐着的落魄的男人。因此上我站在阳台上就产生一种莫名的恐惧，恐惧让我晕眩，然而我无法克服向下看的欲望。我努力的克制往往会引发自己的执拗，我在恐惧和对自己的厌恶中从窗帘后面探一探头，看一看路上的行人或路上的空旷，寻找那些成为木头的男人。这样的男人似乎也并不难找。我从他们的影子里看到了我哥哥。

虽然我从未期待过他会出现。我不期待，如果说有期待的话那只是期待能将他暂时忘却，用一套什么样的、带有自我麻醉性质的程序将他覆盖。这样的念头会让我陷入到另一层的恐惧中，我感到自责。

不能总让他这样下去。不能。我母亲压低了声音，她的眼睛又悄悄地红了，她用一种古怪而让人可怜的眼神望着我们，一副束手无策的样子。她说，你们可是想想办法啊。

办法在哪里呢？

在我哥哥回家之后的第二个月。一个下午，时间还很早的下午，我父亲兴冲冲地赶回了家，他背回了油画笔、油画色、松节油、油画布和几个木框。这足以让他汗流浃背。进门之后我父亲并没有马上将它们放下，而是一直背着去敲我哥哥的房门。一遍。一遍。一遍。

我父亲说，我给你买回来了。

我父亲说，你开门。我给你都买回来了。你画画吧。

只有我父亲一个人的声音，和他敲门的声音，这声音单调得有些空旷。我哥哥应当是将他和房间都带去了，只留下一扇紧紧锁着的门，我感觉，在这扇门的后面肯定是一个黑洞，它吞掉了房间也吞掉了我的哥哥。

我父亲只得将他背着的那些东西放下。他将它们放在一个显眼的角落里。他朝着我使了个眼色，我只得充当那个不情愿的信使又去敲门。我说哥你开门吧，父亲给你买来了画布和颜料。在我准备继续的时候突然听到屋子里一声巨大的响动，然后沉寂下来。我只得停止。

晚饭时我哥哥终于出门了。他带着那副冷漠而让人厌烦的石头脸。他从画布、画框和颜料旁边绕了过来，看都没看它们一眼，仿佛那里堆放的只是一堆无用的、散发着霉味的垃圾。他石头一样晃到饭桌的前面，坐了下来。

我父亲小心翼翼。他绕过许多无用的、无用的话题之后绕到了绘画上。他用一种小心翼翼的口气，大升你还是画画吧，也不用急于画出什么名堂。喜欢，喜欢就行。

作为补充，我母亲将一根鸡翅夹到了哥哥的碗里。

我哥哥没有说话。他还是那副石头表情，嚼得缓慢而细致。他仿佛没有带出耳朵来，于是他盯着我父亲的嘴仔细辨认着。他盯着我父亲的嘴巴，一直盯着，我父亲只好闭上了嘴。他又开始吃饭。

我母亲接过了话茬。她说你那时多爱画画啊，大冬天下着雪去火车站写生，手都冻僵了，过了几天手背上红一块紫一块，往外冒水。我们不叫你去可你还是去了。

你那时多爱画画啊。

我哥哥夹起盘子里的最后一块鸡翅，放进自己的碗里。我父亲的筷子悄悄地绕到另一边，两片红辣椒被他夹了起来。

那时你为了画画开始逃课。我母亲说不下去了。我看见父亲的脚悄悄伸向了她的脚，吃饭。他朝我挥了挥手，打开电视，新闻联播该开始了。

我记得你那时打我，说我不务正业，没有出息。我哥哥的声音很冷，他的筷子点了点我父亲的方向，你是对的。我只会吃白饭，什么也做不了。

时间突然停了下来，我们的小心翼翼再也呼吸不到空气，它也被窒息了。只有我哥哥的时间没有遭到停止。他站起身子，放下筷子，那时他尽管有一副石头表情，但似乎相当平静，平静如水。

然而那平静竟然是一种掩饰，他悄悄地积攒了怨愤，敌意，仇恨，屈辱，或者其他的情绪，这样的积攒也许不是一天两天了，他一边积攒一边压抑，甚至一边愧疚。他在那天晚饭之后终于又爆发了一次，面对画布和画框，面对他曾视若生命甚至要略略高过生命的东西。

他的脚重重地抬起来，又重重地落下去。他的脸不再是石头，他换上了一副相当愤怒的表情，咬牙切齿。颜料被踏破了，它们五彩缤纷地喷出来，喷得到处都是，一片混乱。松节油瓶变成碎玻璃，它的气味那么重，那么尖锐地闪烁，它使混合在一起

97

的颜料更加狼藉。木质的画框在发出一阵一阵折断的声响之后变成了木柴，而画布上污迹斑斑，我哥哥还要疯一样撕扯着，仿佛他有足够的力气和怨恨将它撕成一条一条。

——你你你这是干什么！我父亲终于也爆发了，他拍了一下桌子，你知道我们为你做了多少吗！你知道我今天花了多少钱吗！他的牙又开始痛了起来。

疼你的钱是不是？我白吃你家的饭心疼了是不是？觉得养我这样一个无用的儿子很亏是不是？我哥哥迎着父亲，他毫不示弱地贴近了他那张有些扭曲的脸，觉得委屈了后悔了赶我走啊，杀了我啊。

我想杀了他，不止一次。我想过他的多种死法，想过如何杀了他还能伪装成一副自杀的样子，想过他应该死得体面一些还是难堪一些。我想杀了他的想法像一群蠢蠢欲动的虫子，它们把我的心当成了桑叶。我偷偷地忍受着那种疼痛的快感。

那天他和我父亲吵过之后，就跑到洗手间呕吐起来。他救下了我的父亲，因为我父亲不知道战争该如何继续，他既不能在那时将我哥哥赶走也不能杀了他。甚至，我父亲也不能动手打他，我父亲早就打不过这个儿子了，而且这个儿子不会任由我父亲来打骂。即使错在他。

事后我哥哥对我母亲说，他见不得油画笔和油画色，见不得，一看到这些就感到恶心，烦躁，厌倦。

那应当是我哥哥的道歉。可他没有用一个带有道歉意味的词，半个也没有。他只在陈述。他躲避了自己的歉意。可我母亲已经很满足了，她甚至有些感动。没事，我们不画画还可做别的。

我哥哥说，他现在也看不得书，看上一页就会头痛，晕眩，他现在也不能想太多或太复杂的事儿。我哥哥说，他真的是一个废人了，没有一点儿的用处。说这些的时候，他的脸色又变得像石头一样，让人厌恶和压抑。

不止一次，我猜想我父母从画家村领回的不是我哥哥，而是另一个人。这个人要么是我们家的敌人，要么是我哥哥的敌人，他是故意来害我们的。我猜想他杀掉了我的哥哥，用最快的速度剥下了我哥哥的皮，套在自己的身上，于是他有了我哥哥这一身份，有了我父母的亲生儿子的身份。在身份的掩映下，他的报复计划一步步展开，而我们被蒙在鼓里。

真的，他不是我的哥哥，至少不应当是，我的哥哥可不是这个样子，虽然我的旧哥哥也没什么好。但至少，我的旧哥哥不像现在这样消沉，毫无斗志，但至少，他不表现得像现在这样可恶，无所事事。现在，他完全是一个寄生的人，尽管我们家的条件正在每况愈下，但也不算可怕，可怕的是，他在寄生生活里一点点放弃了愧疚和爱，却培养了仇恨。

似乎是，他要我们一家人，要社会和整个世界为他的寄生负责，他可以心安理得地索要。唯一不对他的现状负责的是他自己。似乎是，我们都对不起他，是我父母和我，和这个世界迫使他成为了这个样子。

我不知道在画家村的三年里都发生了什么，我哥哥对此守口如瓶，并且是一个密封很好，不易打开的瓶子，它还有敏感的、一碰就会缩回的触角。反正会有所发生，这发生让我哥哥经历一次次挫败，使他那称之为艺术理想的东西发生了崩塌。崩塌发生得那么彻底，最终痕迹全消。或者是什么也没有发生，单单是时间就消磨了它，时间将失败和绝望种植在缺少规律也缺少变化的日常里，用心力交瘁的风吹走了沙堡上面的全部沙子。

　　我来到北京之后，一个偶然的机会，得到了一张记录画家村生活的光碟。我只断断续续地看了一遍。在观看的时候，我一边不停地给朋友打电话一边不停地进进出出，即使那样，我的泪水还是不停地涌出来，在我心脏的位置出现了一阵一阵的绞痛。

　　一副副落魄的样子。一双双神经质的眼睛。他们显得比刚进城的民工还茫然。问题是，他们对艺术、理想和未来表示了强烈的不屑，同时也对财富、日常生活表示了强烈不屑。无所谓。狗屎。我们是一大堆狗屎。借走我光碟的朋友说里面还有表现他们歇斯底里的画面，我没有看到。或者是我看到了，但随即躲开了，我努力忘却的速度远远高于记忆的速度。

　　我的那个朋友感慨地说，要想毁掉一个人的理想，就是叫众多的这种理想主义者生活在一起，天天面对。谁都是谁的影子，谁都是谁的镜子，更主要的是，谁都是谁的未来。他们在相互消磨，相互毁坏。而且，绝望情绪会在同一类中飞快蔓延，一群人的集体放弃会轻易地瓦解那种个人的抵抗。

　　是这样。肯定是这样。

它可以解释在我哥哥身上的发生，至少在我看来如此。

不止一次，我猜想我父母从所谓画家村领回来的不是我哥哥，而是另一个人，一个全然陌生的人，我们一无所知的人。他有一副相当落魄的样子，他有一双倦怠而越来越神经质的眼。他部分地扮演了我哥哥的形象，他是我们全家的敌人。

我们不得不接纳他。他有我父母亲儿子的身份。我知道，我的父亲和母亲极其小心地倦怠着，厌恶着，不让它们表现出来。

可是它们在。在层层的伪装下面它们也在。作为失败者，我哥哥是一只软壳的蜗牛，它有良好的触角，它的触角敏感，运转正常。我相信，在离开家两年之后我突然理解到，我哥哥的触角不知多少次碰触到我父母的倦怠和厌恶，于是他极力想让我们同样受伤。他沉湎于那种期期艾艾和怨愤中不能自拔，也不想自拔。

在一段故意的消失之后，我哥哥又故意地出现在我们的面前。他显然是故意，连我一直不敏感的母亲都看出来了。

很早很早的早晨，我哥哥就从他的房间里出来，来到客厅里。把电视打开。他好像有一双木讷的耳朵，于是，他总是将电视的低音和重音一起开到很大，让客厅发生震动，让我们各自的房间和睡梦都发生震动。

电视吵闹的声音时常使我的早晨提前结果，同时提前结束的还有我的某种放松。我的心被收紧了，它的上面罩着一条有网眼的呢绒袋子，房间外面的吵闹有一双可以拉紧绳索的手。掌握这

101

双手的是我哥哥。窒息。

他几乎赤裸地躺在客厅的沙发上，头枕着沙发的一头，脚从沙发的另一头探出来。他只穿了一条内裤，很短小的那种。他的手伸在地上，手上不停地按着遥控器，不在任何一个频道不在任何一档节目上停下来。

我发现，他几乎不看电视，他的眼睛时常瞄向别处。电视是开给我们看的，它是，它充当了我哥哥的一部分延伸，它提示着我们的注意。他似乎觉得他以前的消失造成了我们的忽略，现在，他要我们注意，并要我们为自己的忽略付出代价。

他就那样在沙发上躺着，开着电视。一天一天。或者在客厅里走来走去。我哥哥在从画家村回来之后的两年多的时间里，几乎没有走出过我们所住的那栋楼。除了深夜到石凳那里坐一会儿。他肯定恐惧"外面"，他肯定害怕和"外面"的人打交道，但在家里他一米八二的身体足够强大。

在他身边，我的父母进进出出，他们必须付出更多的小心翼翼，得寸进尺的哥哥在侵占自己的房间之后又开始侵占了客厅，我的爸爸妈妈对这种渐进的侵略束手无策。

某一天早晨，我听见我母亲压低了声音对我哥哥说，你能不能多穿件衣服，妹妹也是大姑娘了，你不能总这样。我母亲的声音很小，如果不是我刚从厕所出来的话是无法听到她说了什么的，她回避了我和我哥哥说话，对我哥哥提出要求。

可他把一些肮脏下流的词用了出来，用在了我的身上。他颇有快感地往我身上泼着脏水，振振有词。在角落里我看见母亲低低地哭了。

　　泪水从我的眼睛里涌出来。我控制它的闸门已经锈坏了，它们涌得汹涌，漫长，心酸。甚至绝望。

　　2002年，我二十五岁，我哥哥三十五岁。二十五岁的妹妹害怕面对任何一面镜子，它让我感到羞耻，同时我还怕我必须面对另一种恐惧：我比我的实际年龄看上去苍老。我感觉我有一颗相当苍老的心脏，镜子可以将它的样子一览无余地照出来。

　　那年夏天我有了一件属于自己的首饰，乳白色的珍珠项链。后来它莫名其妙地不见了，再后来，我在打扫房间的时候在角落里发现了散落一地的珍珠。它们藏在背后，有些污浊。我猜得到这是谁干的，他有那样的心。

　　2002年，经同学介绍我有了一个男友。谈不上喜欢也谈不上讨厌，我只是觉得我应当接纳一个人的存在，他使我获得了某种逃离，他使我有借口离开那个令人窒息的家窒息的人而不必一个人空荡荡地走在街上。

　　我渴望逃跑。渴望一双一碰脚后跟就能去任何地方的鞋子，它至少有带我走出家门的能力。我害怕回家，一想到回家那个罩在我心脏上的呢绒袋子就会收紧。同时，我也害怕我的父母和那个看出我逃离的意愿的人，特别是我的母亲。在负担窒息的时候我逃开了，不和她一起承担。

　　我木木地接受那个男人的拥抱，亲吻。我伪装了羞涩，除此之外我不知道我还能做什么。他的舌头有一股胡萝卜的气味。

我们一起去看电影。他根本不理解，那么平庸的剧情怎么会让我表现得那么心酸，泪流满面。他不理解，他不能理解的太多了。

他占居客厅，把电视的声音开到很大，包括他的赤裸都是挑战，他大约隐含了某种想激怒我们中的某一个人，和他进行争吵的意图。他在我们面前晃来晃去，表现一副让人讨厌的样子，甚至在我面前故意将手伸到裆部，甚至下作，是想让我们的忍耐早些到达极限，然后争吵，打架。这个扭曲了的失败者，我的哥哥，他竟然要依靠和我们的争吵来释放！

我想杀了他，不止一次。后来我知道他也具备同样的想法，同样不止一次。

战争开始了，不，不能算是战争，我不想用那种明显的对抗伤我父母的心，不想。所以我的所做只能是抵抗。一种消极的抵抗。我实在无法容忍他一步步地侵占，虽然我的抵抗可能正是他想要的，可我不管这些了。

我先是飞快地吃饭，领先于所有的人，这样我就可以先于我哥哥坐到沙发上去。我盯着电视。换台。我那可恶的哥哥马上会发出吼叫，于是我又换上一副委屈的很乖的样子将遥控器递到他的手上。

或者，我在饭桌上不停地说话，和母亲说，和父亲说，也装作和他说。我小嘴不停。我故意不理会我父母的严肃紧张，视而不见，故意不去看那张石头的脸。然后，我装作突然想到了什么，话题戛然而止，埋头吃饭。我会赶在他发火之前停止，不给他留下机会。

我是小女巫，带有七分之一的恶毒。

在学知路书店，我买了一幅温森特·凡·高的《向日葵》，趁着我哥哥回屋睡觉的时间将它贴在客厅的墙上。带着某种快意我约了我的那个男友。等我回家时那张印刷粗劣的《向日葵》已经不见了，我哥哥坐在沙发里若无其事地伸长了他的腿，像一只气息奄奄的大章鱼。当我打开自己的房间，发现遍地的纸屑，那张被撕碎的向日葵被他一点点塞进了我的房间里。坐在地上，我一边收拢着那些细碎的纸屑，一边笑了起来。当我哥哥的身影巨大地挡在门口，他带来巨大的阴影时我想停住我毫无道理的笑，可我忍不住。我笑得自己都恐惧起来。

我是小女巫，带有七分之一的恶毒，现在它使我七分之四都浸在了毒里。

终有一天，我和那个三十五岁的男人，落魄的无所事事的失败者发生了直接的冲突。那是一个下午。外面阳光明媚但它们无法照到我的房间，就像外面充足的空气无法缓解我的窒息一样。

他在客厅里躺着。不停地转换着频道。声音巨大而混乱，我的房门根本无法抵挡它一浪一浪地侵入。我的耳朵里灌满了声音，它们生长成一群一群的虫子爬满了我的大脑，心脏，和身体的每一部分。我在我的床上翻来覆去，而那些虫子则更为坚韧，它们还有超强的繁殖能力。它们爬进了我的鼻孔爬进了我的胃和肺，它们在的地方我就慢慢消失。我一边消失一边培养着自己的怨恨：他凭什么他凭什么凭什么凭什么凭什么……

那时，我还是进行了压抑，努力使自己镇静，但压抑使我有些晕眩，摇摇晃晃。我摇晃到客厅里，给自己倒了一杯水。我将水飞快地咽进自己的咽喉，有一些爬在我体内的虫子被淹死了，可是它们的数量过于庞大，依然沸沸扬扬。不知是哪里来的勇气，我走上去关掉了电视。

他愣了。显然这出乎他的意料。他有些茫然地看了我两眼。我哼了一声，用鼻孔，然后再准备倒一杯水。如果他不发火，我就将第二杯水给他。

可他扑了过来，打掉了我的杯子，你怎么敢这么对我，他冲着我吼叫。我怎么啦，我怎么啦，你吵得人没法干活也没法睡觉，我关了它还不行！我外强中干了一下，那时我怕得要命，他一米八二的身高笼罩了我。——不行！他抓住了我的头发，我说不行就不行，连你都敢欺负我！我的头有一种裂开的刺痛，但那时，我的恐惧突然消逝得无影无踪。我撕打，拧他咬他踢他，用我的力气。我的力气源源不断。

母亲哭喊着把我们分开了。我意犹未尽，用我的愤怒的眼睛盯着他的眼睛，可他的眼睛转向了别处。你们都觉得我多余，我多余了是不是！他顺手拿起一个玻璃杯，高高举起来，用力朝电视机的方向砸去。

我的母亲，用她的身体阻挡了这只玻璃杯。她一定很痛。因为她不再哭喊，而是缓缓地躺在了地上。我父亲也冲出来了，我哥哥一伸手就将他推到了一边，然后转身离开了客厅，朝他自己的房间走去。

真的没有了畏惧。我扑向他，我准备使用我源源不断的力气，可我父亲却紧紧地抱住了我。坐在地上的母亲哭了，她的声音有些沙哑：你们能不能让我清静一下。哪辈子欠你们的啊。

我有些冷地看了看坐在地上的母亲，看了看手足无措的父亲，那一刻，我对他们的存在和样子也感到厌恶。我是小女巫，有七分之一的恶毒，我的一部分恶毒泼洒了出来，我笑了笑，你们也只配有这样的儿子。

那一夜我没有回家。我和我的男朋友在一起，我们走在街上，去餐馆，去咖啡屋，然后回到大街上。那一夜我是另一副样子，我不停地说，说，说。说我的哥哥。

那一夜我没有回家。我知道他们肯定无法睡觉，他们在担心我，我甚至能猜到我父亲的表情，我母亲的表情。我故意不去想。我故意想到他们，心里有种报复的快意。为什么总让我充当好孩子呢，我已经当够了，早就。我不提回家，也拒绝男友一次次要回家的提议。本质上，他是那种真正的好孩子。我不是，我的好孩子是伪装，我们家小得容不下另一个我哥哥，它太脆弱了，太紧张了，于是我只得变成现在的我。

我挽住他的手，我说我的哥哥。从不是现在这个样子的哥哥说起。

我说我哥哥从小喜欢绘画，在我和我们一家人看来他画得也的确不错。那时我们家的生活条件更差，他就用树枝烧成木炭在纸上画，临摹小人书，到车站去画速写。经常是天黑透了才回来，手冻得发紫。为此他没少挨我父母的打骂。我父母都不支持他画画，那属于不务正业。我的父母想将他拉到他们认为的正业上来。

可是事与愿违，我哥哥的痴迷越来越重，他干脆逃学，偷偷到市文化馆学素描，水彩。他和我的父母以及学校的老师捉起了迷藏。他没少挨打。可他像一根竹子，反弹的力量越来越大。

我说着。我旁边的好孩子偷偷地看了看表，我故意忽略了他的这个动作。

我说他当然考不上大学。他大我十岁，在他二十岁那年去钢铁厂上班了。那是一段艰苦岁月，从我家到钢铁厂要四个小时的路程，骑自行车去。中午还得自己带饭。不过那时候我哥哥没有学会抱怨，艰苦岁月倒成了他的快乐时光。他还在画画，他的工资一半儿用来买衣服，一半儿用来购买纸和笔。

这时他认识了一个女孩儿。或者说，这个女孩儿是他认识的许多女孩儿中的一个，那时我哥哥有了不少的追求者，但这个女孩儿和我哥哥的关系最为密切。我母亲对她的出现保持着警惕，她不满意，越来越不满意。可我哥哥是一根渐渐粗壮起来的竹子，他的反弹越来越有力量。尽管我母亲表现着她的不满意，但我们所有人都认为他们俩最终会走到一起，毫无悬念。然而他们却分手了。在将自己关了两天之后我哥哥判若两人地出现在饭桌的前面，他狼吞虎咽地吃下了三碗米饭，还有两个包子。

那一年我哥哥考上了大学。美术系。

我的男友看了看表。他提示我，已经很晚了，餐馆要打烊了。

　　我和他挽着手走向一家咖啡屋，那里灯火阑珊，昏黄的灯光像不停说着的话，声音很低，但有流淌感。我问他是不是不愿意听我说了，他很郑重地摇着头，挽我的手也用了用力，不，不会。只要你高兴就行。不要让太多的心事憋在心里。

　　那我接着说。

　　"不要相信历史，要相信自己的眼睛；不要相信别人的话，要相信自己的心灵。"这曾是我哥哥在上大学后常说的一句话，和我父亲说，我母亲说，和我说，和朋友们说。我父母忧心忡忡，他越来越偏激，越来越喜欢争论，越来越习惯怀疑。后来我父母的担心终成事实。

　　我说，我哥哥参加了学潮。他一度还充当了他所在那座城市里学潮的领导者之一，满腔热情，对我父母的训斥劝告置若罔闻。仅有几个月的时间。他被管制了，放出来后他所面对的世界已经是另一个世界，他的失败由此开始。或者更早，他的失败有着错综复杂的根。

　　别人无法理解我父母的担心。我是看着我母亲的战战兢兢的，窗外的警车一响她的手和腿就不停地颤抖，虽然我哥哥并不在我们这座城市。后来我哥哥终于回家了。他竟然不再谈文化谈政治，我说出"不要相信历史，要相信自己的眼睛"时他表情漠然，过了几分钟后他轻轻地说了一句，狗屁。

　　他似乎沉稳了，沉稳得可怕，可怜。那时起，他专门找来毛主席的著作和党史看，但很少发表什么评论。除了说深刻，深刻。

如果你愿意听我就继续说，我对我的男友说，我盯着他的眼睛。他略略地躲闪了一下我的眼，当然愿意。我愿意了解，你们家的所有人。

在两年的无所事事之后，我哥哥到北方一座小城里当一名美术教师。然而他不甘心，他是那种有着理想的人。有理想。这个词自身不包含褒义，也不包含贬义，它具体起来的时候就可怕了。

后来我哥哥辞去公职，带着我父母三十年的积蓄只身到了珠海。他买了房子，想开画廊画油画，大干一场。然而失败如影相随，像在他的身体的某处隐藏着，像在他身体里养大的病菌或虫子，失败早早地在他的影子里、性格里潜伏。当房子的钥匙拿到他手上时，国家开始宏观调控紧缩银根，所有的幻想像泡沫一样破灭。我哥哥面对的是一片触目惊心的萧条，他变成了一个拥有空房一座的无业游民。

在珠海的几年我哥哥飞快地老去。在毫无希望可言的挣扎之后，他决定去北京投靠同学。他知道那里有一个画家村。他背着画板就上路了。

我对面的男友，低着头，转动着手里的杯子，里面已无一滴咖啡。我问他在听吗，他没有回答我的问题，只是说，时间不早了，我们应该回家了。他说，他没有在外面待过这么长的时间，他的父母肯定在担心他。

你走吧。我说。他直了直身子，那你呢？我说我不回家，今夜。我要找一个肯听我说话的人听我将我哥哥的故事讲完。"我是那个人。"他抓住我的手。悄悄地打了个哈欠。

那我们出去走走。我看见街上几乎空无一人。只有明亮的路灯和偶尔驶过的车辆。好的。他说。他提议，我们不如去家宾馆，可以躺在床上说，这样太累了。我拒绝了他的提议，我说我愿意走在街上，看着街灯和空旷的街道。好的。他说，就像港台电视剧里的男女主人公一样，一直坐到天亮。

那天我们真的坐到了天亮。他哈欠连连，而我却始终滔滔不绝。关于我哥哥的那些事在我心里实在积压得太久了，它像装在某种纸或塑料容器里的霉败的物体，霉败使它膨胀，几乎会将容器炸裂，现在，它终于撕开了一个小口儿。源源不断地出来。

我讲我哥哥的生活，讲那些琐细，讲我哥哥在他的失败之中，如同被一只无坚不摧的大手揉来搓去，一棵原本水灵葱绿的鲜菜最终变成了坛子里的咸菜，生气全无，精采萎失。我讲他如何一事无成，一次次被失败按倒在地，慢慢地他就习惯了趴在地上不挣扎了，现在，他将自己不挣扎的责任罩到我们的头上。

我讲我哥哥的那些，我所能知道的，以及我能够想到的。我讲得自己泪流满面，而他却一个接一个地打着哈欠。

他说，他理解。（我知道其实不）他不理解，他不可能理解，因为他的家人中没有这样的人，我们的书上也没写到过我的哥哥。生活的真实被掩盖得太多了，假如不是发生在我家里，我也是不会理解的。

我的男友，出于，出于某种动机伪装了理解。当时，我并没有马上揭穿他的伪装。

我吻了他。那是我和他交往以来的第一次主动。他的动作显得特别，失去了以往的热量和熟练。

路上有了三三两两的行人。天开始亮了起来，亮起来的光似乎早就蓄藏于黑暗之中，它慢慢加大了剂量。他显得萎顿，无精打采。我冲他挥了挥手，谢谢你，我说。

我们分手吧，我不适合你。我说。

他似乎说了一声不用谢或者其他的什么。他也挥了挥手，朝另一个方向走去。从背影看去他依然显得萎顿，无精打采。在一个街角，他回过头来冲我摆了摆手，然后消失。我突然有了一种莫名的心疼，它从心脏或者胸部的某个位置开始，然后迅速扩散。在扩散中，疼变成了酸，变成了一种麻木的静寂。

我的这场恋爱从无精打采处开始到无精打采处结束，我又回到以往的生活，平静，压迫，绝望。这场恋爱，毫无感觉的恋爱的确从未将我从平静、压迫和绝望中救出来，但至少，我可以有所躲避。我努力不去想。想会让人迅速变老。

我的父亲母亲也在躲避。并且，他们故意显得并没有避开什么，显得对生活和哥哥有意麻木。哥哥是一条鲨鱼，我是一条梭鱼，而我的父母则大约是金枪鱼。我们被养在同一个鱼缸里。

我想杀了他。不止一次。他像一只硕大的蛀虫，将这个家将我的父母蛀得千疮百孔，摇摇欲坠。我想用我的力量使我的父亲

112

母亲获得一些解脱。我想过牺牲，它确实有些悲壮，但更多的是无奈。我猜测，我的母亲也这样想过，不止一次。

我和我的母亲心照不宣地构成了合谋。有时我们故意向对方袒露一个小角儿，然后掩盖起来。这就足够触目惊心了，至少对我来说是，我会为那个念头紧张很久。我母亲，则比我更为紧张，她会脸色变得苍白，或者切菜切到手上，一小块肉掉了下来。

触电。割腕。甚至投毒。

故意将切过西瓜的刀子放在客厅的茶几上，它闪着寒光让我和我母亲都不愿靠近。故意忘记断开电源。故意……我们越来越健忘了，我母亲常说，看我这脑子。

当然我们更希望他能自杀。我们心照不宣地为他提供着自杀的帮助。那把磨亮的刀子。丢在厕所里的尼龙绳。母亲反复购买积攒下来的安眠药，它被摆在母亲房间里显眼的位置上，而母亲外出常常忘记锁上她的房门。年久失修的电源和略有破损的电线。等等等等。

我哥哥还活着。好好地活着。说好好地活着也许并不确切，他活得并不好，他是一个失败者。一个失败者，在活着，而已。

我书写着我哥哥的故事。失败之书。它没有开始也没有结束，我的记忆可从任何一段开始，它是一大堆纷乱的麻，我找不到一个串起故事的线头，但线头又无处不在，任何一点都前后相连，无边无际。我不知道是否有人肯读它。它大约只是一个个人的故事，最终淹没在灰烬当中。时间当中。冷漠当中。在写作这篇《失败之书》的时候，我并不期待它会有好运。它和失败紧密相连。它是失败的一部分，这大约是命运，我哥哥抵挡过它，我也抵挡过。所谓抵挡，也许并不是那种鸡蛋和石头的碰撞，软壳蜗牛的抵挡隐蔽得多。

接下来说我的哥哥。

他是卡在我喉咙深处的一根巨大的鱼刺。当然他更多地卡住了我父亲和母亲的脖子，我知道，他们比我更感觉刺痛，不适，窒息。

在那次和我的战争之后，他更加变本加厉。他越来越不掩饰自己的故意，他故意让自己成为落在饭桌上的苍蝇，故意长出那种嗡嗡叫的翅膀来，他让自己成为对我们生活的一个打击，他容不下别人的快乐。

是的，他越来越容不下别人的快乐，哪怕是偶然的幸福感，短暂的幸福感。不只是我，和我的父母的。

他最厌倦看电视里的娱乐节目，同时也厌倦那些商场骄子们谈各自的人生经历，在他看来快乐是麻木而肮脏的，金钱是肮脏的，成功也是肮脏的，而他这样的失败者却具有天然的洁净。他拒绝思考，拒绝推理，只做那种简单的判断。

他也变得越来越恶毒。他津津有味地观看电视剧或纪录片中杀人放火的场面，津津有味地看自然的或人为的灾难，那些在地上摆放的尸体，在水中漂浮的尸体总让他显得兴奋不已。当我的父亲或者母亲发出一声同情的叹息的时候，我哥哥往往会不大不小地喊一声，好，好！我猜测他喊好的时候一定面目狰狞，然而事实上并不是这个样子。他没有咬牙切齿，也没有别的激烈的表情。

尽管事隔多年，我依然忘不了那个晚上的争执。它同样是一根钉子，带着锈迹，钉在我的记忆里。

那个晚上开始的时候我们都相安无事，我的父母和我都有足够的小心，不去碰他完全过敏的触角。眼看，相安无事的晚饭就要吃完。盘子里最后的三块鸡块被我哥哥夹到自己的碗里，他面前一大片咀嚼之后的小小的骨头。我父亲似乎用一个细微的表情表现了一下他的不满，但这表情细微得像哥哥第一次长出来的胡子。我哥哥没有看出来，至少表面上如此，他嚼骨头的声音像一只老鼠。他一贯这样。并且，我母亲及时掩饰了我父亲的细微，她说，你们看电视。看。

电视里是一则新闻调查，我第一次听到"黑心棉"这个词，随后因为那天晚上的事件那个词常常植入了我的记忆，就像我记下我哥哥蹲在石凳上的情景。这是那一群男男女女，麻麻木木的农民，将带着污渍和血迹的棉花棉布以及其他肮脏的东西缝在了被子里、棉花里，出售给一些不知情的人们。讲述者显得义愤填膺，于是我母亲也显得义愤填膺，在我哥哥回家之后她可从未这样义愤填膺过了：这些人真是心黑！怎么能这样！不能只为了钱就什么也不顾了吧，你们说说……

我哥哥低着头，他没说话。他还在嚼着某块鸡骨头。

这时我母亲推了我父亲一下，你去年在什么地方买的棉衣？会不会是黑心棉做的？你就知道省钱，省钱，这下可好了！

那你说他们怎么办？我哥哥突然吐出了他嚼不碎的骨头，站着说话不腰疼。不这样做，他们吃什么喝什么？

我母亲回过了身来。她张了张嘴，张了张嘴，胸口一起一伏。眼泪被挤破了，摔出了眼眶。

你，你这孩子。母亲的声音很轻，有些发颤。

我怎么了？哼，你们觉得自己高人一等是不是？瞧不起他们是不是？我最看不惯你们这副嘴脸。

——你，你，你怎么说话？你哪来的这么多歪理？我父亲出场了。他的出场外强中干，我听得出来。他已经不是那个拥有绝对权威不容辩驳的父亲了，他面对的也不是二十年前那个儿子，他们都在变化，这变化很大很大。

我哥哥横了横他的脖子。他突然站起来，用力地关上了电视。

事情也许可以到此结束。我们天天有这样的不愉快，这真的是家常便饭，算不得什么。可我父亲那天不知为何却不依不饶，他取得了一点儿的胜利之后有些忘乎所以，他竟然怒气冲冲地又打开了电视。

电视中，女主持人依然义愤填膺，她诉说着黑心棉可能造成的危险与危害。她的小嘴不停。

这个婊子。我哥哥骂了一句。他给自己倒了一杯水。

女主持人开始总结陈词。我哥哥端着水杯站在电视旁边，咬牙切齿地冷笑着，他表现了一脸的不屑。这个婊子。在女主持人说到"我们将继续关注"的时候我哥哥突然将水倒在了电视机顶上。

我们听见了一声闷响。随后，电视机开始冒出一股刺鼻气味的灰烟。我的父亲母亲手足无措地站在一边，而我哥哥依旧冷笑着，他朝自己的房间走去。

若无其事。

那天晚上是一场战争，所有的炸药早就准备停当，电视里的黑心棉充当了导火索，至少是点燃导火索的那颗火星。

那天晚上，我始终是一个冷漠的旁观者，不发一言。我是小女巫，我体内那七分之一的恶毒又在发作，我旁观着事态的发生，幸灾乐祸。那天晚上我出奇地安静，老实，当我哥哥将水倒在电视机上造成短路的时候，我的心颤了一下，兴奋莫名其妙地来了，只是我没有表现给任何一个人。

他们在争吵。激烈地争吵。我拔下电视机的插头，将碗放进厨房，擦净了饭桌。这些活总得有人干。随后，我关上自己的房门，将他们的争吵关在外面，打开CD。我七分之一的恶毒有种燃烧感，它们沸腾了起来，我几乎按不住它们了。耳麦里是崔健的摇滚，为了抵御争吵的进入我不得不将声音开到最大。

这场战争已经来得晚了，它应当早些爆发，更早一些。我哥哥的身上和心里已经布满了毒瘤，而我的父母姑息了它们，造成了它们的蔓延。我的爸爸妈妈应当拿出刀子来，割掉它们。

自作自受。现在，毒汁溅在他们的身上了，他们也只配有这样的儿子。这个儿子造成了毁灭，这个儿子是他们生的，他们养的。

七分之一的恶毒还在沸腾。我发现，它是一种晶莹的褐色，它的上面悬浮着一层淡蓝的火苗儿，是它们，让我感到兴奋，有了那种烧灼感。

我哥哥需要一个女人。也许那个女人能够改变他，使他成为另一个人或者是我原来的那个哥哥，我母亲这样想。她相信这是一个好办法甚至是唯一的，办法。

为了寻找那个女人，我母亲可没少想办法，她越来越急切，也越来越饥不择食。在这件事上，她所经受的挫折绝不会比给我哥哥找一份工作的挫折少，但她却乐此不疲。

她不止一次地感叹，现在的女人啊。

现在的女人啊。

我母亲对"那个女人"的要求越来越少。离过婚的行。带一个孩子的行。只要没有残疾的就行。有点儿小的残疾的也行。

有段时间，饥不择食的母亲打起我同学的主意，她极力怂恿我领女同学回家。一旦哪天女同学来了，我母亲立刻表现出十二分的热情。你吃水果。你喝水。我给你们做好吃的，你们聊着。到这里就像在自己家里。看这姑娘多漂亮。然后她呼唤我的哥哥，快过来，你妹妹来同学了，你好好招待人家，陪人家说说话！

然后，我母亲时不时地过来，向人家介绍我的哥哥。她说得天花乱坠。在她口中，我有了一个我所不认识的哥哥。我母亲的表现有些滑稽，有些拙劣，我体内七分之一的恶毒时不时地沉渣泛起，虽然我一本正经，不让它们显现苗头。

尽管我母亲极力约请，所有来过一次的女同学都没有来第二次。肯定是我怪怪的、热情的母亲吓住了她们。她们看我的样子也越来越异样。为此我和我母亲大吵小吵，可她却控制不住。真不知道她哪里来的那么多热情。

和我母亲的热情相反，我哥哥表现冷漠，他的冷漠也显得怪怪的可怕。他说我母亲用心险恶，想给自己甩包袱。他对我母亲说如果你那么想甩掉我可以杀了我啊，那样更清静。我哥哥说，反正我不自杀。

我母亲低低地哭了，她说哪能呢，哪能呢，你怎么就不理解做母亲的苦心呢。她哭着，越来越悲痛。

不知为何，我竟笑出了声来，我想抑制它却抑制不住。虽然，我哥哥恶狠狠的目光让我接连打了几个寒颤。

我是我哥哥的敌人，他是这么认为的，他一定这样认为，他一定早就这样认为。他肯定觉得，我分去了这个家的大部分的爱，而他从未得到。他只是一块丢不掉的垃圾，和责任粘在了一起。

似乎贬低了我，鄙视了我的存在，将我打下去，他就会享受得多一些，他就会由此获得爱和尊重。当然他也许要的并不是爱和尊重，他要的是忘却或别的什么，谁知道呢。反正在他那里，我和他的存在无法获得平衡，像一群出生不久的鼹鼠，只有将另外的小鼹鼠挤到一边去，食物才会充足，才不会挨饿或死亡。

他越来越难以容忍。

他不能容忍我在他眼前晃来晃去，不能容忍我占用厕所的时间太长，不能容忍我在吃饭的时候说话也不能容忍我在吃饭的时候不说话。

而他最不能容忍的是，我的工作有什么样的进展，或者我为家里添置什么东西。他不愿听到任何有关我的好消息，不愿意。

我给家里买的热水器使用两个月后就坏了。我哥哥幸灾乐祸地看着我父母在那里汗流浃背却无所适从地修理，他说这个东西本来就是次品，是垃圾。不要只看外壳。他说真不知道我买这件物品的时候是怎么想的，出于什么样的动机。他说不要修了，丢了算了，反正也不几个钱。他终于把我父亲惹火了：你有完没完！回你屋去！

那天我哥哥笑嘻嘻的，他没有针锋相对地和我父亲发火，真的回自己屋里去了。

在维修站，负责维修的人员告诉我，虽然它在免费保修期内，但我的热水器却不能获得免费。因为有人已经动过了，因为损害是人为造成的，他说，他们不懂就不要乱动，你们不懂，至少知道剪断了线再接上吧。

在为维修付款的时候，我的眼圈突然热了一下，泪水形成了两条细流飞快地流下来。

天暗了下来。仿佛在我眼睛上蒙了一层黄褐色的玻璃。我有些茫然地看着茫然走在街上的人们，止不住泪水。我的父亲母亲不会剪断电线，绝对不会。

是他。是他故意的。这已经不是第一次了，但以前他损坏的只是小的物件，现在看来，他不满足了。

我相信，因为挫败和无所事事，我哥哥积攒了太多的怨气和破坏欲，这像日渐疯狂的癌细胞，它们一边努力破坏正常的细胞榨取养分一边飞快地繁殖。在我哥哥身上，它们已经扩散。无所事事是一张很好的温床。

2003年秋天的时候，我哥哥搬出了我们家，我母亲在附近给他租了间房子。那个秋天我和哥哥的关系越来越紧张，我们的身上散发着那种火药的气味儿，那气味儿在屋子里擦出了火花儿，随时都有爆炸的危险。之所以没有爆炸，是因为我不想，我用力地抵制过了，但是抵制的力量正一点点从我的身体里流走。我发现我哥哥也不想，是的，他也不想。我们似乎都异常委屈，经受着忍耐，可爆炸还是一点一点一天一天临近了。

像那种已经定时的炸弹。我不敢预期爆炸之后的结果，我钳拴着我的大脑和喉咙，我干脆不去想它。该来的就来吧，我只能接受。

当然，我的父母也预知了这种危险，他和她也充当了抵制的力量。譬如开些蹩脚的、一点都不可笑的玩笑，譬如回忆我们俩童年少年时代曾经有过的亲密时光，譬如为哥哥做了一件什么事说成是我做的，为我做了一件什么事说成是哥哥做的……他们的做法也许真的使危险有所减缓，但绝对没有真正地解除。没有。它就要来了，快了，我听得见声响和逼近时粗重的喘息。

在爆炸之前，我们已经发生了几次不大不小的摩擦。其实这种摩擦也是种制止和缓解，就像给一个膨胀的气球放一点儿气。摩擦是渐渐升级的，最后的一次，我哥哥拿起一杯酸奶倒在我的身上，随后摔掉了杯子。我用同样的方式报复了他，我在酸奶里面调进了一些番茄酱。我的母亲不得不一遍遍地制止，她身上的污渍比我们两个身上的都多。

我哥哥的搬出没费太多的周折。也许费了周折只是我不知道而已，在一次次的争吵和摩擦之后，我借口工作忙和准备考研暂时住在了同学的家里，我在膨胀的气球里又放出了一些气来。可我还是听得见它到来的喘息。

等我返回家来的时候我哥哥已经搬走了。他的走使我们家的客厅、沙发和空气都空旷了起来，我们家的房间里开始有了足够的氧气。坐在饭桌前，我故意若无其事地问，他呢，我母亲告诉我，搬出去住了。这等于又多了一份开支。

话虽然是这么说的，但我母亲的举动中透出一丝轻快来，这是隐瞒不住的。那顿饭我们吃得安静，平静。

饭后，我父亲坐在沙发上打开电视，目不转睛地盯着戏曲频道，身子略略前倾。是的，这才是我的父亲，以前天天如此的父亲，这一个父亲在我哥哥搬出之后又回来了，他原来就是这样，应该这样。

看着聚精会神、嘴角一动一动的父亲，我的心一阵阵发酸。我不能再看他的这个样子。我急急忙忙回到自己的房间，关上房门。

暖暖的阳光晒着我的床，房间里弥漫着那种暖暖的气味。一周的时间，我的桌子上蒙上了一层薄薄的灰尘，就像新生的绒毛。

他搬出去住了，这只软壳蜗牛有了更为空旷的房子，他开始了本质上、形式上相统一的孤独。他会不会觉得我们都抛弃了他呢？他会不会更恨我们呢？

我母亲问。她自言自语，其实她并不需要我们的答案，我们也不会给她答案。

他又瘦了。自己又不会做饭。我母亲举着筷子，她的眼圈开始发红。我父亲推推她，将一块肉夹到她的碗里，吃饭。吃饭。可我母亲吃下这块肉后又开始发愣，就是有肉他也做不熟。

我父亲就有些火了：你这是干吗？要是你觉得不行，明天就接他回来！省下房租来买鱼买肉！

她不再说话。她低下头，专心致志地吃饭，将我父亲夹给她的另一块肉丢到我父亲的碗里。

搬出去的哥哥使我的父母暂获得了解脱，但我解脱是不彻底的，他在外面的生活依然像那枚生锈的钉子，常常被我母亲的额头碰到。我母亲总是自我谴责，他该怎么办啊，总一个人待着会不会疯掉？我们是不是太狠心了？他是应该怨恨我们，是我们当父母的将他赶走的啊。

在我母亲的语气里，已经三十六岁的哥哥仿佛是一只出生不久还没有睁开眼睛的小绵羊。在某种程度上也是，我的哥哥是一只没有睁开眼睛的绵羊，除了依靠父母，他没学会应付过去、现在以及未来的失败。失败如影相随，层出不穷。

某一个晚上。雨下得很大，电闪雷鸣，我感觉我们的房子像孤单地驶在海上的船，竟有种颠簸的感觉，仿佛雨水很快会将这艘船打沉，周围没有任何一个人救援。我们的窗子发出呜呜的呼啸，玻璃在抵挡着风和雨水，它们的力气快用完了。

他住的是一层，会不会进水啊？这么冷的天他知不知道加件衣服？他吃什么呀？我母亲在客厅里来回走着，很快将我父亲走烦了：一顿两顿不吃也饿不死他！也该让他经受经受，别人就容易吗？我跟谁说去？

我父亲用力地、夸张地按下电视的遥控器。戏曲频道播着一则药品的广告。他又换了一个台。

——他经受的还少吗？他原来是这样吗？看他这个样子你不心痛？

我父亲不再说话，但他用行动表示了他的态度。他用力地按着遥控器，频频换台。

好不容易清静清静，我说，你能不能让我们好好清静几天，然后接回他来我出去住？

轮到我母亲不说话了。她走到窗口看外面黑洞洞的雨。我父亲又换了两个台。现在，电视里是一则新闻，一个外出打工的农民讨薪不成而爬到了楼顶上，经过警方和有关人员的劝阻他终于走下来了。

我母亲回过头来也看到了这则新闻。她依然不说话，一句

124

也不说，径自走进了厨房。我父亲将电视换到了戏剧频道，京剧《锁麟囊》。我就回到自己的房间。原以为，这该是一个屋外风大雨大屋里风平浪静的晚上。

我听到了外面的争吵声。开门关门的声音。我走出去，我的父亲正用力地拉住我母亲，她穿着一件雨衣正朝外面用力地挣。他和她都用足了力气。

有病啊你？这么个天你跑什么？他能饿死吗？他刁难我们才不会刁难自己呢！

你光想自己清静！万一他病了呢？万一，万一他自杀了呢？我打他的电话就是不接！

不用管他！他故意的！

你放开我！我又没叫你去！

我拉住我母亲说我去吧，你别被雨淋着感冒了。你不心疼自己别人还心疼呢。

你也别去！都让你妈妈惯坏了！什么也干不了还像大爷似的，什么东西！

尽管他这么说着。但他没有阻挡我穿上母亲的雨衣，没有阻挡我接过母亲手里的袋子，没有阻挡我将门打开。我突然感到一阵心酸。重重地摔上了门。

风真大，雨真凉。而路又是那么磕磕绊绊，如此巨大的风雨使这条路变得完全陌生，它有了坑凹起伏，有了泥泞，有了怨愤和委屈。显得漫长，空旷，幽黑。那么大的风雨，路上空空荡荡，一个行人也没有，甚至都没有车辆驶过，可我得在这样的天气里走这段艰难的路。我七分之一的恶毒又在发作。我将手里的塑料袋丢在水里，拾起来，然后再丢一次。

我去敲门。我叫着他的名字。里面没有任何的回应。我的怨愤也在积累，它冒出了火苗。于是我加大了力气。

依然没有回应。

我莫名地紧张了起来，它很快就压过了怨愤，像油浮在水上。我说哥哥开门，快开门，你怎么啦，你怎么啦。房间里依然没有回应。

邻居的回应来了，楼上的回应也来了，他们和我一起叫门，他们说没见过这个邻居出来，不过他们在家待的时间不多。

我们叽叽喳喳地议论着。楼上的那个女人建议我去外面看看这个房间里是否亮着灯。于是我又冲进了雨中。

灯没亮。那扇黑洞洞的窗子让人恐惧，让人不安。

他们更加七嘴八舌。

混乱中，门突然开了，我哥哥的头探了出来，他的脸上带着一份歉意：不好意思，睡过头了。打了一天的游戏，实在困了。

等众人走后，我哥哥的脸马上换成了另一副面孔：你来干什么？他堵在门口，没有让我进去的意思。

你说我来干什么？我用了同样的冷，此时怨愤又重新浮了上来，现在它具备了油的属性。我将那个湿漉漉的塑料袋提了起来：你妈妈让我来看你。给你送东西。

他看了看我，看了看我手上的东西。用不着。谢谢。你提回去吧。他用那样的脸色，用那样的语调。

126

巨大而强烈的委屈像雾一样笼罩了我。我将塑料袋丢在他的门外，你妈妈还让我看看你会不会自杀，死了没有。我的牙在颤。我体内那七分之一的恶毒像一股冷冷的气钻了出来。我准备迎接争吵和咒骂。我用眼睛看着他的眼。他更加瘦了。有种失败的痕迹在脸上泛滥。

没想到，他表现得相当平静。你终于肯承认了。早想我死了是不是？对不起，让你们失望了。我没有死的勇气。他相当滑稽地扩了扩胸，这个世界多好啊，我干吗要死？就是你死我也不会死的。他说，我不要你们假惺惺地可怜，滚吧，滚吧。

他关上了房间的门。那包湿漉漉的东西还在，它在淌着水。我的牙在颤抖，身体在颤抖，牌子在颤抖，心也在颤。我抓起那包东西冲进了雨里。我将它远远地甩了出去，朝着黑暗的前方。

那是我的哥哥，那个被失败一路追赶无处躲藏的人是我的哥哥，那个使我和我的父母感到压抑和窒息的人是我的哥哥。那个坐在冰凉的石凳上的人是我的哥哥，那个坐在那里，有着石头一样的表情，像一块木头一样的人是我的哥哥。那个在梦里握着一把剑，却被我一次次杀死又活过来继续追我的人是我的哥哥。

我的，哥哥。无论我愿不愿意面对，他都那样地存在着。

写作这篇《失败之书》，为他，更多的是为我自己。也许他永远不会看到我写下的这篇文字，当然，他也丧失了看任何文字的兴趣，丧失了想任何问题的兴趣。在写作的时候，我常常被这样那样的事所打断，以至不得不多次重新开始。许多时候我都盼望它能尽早结束，让某个句子变成结尾的一句。如同我让它一页页跑下去的这条墨水线一样，充满了画叉、涂改、大块黑渍、污点、空白，有时候散成浅淡的大颗粒，有时候聚成一片密密麻麻的小符号……纠结解开了，线拉直了，最后把理想、梦想换成一段无意义的话语，这就算完了。

当然，这篇关于我哥哥的《失败之书》也许只能是一种未完成的状态，日常还在继续，尽管太阳每天都是旧的，尽管我完全可以预知我哥哥日后的生活，他会继续和失败对弈，虽然他早已服输。《失败之书》可以从任何一个点一个句子开始，它经得起修改，补充，或者打断。

现在已是深夜。在写下上面的一段文字之后我来到窗前。刚刚下过一场小雨的北京凉爽而狭窄，我窗外的路上空空荡荡。街边的石凳上没有人，已是深夜。

当我准备将自己的视线收回，结束这段文字的时候，忽然发现一个在银杏树下蹲着的暗影。他处在黑暗里，如果不是烟头火光的明灭，我不可能注意到他。他是谁？他会是谁？

有关我哥哥的一切一切又沉渣泛起，重新来过。

匮乏的生活

1

离婚是赵晓渝提出来的，她提得风平浪静仿佛只是商量晚餐吃什么的问题，而李文敏的表现同样风平浪静。他说知道了。你有什么条件吧。

这种风平浪静一直维持到他们离开民政大厅，李文敏朝着赵晓渝挥手再见的时候。赵晓渝突然奔过来紧紧抱住他："你就不问我为什么非要离婚吗！你就没有试图挽留一下吗？"李文敏轻轻拍了拍赵晓渝的肩膀，他想说什么，可最后又咽回去—— 这时他的泪水也来了。

婚终是离了。李文敏揣着离婚证赶到单位，在公交车上他望着窗外，望着楼房、门市、车辆和树，他想体会自己内心的变化，而仔细想想变化好像并没有，楼房还是楼房，门市还是门市，行人还是行人，淡淡的雾霾也还是雾霾，没什么变化。要说没什么变化也不确切，至少他兜里多了一本离婚证，它有面积也有重量。这不是小事啊，他提醒自己，我怎么这样没心没肺？我是一个冷漠的人吗？

这个提醒不过是一根火柴落进水里，哧地一声便再无动静。

楼房还是楼房，门市还是门市，行人还是行人，淡淡的雾霾也还是雾霾，李文敏从中感受不出什么，当然它们的存在也与他的离婚没有半点牵扯，离婚是孤立的，它似乎牵扯不到任何的东西。

李文敏在市里新华书店第七店上班，从民政局到那里不过三站的路程，所以他到得不算晚，只迟到了四十分钟。在进门之前他还反复地问过自己，如果黄茗茗主任问起，自己是说起床晚了还是直接告诉她自己刚刚办理了离婚手续；如果她表示惊讶和同情，自己又该如何应对……可在他与黄茗茗擦肩而过的时候主任并没有半点反应，仿佛没注意到他的迟到，这多少让他有点失落。换上制服，李文敏来到主任面前站了一会儿，她倒是很快注意到他的存在：文敏，把书架上的书查点一下，我刚才看到有几本经济类的书放进文化里去了。工作要细，一定要细，我不能反复说，可我说不到你们就做不好。李文敏立刻觉得，刚到嘴边的话有些多余了。

按部就班，这是李文敏每天中的一天，和之前的风平浪静没什么两样，他做得轻车熟路，在闲暇下来的时间和其他同事说说笑笑，他自己都觉察不出自己刚刚经历了婚变，真的是觉察不出，只有中午在饭桌前坐下的那刻才意识到——还是离婚证的提醒，坐下去的时候它支起裤子，让李文敏意识到它的存在，进而意识到，他已经离婚了。

离婚，仿佛已经是一件很久远的事。

下午的工作同样没什么好说的，不过是每天的重复，仅此而已，李文敏又一次忘记了自己是一个已经离婚的男人，离婚这件事像是刚刚泡进水里的豆子，不会马上就开始发芽。想到自己的离婚，是在他离开单位坐进12路公交车之后，那时天色已暗，霾的气息更重了几分。

2

在第三天的下午，张发起打来电话，问李文敏是否有空，在河间宣传部工作的同学赵哲来了，想晚上聚一下。下一步，他可能会来市里上班。李文敏略做沉吟，便答应了下来，我去。他上次来我就没有参加，这次补上。

席间的推杯换盏可以略过，同样可以略过的还有相互的寒暄，所有人都在相互的恭维中涂上了过多的蜜，有了一张夸张的银盆脸的肖瑛也被涂成花儿的形状，李文敏也参加到这种恭维中，虽然他确实不够擅长。席间，刘瑜珍向李文敏打听，嫂子还在车管所上班不，前几天还看到她了，李文敏用类似的点头支吾过去，他转移到下一个话题。席间，肖瑛问他，你现在还写诗吗，当年你可是我们班上的才子啊，不过你那时候的诗我们都看不懂。赵哲接过话茬：那是文敏写给赵晓玉的情诗，让你也看懂了怎么行！人家用的都是暗语！人家诗里写"电灯"，其实是告诉赵晓玉在晚自习后一起到图书馆后面约会，晓玉，你说我说的是不是？

是什么是，赵哲，你什么时候学得这么油腔滑调了，原来那么个老实人。变化真是大。赵晓玉揭起赵哲的短：当我不知道，你那时送花给肖瑛，在我们楼下走了三个小时，上了五次厕所，花，还藏在书包里……

话题这样来来回回地反转着，偶尔有冷场的时候，李文敏忽然觉得自己有些格格不入，而这种格格不入随着时间变得越来越强烈。那些建立在推杯换盏和恭维中的热络冷却下来，他甚至觉得自己和这张餐桌、这群依然冒着热气的笑声隔着玻璃，他外在于他们。

没人注意到他的变冷。其他的同学都依然围坐在热气里，三三两两，而召集饭局的张发起和即将调回市里的赵哲则时时插话进去，成为大小涡流的中心。酒和笑话还在继续，这时赵晓玉的电话响了，她侧过身去，可听筒里的声音依然巨大。"干吗去啦！还不回来！你想怎么着啊！"

接到电话的赵晓玉有些慌张，她离开座位：我不是跟你说了，我们同学们，你也听到了有好几个人呢，肖瑛和刘瑜珍她们也在。我马上回去，我下午的时候不是和你说过了，你也同意……

这个电话如同是冷水，浇入到火焰里。不一会儿，依然处在慌张中的赵晓玉返回来，她一脸的歉然：不好意思，大家接着吃接着聊，我得早回去了，家里有事。你们接着，别让我扫大家的兴。她带着话语的尾音飞快地离开餐桌，甚至车钥匙都落在了椅子上。

"她老公，真不是东西。总在外面胡搞，吃喝嫖赌，还常回来打她，欺侮她，不让她出来不让她见人。"

"真是，这个赵晓玉也是，干什么那么怕他，大不了离婚算了！现在谁离开谁过不了？就图他有几个糟钱？"

"你说错了，她男人没钱，钱都是赵晓玉挣的，他就负责糟蹋，她挣得少了、给他少了都挨打！去年，赵晓玉怀孕四个多月，她老公喝多了打她，愣是把孩子给打掉了！"

"真是个畜生！也没人管管他！赵哲，你的场面大，你找人帮帮她。"

夫妻的事，谁能插手？赵哲摇摇头，以后聚会，我们也别叫她了，咱不能影响人家，唉，那么细皮嫩肉的晓玉，让人想想都心疼。

这时，含着泪水的赵晓玉推开门，她拿起椅子上的钥匙，头也不回地走出去，她始终含着自己的声音，把它含在嘴里直到走到餐厅的外面。"咱们的话会不会被她听到？"赵哲问，他把餐桌前的气氛问得更加冷场。

聚会只得结束。张发起征求意见问大家还有唱歌的没有他已联系过"绿荫"的老板，留了大包厢，可同学们都已丧失了兴致，只好作罢。

三三两两地散去，需要打车的只剩下肖瑛和李文敏，风有些凉。"没有不散的宴席，"不知道为什么李文敏想到了这么一句，他也许只是想和肖瑛说说话，"才这个时候，街上就这样冷清了。"

是啊是啊，肖瑛说着，把她的一只胖手伸向大街，尽管来往

135

的车辆没有一盏"空车"的红灯。感觉得出来，肖瑛没有聊什么的兴致。

可车不来，没有出租，两人之间的气氛就有了尴尬。"你还，你还写诗不写？我觉得你在上学时就爱读书，你还给我们讲尼采，我们哪听得懂啊。"

我其实也不懂。李文敏接了一句。

"那你还写诗不？我记得你是文学社的活跃分子。"

不写了，早不写了。

之后的时间有一段相对漫长的沉默，两个人都找不到再继续下去的话题，李文敏忽然有些后悔，他刚才不应当在语调里加进冷淡，尽管冷淡是肖瑛先给的。他想找个继续的话题化解一下，可一时又想不起来。他想问你过得怎么样，但在想着的过程中就被否决掉了，它在餐桌上已经有人问过，而这样的情境下也似乎不妥。他想说今天的风还真凉，同样，它又遭到了否决。

"还在书店工作？"

问得勉强，但终是话题，就像是一根抛出的稻草，李文敏立刻接了过来，是，还在那里。没变化。"你怎么不想去文联什么的？上次聚会，说他们想要调你，都开过会了。"不行，我动不了，我还是工人。我离婚了。

中间没有过渡没有逻辑，李文敏突然冒出这么一句，他自己也感觉过于突兀。似乎他早就想说这一句了，只是他一直把它憋着，终于有机会说出时就来不及考虑合不合适。

"哦，"肖瑛大约也被他的突兀惊到，这句话里仿佛包含着

136

某种令人恐惧的东西。她的手再次努力地伸长，"出租！"

街上，依然没有亮有红灯的车。

3

第七天。当然是从离婚的那天算起。

李文敏在刷牙的时候忽然想我是不是应当记一下，这是离婚的第七天，明天是第八天——他对着镜子笑了笑：我是不是要在门的后面接一条绳子，过一天就打一个结？

这个想法竟然引发了悲凉，不过那种悲凉也只是在房间里面荡了一下，随即便消失得无影无踪，连个影子都不肯留下。李文敏摇摇头，把充满了泡沫的水吐到水池里。他想也许他应当把离婚的消息告诉自己的父亲，打个电话过去—— 这个念头只是闪了一下，像是一根落到水中的火柴。

倒是电话自己响了起来。是赵晓渝打来的，她使用着习惯的风平浪静的语气：在家不，方便不？我过去找一下我的东西。是什么？我过去再说吧。三五分钟，三五分钟我就到。

果然只有三五分钟。门铃响，李文敏开门，他侧着身子让赵晓渝进入房间，赵晓渝瞄了他一眼：把你的上衣穿上。然后径自走进卧室，打开衣橱。

"你不是都带走了？"李文敏斜进沙发，把一只脚搭在沙发的背上。他打开电视，随意地更换着频道。

"还有。我昨天找它没找到，我想想一定是落在家里了。"李文敏注意到，她在说这句话的时候依然把这栋房子称为"家里"，丝毫没有意识到离婚已经使这里不再是。"你看看，想要的都带走吧，反正在我这里也没什么用。"李文敏把节目又调到另一频道，然后又是另一频道：那里，正在播放一部美国的电影。

"我说嘛，它应当在这里，"赵晓渝从一堆属于李文敏的衣服里翻到一件蓝色的文胸，她随手将覆盖在上面的衬衣丢向李文敏的脚下：穿上上衣！

李文敏还没有动。他的目光被赵晓渝吸引过去：她还在翘着屁股翻找，紧身的黑色热裤让她的曲线毕露，而与上衣的衔接处则随着身体的动而时不时露出一片片肌肤——这时，李文敏的身体有了反应。"我的那双棉鞋，去年买的，你看到过没？我怎么就是找不到。"

"会不会你早带走了。你再找找吧。"李文敏说着，他把抬着的脚放进了拖鞋，他有种想要扑过去抱住赵晓渝的冲动。这冲动甚至引发了耳朵里的轰鸣，但在他试图站起身子来的时候被压了下去。赵晓渝转过脸："你吃早饭了吧？"

吃过了，李文敏说了个谎，他让自己的注意力集中在电视上，电视里，一位厉害无比的杀手正在冲破封锁，进入到一栋戒备森严的大房子里。他让自己风平浪静，或者说表面上如此。

"没找到。我走啦。记得要吃早餐。"赵晓渝把文胸塞入皮包，她看了李文敏两眼，"别总是玩游戏。得像个男人的样子。"

重重的关门声消散之后，李文敏才从沙发上坐起来，他身体里的热这时还在，那种久违的烧灼还在。带着烧灼，他坐到电脑前，反正时间还允许，再说晚个三五分钟到单位也没什么大不了。

电脑还处在开机的过程中，电话又响了，是张发起打来的：文敏，听说你离婚啦？为什么？靠，我当然知道，我就在你楼下呢！我是来送温暖的，也不欢迎一下！

4

第八日，晚上。在离婚之后，这是李文敏感觉"最厚"的一个晚上，他让自己沉在黑暗里，把自己当成是黑暗的一部分——黑暗积厚之后，"我"是不存在的，"我"和黑暗完全是一个颜色，如果谁在这时打开门，绝不会发现房间的黑暗里还埋藏着一个人，尽管这个人的眼睛是睁开的，还在呼吸着。

尽管如此，和黑暗融成一体的"我"却还是有些不一样，主要是"我"是活跃的，充满了各种各样的胡思乱想。那么多的线头，李文敏自己也无法让它变成一条连贯的线，他只得任由它们纷乱，从一条线跳到另一条线上去。

当然会想到一些记忆，这些记忆的次序感更弱，它们往往会相互拥挤着出现而出口太小。他想到和赵晓渝一起生活的点滴，也只是些点滴，而那些点滴只呈现了点滴的样子马上就有另外的记忆挤过来，让它们不能连贯更不能形成汇聚。在这样胡思乱想了一段时间之后李文敏还有意让自己的思绪集中在赵晓渝的身上，他想我离婚了和这个女人，我怎么就不那么想念呢？我是不是应当更多地想念一下她，想念一下过去的生活，可想念这个词一出现他立刻有了转移，想到了翁雯雯。翁雯雯的丈夫是病逝。她说，她和丈夫没有情感，只有怨怼，而且越来越烦，特别是病着的时候。他死了，她也跟着长长地出了口气，觉得自己的日子终于将有亮色出现——可就在他死后的一年多里，他却总是在梦里频频出现，而一出现就是在和她做爱。为此她还去咨询过心理医生，她试图摆脱掉他，他早已让她厌恶，即使在梦里出现的时候。"你应当让别的男人填充进来，你应当开始一段新生活。"记得李文敏是这样说的，翁雯雯说这和心理医生说的大致一样。"可现在的好男人实在不好找。何况，我还带了一个孩子。"

思绪中出现"好男人"这个词，李文敏马上又进入到搜索状态，搜索自己身边的、熟悉的男人们，随即这个范围骤然扩大，他检索自己印象深刻的电影演员，然后再次出现跳跃，他想到卡夫卡、里尔克、凡·高、莫迪利亚尼……他不知道自己在想什么，只是想，完全是一种信马由缰，而这匹马还掌握着分身术。

不知道过了多长时间，李文敏感觉口渴，他打开灯，看一眼企鹅钟表：不过才九点多钟，也就是说，他在黑暗中胡思乱想的时间远没有他以为的那么长，这个漫漫的黑夜还需要更多的手段打发。

他打开电脑。然后沏上一杯绿茶。之前他的生活也是如此，结婚六年以来，大部分的时间都是这样度过的，两个人也都各自习惯了独立，现在想想，两个人在一起的时间并不长，至少没有想的那么长，如果不算睡着之后那段近乎死亡的时间的话。他再次想起诗人马克·斯特兰德的两句诗，它是关于死亡的，写下的是诗人和自己死去的父亲"冥想的对话"：你穿着什么？／我穿着一件蓝色的西服，白T恤，黄领带和黄袜子。／你穿着什么？我什么也没穿。疼痛之巾温暖着我。／你和谁一同睡觉？／我每晚与一个不同的女人睡觉。／你和谁一同睡觉？我独自睡觉，我一直独睡。

想到这几句诗，李文敏的心仿佛被什么刺了一下，他甚至感觉血溅出来了一滴两滴，当然这不过是瞬间的事。他早已经不再写诗了，早就，在写诗的那些年购买的书竟也不断地失散，现在他的书橱里只剩下三十几本旧书，几年中也没翻过一次。当年，真是狂热。当年，他说自己的生命里如果缺少了诗歌一天也活不下去，可现在诗歌缺少了，已经没有了位置，他还平静地活着。他又想起一句诗，是上海一个女诗人的，"时间是一剂充满遗忘的药剂"——他忘记了那个女诗人的名字却记下了这句诗，具有反讽的是，当年，他曾那么狂热地"爱"着那个女诗人，几乎对她的经历也了如指掌，可现在，连名字也给遗忘了。时间真的是药。

电脑已经打开，他不再去想什么药不药的事儿，而是先看两眼新闻，然后就进入到"英雄联盟"。第一局，他先是按照惯常选择的是辅助型英雄，战况甚至比他想象的都顺利，很快他们就推到了"敌人"的高塔面前，迫使对方放弃了比赛。第二局。第三局。在第三局的时候他决定选择一个"肉多"的主攻型英雄，他想让自己充分体会一下冲锋陷阵的快感。可能是操作不熟悉的问题，当然也有其他，这一局打得极不顺利，他们节节败退，眼看就要失守。"战友们"的内讧开始了，他和两个负责辅助的英雄都遭受着指责，接着是相互的怒骂，有一个辅助干脆在"团战"发生的时刻有意送上去……妈的，真不是东西，李文敏也跟着骂起来，不过他没有把他的骂变成文字打上去。

第四局，第五局，第六局。李文敏每次都使用一个新英雄，他让自己不断地犯险，而犯险的后果多数是把自己的性命送掉，然后，这成为战场的转折。"我是在做什么呢？"在第六局的后半段，颓势已经无可挽回的时候，李文敏放弃了操作，离开电脑，将自己摔到床上去。"我是在做什么呢？"他又问了一遍自己，他把自己问得索然。

已经十一点钟。可倦意却迟迟不来，李文敏不知道自己的精神都积蓄在哪里，之前，他在这个时间肯定早就困得难受，当然，赵晓渝也根本不会允许他玩到这个时间，她相信美人都是睡出来的，"早睡才能养肝"——赵晓渝总是把肝提到重要的位置，所以她是一个肝火较旺的人——这是原来的玩笑。现在想起来，它的意味就复杂多了，至少，离婚使他再开这样的玩笑变得困难。现在，赵晓渝在做什么呢？她会不会继续在她轻微的鼾声里养着自己的肝，就像把一条金鱼抛进水盆里。想到赵晓渝，李文敏马上想起她在衣橱那里翻找东西时翘着的屁股，想起自己骤然涌起的欲望：它在那时，就像是有一道水槽，水急速地流下来，几乎只有两秒的时间就已经注满。这是很有些不同的意外，已经许多年了，李文敏似乎对赵晓渝的身体无感，即使她洗完了澡赤着身子湿漉漉地出来，他身体里的水槽也基本是空的，里面没有水波荡漾。是不是她已经不是自己的妻子了，自己才……李文敏制止自己再想下去，赵晓渝和自己的关系已经终结，他和她都将有自己的生活，已经是两条分别行驶的船。这样挺好，他想这样挺好的，他也不想再有更多的牵扯，再回到那种旧生活里去。旧生活是凝固的，有时他觉得自己就像一条濒死的鱼，不过只有呼吸，在呼吸中还有不少难以化掉的霾粒——不过仔细想想，似乎又不是，他可能夸张了某些成分。其实还好。就是平淡了些，过于平淡了些。

倦意迟迟不来，他重新下床，坐到电脑的前面。

干什么呢？我要干什么呢？刚刚坐下他就再次兴味索然，鼠标滑动，但没有一页点开。我要干什么呢？李文敏让鼠标来来回回，上上下下，仿佛他要做的就是这些。要不，看个电影吧。

他找到了《不忠》，阿德里安·莱恩的电影，吸引住他的是翻译过来的片名和它的海报。介绍说，它是一部有着情色意味的伦理片，讲述女性出轨的诱因和她因此遭受的痛苦——她本来安分，有一个看上去很不错的家庭，而她的情人也是一个朝三暮四的花花公子……但这些，都无法阻止她一次次地沉浸于肉体的欢悦……

李文敏将电影打开。闭上了眼睛。音乐响起，它舒缓，简洁，似乎像风吹过水流，有些尖锐的声响夹杂其中。

143

5

这次迟到没被放过，主任叫住了他，李文敏，你怎么来得这么晚？这么多的事，都让别人做你就心里没有一点儿的惭愧？说说，你为什么迟到？

睡过了。李文敏低下头，将自己表现为一个做错了事的孩子：昨天晚上睡得晚了。

十吗要睡那么晚，你不知道今天要上班？我昨天下午还说过，今天的事多大家别迟到别迟到……经理刚才把我批了一顿，你也知道我现在……黄茗茗的眼红了，她朝着李文敏挥挥手，你走吧，没事了。

对不起，小黄，我，我……"没事儿。"黄茗茗试图掩饰她的泪水，"你知道在我们组，我跟你最亲近。刚才，刚才……"

我找经理去。李文敏说，他想从黄茗茗的身侧绕过去，但黄茗茗一把拉住了他：你就别给我找事了。我的事够多啦！文敏，马上去工作。要认真点。她恢复到主任的身份中，只是眼圈还是红的。

中午的时候他刚刚把午餐打好，电话响了，他才发现这个陌生的电话已经打过了两次。谁？电话那端停滞了两秒钟，然后回答："是我。晓玉。我想找你一下，你能出来吧？"

李文敏感觉，自己面前的这个瘦小下去的女人，简直是一个

144

依然惊恐着的小动物，这种感觉那么强烈，即使大杯的咖啡桶挡住了她的大半张脸。"你还好吧？"李文敏问，虽然他们处在同一个城市，但联系得很少，几乎是素无来往，除了上次的同学聚会。"就那样吧。过日子。过呗。"黑着眼圈的赵晓玉吸了口咖啡，她吸出了很大的声响，"听说你离婚了。"

是。肖瑛告诉你的？我只和她说过。

不是，是刘瑜珍，我和肖瑛没有来往。电话也是她给我的。

嗯。李文敏突然感觉时间停止住了，他有些窒息，不知道该怎样接下去。说什么呢？说自己离婚后的状态，还是，再次询问赵晓玉，你过得怎样？她已经回答过了，她不愿意多说，至少这时候是。另外的话题……

"我没事。路过，来看看你。我马上得走。"赵晓玉抬起眼神，盯着李文敏，"我一直以为你挺幸福的。"

李文敏张了张嘴，张了张嘴，竟然有些百感交集在。他感觉自己是个曲颈的瓶子，有话要说，可一时又拔不开瓶塞。

"我其实挺好的。"赵晓玉说，"原来有些幻想，总觉得应当如何如何，后来想想太不着边际了。人家怎样我也怎样，没什么大不了。他脾气暴躁些，但也不是不懂理的人。对了，"赵晓玉再次抬起头，"不要和任何人说我来找过你，我不想让别人乱说。更不想让他听到什么。"

你放心。李文敏的百感已经融在了水中，它们之间的交集也一并融解掉了。晓玉，我希望你能过得好。

"你放心。"惊恐着的小动物看了一下手腕上的表，"我该走

145

了。我是来建行办事，人多，想你也许有空。现在我要回去了。"

嗯。李文敏也跟着站起来，他与赵晓玉保持着半米的距离一起走到门边，然后，看着她走过街口。

他对自己的平静感觉惊讶，甚至有些小小的厌恶。

6

在刚刚离婚的那些日子里，李文敏以为自己会有波澜，这个应当有，然而时间一天天平静地过去，李文敏以为的波澜并未出现，只有些细细涟漪。这些涟漪，开始的几日冲刷得还算频繁些，后来就慢慢地慢了散了，起伏也小下去。都是些正常日子，不正常的是李文敏的生活规律变得更不确定，他有时会由着自己的性子在电脑前坐到凌晨两点三点，有时，会在九点多钟就睡下，至少安静地躺着，闭起眼睛。睡不着，之前他没有在晚上九点多钟就睡的习惯，往往是，他沉浸于英雄们的游戏里，和嘉文四世、诺克萨斯之手、卡特琳娜们一起厮杀，在那时，他感觉着冒险的紧张，也感觉着冲向危险时的快感与忐忑。在那时，他完全目中无人，忽略着电视机前哭得一塌糊涂的赵晓渝。韩剧，韩剧，往往在哭过之后她又骂，编得真烂，真烂，可是却又乐此不疲。

有一次，赵晓渝说，她看韩剧，倒真不是出于喜爱，而是她的空暇时间太多了，需要打发的手段，而工作又那么累，主要累的是心，下班回来就感觉软塌塌的，不想再多想累心的事，只要轻松，轻松。再有一点儿，就是，她回来就是想哭，也没什么理由。可没理由的哭也挺吓人的，看韩剧，就给她了哭的理由。说着，她就哭起来，泪水怎么也止不住。当时，似乎李文敏还发了火，由此换来的当然是几天冷战，最后以李文敏的道歉告终。冷战之后，有一段相对热络的时期，她缠着李文敏说话，说单位上的发生，李文敏也来了兴致，就告诉她，前几天黄茗茗和自己聊天，说起更早之前她陪同经理去省里开会的事儿，她说当时她也没有在意，毕竟之前她也陪原来的经理去过，毕竟她也想和经理的关系更近一些，一起开个会能有什么？可这个经理不是原来的经理。夜间，他打来电话，说小黄，我突然想到一件事，我们的汇报材料要改一改，你到我房间里我们协商一下。这时的黄茗茗还没有多想。她过去，房间里的灯光很暗，经理在沙发上坐着，赤着上身，腰部盖着一条浴巾。他要黄茗茗坐下，两个人有一句没一句地聊着，他的话语里充满了暧昧的暗示，还抓住了她的手。黄茗茗承认，自己当时不知道该怎么办，她想走，可又觉得不能走，她不能这样得罪自己的领导；而留下，接下来的发生是可以想到的，她又不甘，又恐惧，自杀的陈玲也是一辆在她脑海里闪过的前车。这时，经理的嘴凑上来，碰到她的脸，她立刻跳了起来——黄茗茗承认她也不想那么激烈，可她的身体早早地做出了反应，她控制不住。她说经理你喝醉了，我先回去了，可她的手还在经理的手里攥着，这时，她知道已无挽回的余地，便用另一只手掰开了经理的手。回到房间，她哭了一个晚上，并反

147

复地去洗自己的脸……"她和你是什么关系？你说，你实话实说！"赵晓渝竟然翻了脸，"如果你们只是一般朋友，她会告诉你这些？我早看出你们关系不正常，哼，她打的是什么主意当我不知道？"

两场冷战之间的间歇只有六个小时，他们甚至还没有签署任何一项停火协议。

在刚刚离婚的日子，两个人还时不时有个短信，其间，赵晓渝还回来过两次，一次是寻找自己没带走的旧物，另一次，则是过来告诉李文敏，她办了一张新的银行卡，在两人的财产分割中应付给她的那部分可以打到这张新卡上去。"还那么过？"李文敏点点头，还那么过。我现在，只会这一种过法，以后可能还是。"你就不准备……算啦，我也不多说了。说也没用。"赵晓渝过去，把李文敏搭在茶几上的腿挪开，坐到沙发的另一侧："我说文敏，你当年，算了。你为了自己，为了证明给我看，也拿出点活力出来，是不是？文敏，你做了许多事虽然我不满，可我并没有真正怪过你，可我就是，见不了你天天总是这么一副样子，你知道吗，我觉得，觉得……"

李文敏捂住自己的脸，揉了几下，我们不是离婚了吗。

透过手指，李文敏看到赵晓渝愣在那里，她的眼圈红了。"我知道我是多余。"她咬了一下嘴唇，骤然直起身子，"把卡号记手机里吧。我怕你把那张纸弄丢了。我走啦。"

赵晓渝走后李文敏再次捂住自己的脸，此时，他在沙发里沉得更深，有着下坠的感觉，似乎他的身子可以一直沉下去，沉到一个他所不知的深处。我怎么啦，李文敏问自己，我怎么是这个样子。

第三十五日，当然这依然是从离婚的那天开始算的，它对李文敏来说应是一个新的纪元，虽然他并没有这样的感觉，两个纪元没有特别的不同，如果说不同的话不过是他的日子更为匮乏，贫乏，而无聊却是一样地多。第三十五日，是一个星期天，李文敏坚持赖在床上，反正一个人的生活也不需要太多的顾及，他不需要水也不需要面包。十点四十，"Hello，it's me，I was wondering if after all these years"的铃声响起，电话是赵晓渝打来的。李文敏犹豫了一下，没接。过了十分钟，赵晓渝发来短信，问他：没在家？李文敏用一根手指回复，是，没在。有事吗？

再无下文。直到李文敏参加完肖瑛的遗体告别，赵晓渝也没给出下文。等李文敏再次接到赵晓渝的电话，则是他们离婚七十多天之后的事了。

7

告别仪式之后有一场宴会，由张发起做东，他说不允许任何同学不参加，并给每个同学都发了短信。

不知道是出于疏忽还是别的，赵晓玉未能接到这条告知宴会地点的短信，她跟着刘瑜珍走了几步，最终还是犹豫着停下来：算了，我不去了。她对把车开过来的赵哲说，我有事，不参加了，再说肖瑛的去世也让我心情不好。我去，也扫大家的兴。

她坚持不去，同时坚持不坐赵哲的车返回："我可以打车，能，能打得到。我们去的不是一个方向。"刘瑜珍把头从车窗里探出来想叫住她，可她已经走向了路口。

席间，自是一番有边际和没边际的感慨，感慨人生之短，感慨人生的无常和脆弱，感慨时光的流逝和欢愉的少，这些感慨和平日里的感慨没有特别的不同，只是因为肖瑛的死亡而有了更重的积累。第一杯，敬给肖瑛，虽然她在同学们面前从未喝过一口酒。"同学们干杯，今朝有酒今朝醉吧，乐呵一天算一天，谁知道明天是什么样子？我跟你们说，这杯不十，就是那个！大部长你也别拿眼瞪我，我就是说给你听的！"张发起率先一饮而尽，然后监督着每一个人，"为了让你们喝好，我可是动用了我藏了多年的茅台！绝对是真的！就是大部长也未必能天天喝得到。"

席间，他们谈到肖瑛的死，一方面是惋惜一方面是想不到。"你看到她老公那样子了吧？他想装得悲痛，哼，我真想抽他耳光。""怎么也想不到她会走这条路。前几天还好好的，一点儿事都没有。谁知道会这样。""她家孩子那么小。想想，她也真是狠心。有什么过不去的坎。""家家都有难念的经。区别就是，说出来的和没说出来的。肖瑛也是，太好强了。"席间，似乎是某种心照不宣的刻意，所有人都没有提到没有出现的赵晓玉，既然她没参与这场聚会中那她也不属于话题。席间，唯一的女生刘瑜珍突然哭起来，她趴在桌子上，完全不顾被她洒出的菜汁顺着衣袖流向她的胸口。

别哭了，张发起劝她，把餐巾纸递到她手里：别哭了，瑜珍，张哲也跟着劝她，他拉起她沾满菜汁的手臂，为她擦拭着。

就在这时，那种格格不入的感觉又回到了李文敏的身体里，他觉得自己的心是麻的木的，确切地说应当是木头的——它有重量地垂着，却没有半点儿被感染到，李文敏甚至以为，自己不过是在看一场表演痕迹过重的戏剧，他和这出戏剧之间距离遥远，而且隔了玻璃。他缺乏参与感，一向如此。

好不容易，刘瑜珍止住哭泣的声音，她这才发现自己的衣袖和已经滴到胸口的污渍，于是，她用餐巾纸使劲地擦着，看得出她有些焦急也有些心疼。这样擦不下去，没用，别管它啦。张发起招呼服务员多拿些湿巾过来，并与刘瑜珍开起调节气氛的玩笑：瑜珍啊，这样擦起不到作用。要不，我让服务员端盆水来，你把衣服脱了，让同学们帮你洗干净，好不好？"别擦啦，你这样反而越擦越脏。我看这样，你就把你的这身衣服送给张老板，让他送你一身好的，今晚就办，不，马上就办，反正张老板有的是钱，而且都是昧心钱。"张哲也跟上话头，酒桌上的气氛开始有了缓和，随后升温，毕竟，这是一场酒席。

话题来来回回地反转着，偶尔有冷场的时候，不过马上就会重新热络起来，酒桌上的同学们会想办法把话题接回去，虽然接上的部分略有点零乱。李文敏笑着，这个表情并不具有联结内心的血管，他只是按照应当的方式把它挂了出来，而目光悄悄地盯着刘瑜珍，这时，她也是外在的，她依然在不停地擦拭之中，面色越来越凝重。

来呀，快活啊，反正有大把时光；

来呀，爱情啊，反正有大把乳房；

来呀，流浪啊，反正有大把方向；

来呀，造作啊，反正有大把荒唐……

已经喝得红脸的张发起唱起了《痒》，他更改了其中的一些歌词。唱着，他走到刘瑜珍的身边，模仿着风骚把手指伸向刘瑜珍的下巴。

"拿开！"刘瑜珍把手里的湿巾甩到张发起的脚下，"你们，你们这些寡情寡意的人！人死了，你们有这么开心吗？你们，怎么能这样……"说着，她又把自己的脸挤起一团，哭起来。

8

带着酒劲儿回到空荡荡的家里，李文敏忽然想要写诗。

要写，必须要写。

打开电脑。李文敏喝掉杯子里的咖啡，它是早晨剩下的，凉下来之后有了更重的苦。打开文档。新建的文档完全是一片空白。

李文敏用五笔在空白文档里打上：玻璃酒会。这是他在打开电脑时想到的题目，然而三分钟后，它遭到删除，文档里再次出现的仿宋字是：沉默。

十五分钟后，"沉默"又被删除，它以沉默的方式消失了。

他不知道自己该写什么。虽然他想，一定要写一首诗，一定要，他的心里有那么多的波澜要表达，这时候它们已经在涌动。

可是，这些涌动一到电脑前，就消失得无影无踪。它们属于极易挥发的物质。它们挥发得太快，李文敏觉得自己追不上它，即使追上了也抓不住。挥发？他在打上"挥发"两个字之后又加了一个问号，在问号之后的半秒，电脑的文档又恢复成最初的样子。

李文敏闭上眼睛。此刻，他的脑袋里一片浑浊，只有太阳穴两边的血管在跳，跳得猛和烈。应当是酒精的缘故。已经很久很久不写诗了，李文敏觉得自己大脑中有许多沟壑里都落满了杂乱的树叶，它堵塞了通向诗歌的路。

十几分钟的样子，李文敏重新在文档里敲下几个汉字：匮乏的生活。

然而也只有这几个字，他不知道之后还该说什么。他是干涸的，干涸得像一条暴晒在河滩上的鱼。

给母亲的记忆找回时间

愿我的母亲安息。也请她原谅，我再次拿她病中的日子说事儿，我猜测，她如果还活着，可能不愿意把那段丑岁月示人，要知道，她……现在，我截取最后的一段时间，它的开始，距离我母亲的去世仅有半年。血液的病，血管的病，心脏的病，还有过度肥胖引起的——譬如哮喘，譬如高血压，譬如下肢的瘫痪，譬如……结果是我妻子在医院里拿到的，它和厚厚的收费单放在一起，是一种很单薄的纸片。"给你弟弟打个电话吧。"她甩了一个异样的腔调，不过后面的话，还是咽了回去。

　　母亲被接回家里，我们告诉她说，只是一种慢性病，会好起来的，就是过程上会慢一些，你需要耐心。我妻子给她摘了树上的桃，母亲贪婪而笨拙地吃着，竟弄得脸上、胸口上都是那种黏黏的汁液。真的像一个病人。这时我弟弟也来了，他对着我妻子，我感觉，更多是说给我父亲听的：胡燕先过不来，现在在门市上缺人，一天天，累死了，忙死了，也挣不到几个钱。父亲阴着脸，他转向另一个房间，那里，体育台正在直播湖人和骑士的比赛。"妈……"弟弟看着我母亲，他伸出手，想去擦挂在她脸上的桃肉——他的眼圈飞快地红了，他的声音，也跟着在颤抖……"你这是干什么，"我妻子竟然变了脸色，"你先出去，别在咱

157

妈面前……"

还有半年的时间。至多半年。还有另一种可能，就是，植物
人，那样在时间上可能会长一些。不再具备第三种。医生是这样
说的，他有些木然地把递过去的红包放进了抽屉。到大医院也是
这样。就是花钱多点儿。薛院长也看过了。他特意提了一句薛院
长，然后用很随意的口气："市委王主任和你家有什么关系？"
他低头翻着病历，"昨天我看到他了。"

母亲回来，突然变成了一个话多的女人，我们猜测，她也
许感觉到了什么，或者从我们的话语和表情里发现了什么。不，
不可能，我们得出结论是，不会的，她不应当感觉出来，要知
道，她从来就不是一个细心人，何况，五年前的脑血栓已让她变
得……"除了话多了点儿，你们没发现她和原来一样呆？"父亲
说，她是猜测不出什么来的，她没那个脑子，再说我们这些日子
有说有笑哄她开心，她也没有一点不高兴的表情，是不？要是她
知道了自己的情况，怎么会……"她那么怕死。"是的，我母亲
怕死。她刚刚患上脑血栓的时候我们就更清楚地知道了。

弟弟用白眼珠白了父亲一下："不能让她知道。是不能让她
知道，她会受不了的。"弟弟的眼圈又红了，"哥哥，嫂子，咱
妈的日子不多了，我们当儿子儿媳的，就常来陪陪她，让她高高
兴兴地……"

我和妻子都没有接他的话，由他说着。可我父亲。他应当捉

到了我弟弟的白眼："你说，从你妈病重，胡燕来过几次？你来过几次？是你妈重要还是……"

声音大了些，可能是大了些，我们听见，在另一间屋子里的黑暗里，传来我母亲哭泣的声音。"妈，你怎么啦？"我和弟弟跑过去，打开灯，"我们吵醒你啦？"

不是，我母亲说，她记起了一件事儿，记得很清楚，可就是，忘了那件事是在哪天发生的。她不能不想。可就是，想不起是什么时候发生的。越想不起来，她就越想，把脑子想得都痛了，都紧了，都酥了，可还是想不起来……"看我这脑子。"母亲艰难地伸出手，捶打着自己的头，又一次哭出声来。

从医院回来的母亲，她多出了一条舌头：最初的那条舌头用来吃饭，喝水，继续眼前的家常，而多出的那条舌头，则浸泡于记忆里面。她之所以变成话多的女人就因为这条舌头，虽然那条舌头同样显得发木，不够流利，留有血栓后遗症，可这并不影响我母亲使用它。不过，问题是，我母亲总是记不起事件发生的日子，她不知道这件事是新近发生的还是已经年代久远……因为没有确切时间，它就会在我母亲的脑袋里引起混乱，因为一会儿我母亲会感觉自己还是个孩子，一会儿就老了，而另一会儿，就又突然年轻起来——我这样向我妻子和弟弟解释，不然，我母亲怎么会有那么多的固执，非要找到那件事发生的时间不可，如果得不到确切的答案，她就哭，就闹，就不睡觉……"我们就顺着她吧，我们就是顺着她，还能有多长……"我说给我父亲左边的耳朵。他没作声。那时候，他右边的耳朵依旧在体育频道上，里面是李宁服装的广告。

"她早就傻了。"父亲是对着电视说的。他的手里拿着遥控器，广告时间也绝不换台，只是调小了一些音量而已。"你告诉她也没用。"

话虽如此。是的，话虽如此，为我母亲记忆里的事件找回时间成为我和我父亲在家里最重要的活儿，它的重要性甚至超过了买菜，喂我母亲饭，喂她吃药，给她换换身下污渍斑斑的床单。是的，请了一个保姆，可她过于瘦小，而我母亲有一百七十斤重，一个人，做不了移动我母亲身体的活儿。她屋子里的味道越来越重，不过我的母亲从来没抱怨过这些。

我们，想方设法，为她的记忆找到时间。尽可能地准确一些。

她的日子不多了。

"是哪一年的事儿来着，"她如此开头，"看我这脑子。真没用。"可怜的母亲换出一副痛苦的表情，"我怎么想也想不起来……"她说的是发洪水，她和我姥姥、二姨冒着大雨，抱着被子向土地庙那里跑，还没跑到，就听见水来了，那声音在夜晚显得十分恐怖，传得很远，我姥姥呼喊的音调都变了，她丢下被子，一手一个把我母亲和二姨拉上了高处，水从她们脚面上涌过去，那力量大得都能把她们拽走，要不是我姥姥抓得紧的话……我父亲说，在他小的时候村上发过两次大水，一次是1961年，一次是1963年，都倒了不少的房子，死了几个人，不知道她说的是

160

哪一年。"你怎么不知道，"我母亲变了脸，病中的她特别容易暴躁，"三和尚拴着绳子，捞谷穗，挺着个大肚子，给淹死啦……"那是1963年，9月的事儿。三和尚是1963年死的，1961年挨饿的时候他能挺过来，据说是偷了公社粮库里的绿豆。民兵们查了好多天，最后在三和尚的屎里发现了绿豆皮——我父亲说，三和尚被民兵捆在树上打的时候他在场，打了一天一夜，还让他脖子上挂着一兜了粪——可他就是没有承认自己偷了绿豆，当然也没从他家里搜到。最后这事不了了之，不了了之的原因一是三和尚拒不承认，二是他父亲因为这件事在大队门前上吊死了。三和尚死于1963年，不会有错。他不会游泳，却想学着别人的样子去被水淹了的地里掐谷穗，为此，他找来绳子，把自己拴在一根檩条上……可绳子开了。他就扎进一人多深的水里，直到两天后才漂上来。

"是1963年。"我母亲点点头。她有些心满意足，发出轻微的鼾。保姆来问，晚上吃什么，"是哪一年的事儿来着，"母亲睁开眼，她的嘴角垂着一条浑浊的线，"看我这脑子……"

是哪一年的事儿来着？我母亲说，你姑姑演李铁梅，两条粗辫子，人也长得好看。她一上台……1966年，随后我父亲纠正，1967年。随后，我父亲岔开话题，然而这对我母亲的舌头缺乏影响，最后，他不得不用一个桃子堵住我母亲的嘴。父亲不愿意提我早早去世的姑姑，这我知道。要不是我母亲病着，他一定变脸了，他一定……他走出去，和保姆一搭一搭地说着不咸不淡的

161

话，我母亲坐在那里，偎着两个枕头，又睡着了。

是哪一年的事儿来着？那时我和我妻子在场，找了一整天时间的父亲悄悄溜出去，到玉祥叔叔家打牌了。是哪一年，看我这脑子……她说的是我弟弟和人打架，打破了头，被人堵在门口，他们都拿着木棍、铁棒、砖头……"可吓死我啦。你父亲待在屋里，我叫他出去看看能不能给人说两句好话，可他就是不动……"有这回事儿？妻子盯着我，我怎么从来没听你说过？有这回事儿。我说，那时我上初中，他也在初中上学，我们刚转学到县城不久。"是哪一年的事儿来着？"母亲问，她有些焦急，不知道准确的时间可不行，她的脑子，会被这个疑问给坠坏的。我说，我得算一算，我初三，他初一……是1986年。1986年夏天。

"不对！你骗我！"母亲骤然变得恼怒，"不是那一年！我想了，不是那一年！你随口说说想混过去……"

我们怎么劝解也不行。最后，还是用三遍电话叫来了弟弟。他证实，是1986年，不过不是夏天而是秋天，他和王勇偷人家西瓜被追了三四里地，两天后，他们俩重新又回到那块西瓜地里，用木棍把所有的西瓜一一砸碎。"那时候就爱发坏。不过也没砸多少，都秋天了，瓜都卖了好几茬了。"

这才有了笑容。"那时候，王勇他爸总和你父亲说，你这孩子，看这坏劲儿，要么长大了是个大人物，要么进监狱。"

弟弟接过我妻子手上的梳子，理着母亲头上的三缕乱发："你儿子没成为大人物也没进监狱，看来还是坏得不够啊。"

她登台演出扮演李铁梅的时间也是1967年，那时，她还在生产队里担任妇女主任——我母亲的嗓子不好，扮相也不好，可是，大队排演《红灯记》，演李奶奶的赵四婶婶提出条件：大队干部得带头，我母亲必须要扮演其中一个角色，不然她就不演，无论多么光荣多么难得她也不演。母亲说，你赵四婶婶就是想出我洋相，她恨我。我刚当妇女主任的时候，她不服，总是找碴，最后让我母亲寻得了机会，把她吊在大队的房梁上，一天一夜，尿了一裤子。别看她嘴上服了，心里恨着呢。"可要是她不演，这出戏就排不了，别人也跟着起哄……没办法……"那是我母亲唯一一次登台演出，病中的母亲又把它想了起来。"我演李铁梅……当然，还是你姑姑演得好。"

（我知道的是另一个版本，在我母亲讲述之前，我妻子知道的，也是另一个版本，那个版本，是我姥姥活着的时候讲的。她说，我母亲一上台，就木了，就走不动路了，简直是一个木偶——不开口还好，一开口，台下边一片大笑，指指点点，我母亲再顾不上继续，匆匆就跑下去，还跑丢了一只鞋。姥姥说，当时，她真恨不得有个老鼠洞钻进去，满身的鸡皮疙瘩，两天都没全下去……愿我的母亲安息。这个版本真是我姥姥提供的，她肯定没有丝毫恶意。）

中煤气的那年是1971年，不会有错，因为那年我只有一岁，确切地说，只有十几天，母亲说，我在她怀里就像一只瘫软的兔子，或者老鼠——当时，所有的人都以为我已经死了。尤其是我的奶奶。她骂了小半天，骂我，是来骗人的害人的，留不住的，不中用的，稀屎一样的，王八羔。"我就没见过像你奶奶那么心狠的人"，说这句话的时候我母亲的舌头比平日要利落些，她的表情中还带有小小的愤恨。她说，我奶奶把我从她的怀里夺下来，一个死孩子你还护着干什么，哭什么哭，它本来就是路过的野鬼，是害人精……奶奶在我母亲面前晃来晃去，用夸张的手势驱赶看不见的鬼魂，根本不顾她的悲伤，不顾她因为煤气中毒，头就像裂开了一样。"要不是你姥姥"——要不是我姥姥，我肯定早就死了，扔到河滩上喂狗了……我四叔和果叔被我奶奶叫来，准备用旧席子把我裹了，扔得越远越好，这样，总是骗人的害人的鬼魂就不会再找到这家人。可我奶奶舍不得我身下的旧苇席，它看上去还较为完整，另外，她竟然也找不到麻绳，平日里它到处都是，塞满了各个角落。小脚的姥姥跑过来了，她盯着我，突然发现我的鼻翼动了一下，像是呼吸——"嫂子，你看，他还活着……"

"我就没见过像你奶奶那么心狠的人"，姥姥把我塞进她的裤筒，那时的棉衣都有宽大的裤腰，"那么冷的天，你奶奶，就是不让你姥姥进屋"——四叔曾说过那日的情景，确是如此，我姥姥在院子里坐了两个小时，脸都冻紫了，那么冷的正月。四叔说，你奶奶迷信，她觉得把这么小就死掉的孩子再带到屋里去会带进去晦气，那时，我们的日子过得，人越穷越怕，也越信。四叔说，你奶奶是骂了半天，其实这也可以理解，按照我们的老风俗，早夭的孩子必须要骂，要打，不然那个鬼魂还会回来，之后的孩子也留不住……"我就没见过像你奶奶那么心狠的人"，重

164

复到第三遍，我母亲偏着头，睡着了，脸上的表情却还在抖动。她和我奶奶，疙疙瘩瘩了一辈子，明争暗斗，从不相让。说这话的时候我奶奶已经去世，而距离我母亲离开，也只有不到半年的时间。

她越来越嗜睡。我的母亲，大多数的时间都在睡眠中度过，可她还是困，还是倦，她的体内布满了瞌睡的虫子，那么多的虫子把她都快掏空了。早上叫她起来吃饭，她显得异常饥饿，仿佛一直不曾吃饱，仿佛吃过这顿饭就不会再有下一顿……可往往是，她吃着吃着，头一沉，就沉在自己的鼾声里，坐在那里摇晃。

一个上午。太阳晒或不晒，下雨还是阴天，于我的母亲都没有影响，她的眼皮很沉很重。她让自己陷在床上，偶然，被父亲和保姆半拖半架来到沙发上，半仰着或半卧着，鼾声就起了，肥胖的母亲在鼾声中软下去，别忘了，她还有哮喘。那时候，她已不再穿裤子，只有两件由我妻子用被单改做的宽大睡衣，上面沾有斑斑点点——我说过，我母亲的气味越来越重。有时候我父亲会想办法捅醒她，喂，你看——母亲架起眼皮，这个动作木讷而迟缓，似乎很用力气：你说什么？

不等他说完。困倦会再次把我母亲按倒，让她半仰或半卧于沙发里。半张着嘴。因为哮喘的缘故，仅靠鼻孔是不够的，何况它们还得用来打鼾。那真是些丑岁月，我若是母亲，也不愿意它会被谁记下来，标明真实的时间或其他印迹。我愿意它从不存在，像从来没有这样的日子一样。

只有傍晚时分，我的母亲才会有些好精神，她才会把自己变成一个话多的女人，以"是哪一年的事儿来着，看我这脑子"开始。她的时间不多了，屈指可数。就让我们尽量，拿出更多的精力，耐心，笑脸，温情，来陪她。

我弟弟也是这么说的。他总是这么说。只不过，他的门市有些忙，离不开人。

就那样，我的弟妹胡燕还说他懒，笨，呆，不说不动，天天就赖在柜台前的电脑旁，打游戏。也不管进货查货，也不管招呼客人，也不管那些两面三刀、嘴勤屁股懒的服务员……

半年的时间，不算太长，的确屈指可数。但，这半年，是从五年的时间里延续下来的，伸展出来的，它和之前的日子没有明显的界限。不可否认，某种的倦怠还是来了，它在我们之间传染，虽然对此，我们几个都保持着心照不宣。

我和妻子，过去的时候少了，当然这个减少显得比较自然，并非是对母亲的忽略：我正在办理去石家庄的调动，来往于北京、沧州、海兴，然后石家庄。我会往家里打个电话，父亲那边声音平静：知道了。行。没事儿。只有一次，他突然提高了音调：把你妈这块废物丢给我就行了，你们都忙，忙好啊！

连夜，我从北京赶回老家。那是一个风雨交加的夜晚，车行在路上就如同船行在海上，窗外的黑暗不时会被闪电撕裂，那种短暂的明亮并不能使我们这些乘客感觉安心，恰恰相反，它，增添了些许的恐惧。我想我会永远记住那个夜晚，尤其是，坠在心口的那块巨大的石头。

回到家里已是黎明，妻子告诉我说，老两口，打架了。

为什么打架？

因为保姆。

我当然不会是一个称职的裁判。尤其是，当我母亲哭成了一个泪人儿，她那么委屈。

在父亲那里有同样多的委屈。都什么年纪了，她还疑心这疑心那，当初我也想找个男保姆的，不是感觉她不方便吗？我急忙关上门，把我母亲和妻子的声音隔在外面，"你就让她听听，我又没做什么见不得人的事儿。"父亲还是愤愤。

不就是，我对人家态度好点儿，你不能把自己当成是旧地主，把人家当成是奴隶……我不知道这么多年的教育，她都消化到哪里去了。还当过妇女主任，积极分子，"破四旧"的先进……在旧社会，地主也不能这么待人，你爷爷是长工，你问问当年杨家是怎么待他的。

她是有毛病，我也的确睁一眼闭一眼……她是不勤快，拿我的烟也没跟我说……找个服侍病人的保姆不容易，何况像你母亲这么胖，事儿又这么多……我不哄着，不让人家舒心点儿，人家怎么待得下去？

"……我怎么动手动脚啦？我怎么动手动脚啦？"父亲突然从床上弹起来，打开门，冲到我母亲的房间，"守着孩子们，你说话得有根据！"

父亲指着母亲的鼻子："要不是你病着，要不是你这个样子……我忍了你太久了，我，我……"

要不是我弟弟和弟媳进来，我们还真不知道能如何收场。在我们的位置上，根本劝不住。见到我的弟弟，母亲哭得更厉害了。

辞退了保姆，这个插曲也就画上了休止。后来保姆找到我弟弟的门市，她说了一箩筐的坏话。我弟弟悄悄加了二百元钱，她才悻悻离开："我还从来没遇到这么不说理这么没好心眼的人家。"在我母亲去世之后，一个偶然，弟媳胡燕说起此事，我父亲马上拿出二百元钱给她：这个钱，不能让你们出。不行。绝对不行。"你母亲待人……唉。"

愿她安息。

辞退了保姆，照顾我母亲的责任就完全地落在我父亲的身上。他没有再雇人的打算，我母亲也没有。好在，我母亲多数时候都在睡眠，不会影响到他——父亲在家里设了个牌局，几个邻居天天过来打麻将。这样也好。

母亲的气味越来越重，当然也越来越混杂。我和妻子过去，给她清洗，但一天之后，半天之后，某种难闻的气味就又弥漫出来，好在，母亲已经没有了鼻子——准确一点儿，她的鼻子已经失去了嗅觉，至少从我们的角度看来，应是如此。她从来没对此有过任何抱怨。不只是在那半年里，三年之前，更长一点……她没有抱怨过，关于气味，来自她身体的气味。

"看她那一摊肥肉。"我父亲说，不止一次。

"不就是胖嘛。"母亲竟然嘿嘿地笑了。露着三颗牙齿。

是哪一年的事儿来着？母亲又找不到具体的日子了，这让她很难受，它们就像一大团撕咬着她大脑的虫子，看我这脑子……

她说的是我爷爷的死。"我们正在地里干活。听到了锣声。当时谁也没在意，赵瘸巴家的还和刘珂开玩笑，说大队长新立的规矩吧，上级来了指示不敲鼓改成敲锣了……后来你四叔跑过来，阴着脸对我说，咱爹出事了，快去看看吧。"

在我们家，这是一个最为禁忌的话题，从很小的时候我就知道对它必须小心翼翼。我爷爷死于自杀，在此之前，他或真或假地自杀过多次，在此之前，他被风湿、胃病和关节炎所折磨，痛苦像跟随在他身后的影子。或真或假，就是最后那次自杀也应当如此：我爷爷敲响铜锣之后，再向树上的绳索伸出了脖子——他也许还想再敲，唤来众人，把他从死亡的紧扼中救下来，可是，在慌乱中他偶然地提前踢倒了脚下的凳子。

这是一个最为禁忌的话题，关于我爷爷的死，我是从邻居们从我的同学那里听来的，我的父亲母亲，奶奶，包括四叔四婶，从来没谁向我谈起——我偷偷看了父亲两眼，他，竟然出乎意料地平静。

1969年。1969年6月12号。一向好面子的父亲竟然那样平静："我刚从四川回来，顺便来看看你爷爷奶奶，结果我还没到家，他就……"父亲接上另一支烟，屋子里，已经满是呛人的烟味儿，"那时，我是山东省红旗造反派的宣传部长，因为你爷爷的死……政治不过关，就免了，当协调小组的小组长。靠边站了。""咱爹的死算是救了你，"母亲抬抬眼皮，"后来，你们那一派的头头脑脑还不是都被抓了……"

我母亲说，那些人被抓起来之后，我父亲还去找人辩理，给中央写信，给毛主席写信……"你都听谁说的？"父亲竟然站起来，"胡说八道。我从来就没……""我听你说的！你不说我怎么知道！"母亲也不退却，"是哪一年的事儿来着，你在无棣教书，校长怀疑你是五一六分子……"

母亲的右腿肿得厉害，可是不痛。不痒。一系列的检查之后也没有任何结论，只是说，保守治疗。母亲突然又想吃桃，可是，季节有些过了。父亲买来的是梨，好在，她并不挑剔，大口大口地吞下去，包括多半的梨核。如果不是我们夺下来，很可能，她也会把剩下的核一起咽下去。"看你那吃相！"父亲有些挂不住脸，另一张病床上是一个中年病人，他正悄悄朝我母亲这边看，"没人跟你抢！像八辈子没见过梨似的！上辈子一定是饿死的！"

"是哪一年的事儿来着？"父亲的话让她想起了饥饿，"我饿得啊，走到门口的力气都没有，得扶着墙慢慢走，走两步就歇一会儿，三伏天，还觉得冷，有股冷风总在你背后吹你的脖子。你小姨还一个劲地哼哼，娘，我饿，我饿。你姥姥能有什么办法？她就说，芬啊，别闹了，省些劲吧。可你小姨不听，还是哼

170

哼。你姥姥急了，把手里的线穗朝你小姨头上砸去：饿饿饿，饿了就去吃屎！"说到这，母亲突然咯咯咯咯地笑起来，笑得，不像她那个年纪，不像距离自己的死亡只剩下不到两个月的时间。

…………

回到家的那个下午母亲出奇地精神，她不困，没有一点儿想要睡觉的意思。"你叫小妮来伺候我两天。"她向我父亲求助，小妮，是我大伯家姐姐的小名。"爸，我看行，你看我妈这个样子……"见父亲没有表示，胡燕揉着我母亲的脚，"大姐一向耐心，我妈也一直喜欢……""人家也是一大堆的事儿，又不是你生的你养的，凭什么叫人家来，看你多大的脸！"父亲瞪了两眼，"我伺候你还不行？有什么不满意，你也说说！"

"行。"母亲的语调也不好听。

"那是哪年的事儿来着，"我母亲问，她问我父亲，公社那个刘书记刘大烟袋，到咱们村蹲点儿，是哪一年来着？事她记得，可时间又想不起来了。"1972年。"我父亲笑了，"我还以为你早傻了呢，没想到，还能动心眼。你是提醒我，那年，小妮当上赤脚医生然后转正成为公社干部，是你的功劳，她应当感恩，应当过来伺候你，是不是？"

"我问你是哪一年的事儿！你胡扯别的干什么！"母亲显得异常委屈，她的身子都在抖，"想不起是哪一年的事儿，你知道有多难受……我都快憋死啦！"

大伯家的姐姐还是来了。她还给我母亲做来了鞋，尽管，鞋小了些，母亲说，是她的脚肿。"你来看看我就行了。"母亲拉着她的手，又哭起来，"我怕再看不到你了。"她把我姐姐也给惹哭了："婶婶，没事儿，等我忙过这些天，就天天来看你，住下不走了。婶婶，你也别多想，好好养病，会好起来的，我特别喜欢吃你做的鱼，等你好了再给我做……"

"我是好不了了。"母亲不肯松开她的手，"小妮啊，小妮啊……"

"婶婶，你在咱们家，可是有苦有劳的人啊。里里外外，都靠你啦。你可别这么想，我叔还得你……小浩小恒也都大了，你还得多享几年福呢。"

就在大姐姐来看我母亲的那个晚上，我弟弟出事儿了。他喝醉了酒。来到邻居家里——他和我弟弟是同行，竞争关系，平时交往还算正常，过得去。可那天，我弟弟喝醉了酒。

人家报了110。当着警察的面儿，我弟弟还打出了最后一拳。眉骨骨折。

"他花了钱。鉴定是假的，他们三个打我一个，我根本是正当防卫。再说，我下手也没那么重，我控制着力气呢。"在电话里，弟弟要我找一找人，特别是市委王主任，"上面的人搭话肯定管用。"

略去我在电话里的所说，那些话，根本进不了他的耳朵。"哥，我不在家的这些天，你要多找找人……花钱多少我听着，我宁可多花三倍五倍在办事儿的人身上，也不能赔他家一分钱！"最后，他说，咱妈那，我一时不能露面……你就多走走

172

吧。他在那端，声音里面满是水和沙子。

一波又起。我的调动也出现了问题，倒不重要，只是一些小小的细节，小小的疏漏，譬如……可它被放大了，没有余地，只好一次次返回，再一次次送达。我在炎热、烦躁和屈辱中穿行，而到达那些门口的时候，还不得不换上另一副虚假表情。真是崩溃。它出现的时机不对，我弟弟的事已经让我焦头烂额，而它又雪上加霜，让人……

在母亲那里，我们还要向她隐瞒，她肯定受不了那样的消息。我向她说，我弟弟出门了，参加一个业务培训，这对他的经营有很大好处，胡燕也是这样说的。我父亲也是这样说的。好在我的母亲并不具备疑心，她一向都粗枝大叶，何况是在持续五年的病中。她只说过一次，要我弟弟在不忙的时候来个电话，她有点想他。说到这里我的母亲眼泪汪汪，医生说，这是因为血栓后遗症的缘故，患过脑血栓的人，都容易把控不住自己的情绪。

是的，我母亲总是把控不住自己的情绪，她问的"那是哪一年的事儿来着"必须有一个确定的答案，而且还得她接受才行，如果有所敷衍，怠慢，她就会受不了，哭得一塌糊涂，三行鼻涕加两行热泪，像是受了巨大的不公，受了巨大的蒙骗。"看我不把你这摊肥肉扔到沟里去！"父亲的语调确有生硬和凶恶，不过，说虽如此，但在寻找准确时间的问题上，他可从来没有过敷衍。

或许，我父亲也从中得到了某种的……乐趣？

在母亲酣睡的时候，我会和父亲谈一谈事情的进展，当然不完全是实话，基本按照报喜不报忧的原则。我们的声音很小，隔壁的耳朵绝不可能听见。而我的母亲，在隔壁的隔壁，在最后的那段岁月里，她没有一项器官是灵敏的。

"胡燕一天恨不得三十个电话，不出事的时候从来都不……也不知道她从哪打听到的，法院里一个副院长是我的学生。我都不记得了。再说这么多年，没个联系，说了也不起什么作用……"

我说，我一天也能接三十个电话——说着，胡燕的电话就来了。

走到外面，我回过去："你问咱爸爸，他找了他的学生没有，人家怎么说？要花多少钱？"我说，这事儿别为难咱爸了，我觉得他说也没用，要是被拒绝多没面子，再说，以咱爸的脾气……

"我就知道，他什么事儿都不想管，你没听咱妈说他吗，李恒当年打架让人家堵到门口，咱爸都像没他什么事儿似的……他要面子，他要面子，面子值几个钱，他不去找人家人家还以为咱爸瞧不上人家……反正要抓的是他的儿子，要是把李恒抓起来，看他面子多好看！"

"你能不能冷静一点儿，听我说……"

"哥，你不用说了，我也和你透个底，咱妈的日子不多了，要是到时候李恒回不来，不能参加咱妈的葬礼，我和小敬也不去！既然他不要这个儿子……"

"你说的什么话！"冲着手机，我几乎是在吼叫。

"是什么时候的事儿来着，"母亲探着头，一脸期待，"我在坟地里站岗，脚下是刚刚挖出的三大筐银元和金条，还有金簪子，银簪子，反正都是宝贝。天黑了也没人来接我，天黑了，鬼火就出来了，一片连着一片……可我也不敢走啊，公社的人不来，要是丢了东西我的罪可就大了！站在杨家坟地里，我越想越怕，腿都抖得立不住了……我就默念毛主席语录，端着枪，冲着鬼火喊：杨家的牛鬼蛇神们，你们这些地主恶霸，好好想一想，在你们活着的时候侵占了多少贫下中农的财产，逼迫他们卖儿卖女，无家可归……后来赶来的民兵都不敢近前，说我喊得吓人，根本不是人调……"父亲想了半天，不知道是哪年的事儿。这件事，他没有参与。"你再好好想想！"母亲的情绪又有失控的危险。

就在我父亲仔细回想的空白时间里，母亲发出这样的感慨：那个年代。那么多的宝贝，谁也没想拿一件儿。拿一件两件，十件八件都没人知道。当时的人就是傻。

父亲插话，按你的财迷劲儿，要放在现在，你恨不得把一筐金条都偷回家来。

母亲硬硬地晃了晃她的脑袋，嘿嘿嘿地笑了："现在也没有了。"她，竟然没有再追问，这是哪一年的事儿。在我印象中，这是她唯一一次，没有因为缺少答案而发火或哭泣的一次。

是哪一年的事儿来着？她想到了另一件，这件事里有我的父亲，还有我大姨——他们两个都在大学，他们两个，分别属于不同的红卫兵组织。那年假期，他们竟然在我姥姥家遇到了一起……"你姥姥怎么劝也不管用，两个人，像斗鸡似的，也是你大姨坏，从不服软，她从锅台上拿了一把炊帚就抢你父亲，你父亲也不让，拿的是铲子还是蒲扇？反正也拿了什么东西，两个人打在一起，最后，你大姨被打哭了。事后，你大姨越想越气，就叫你成舅去告诉你父亲，说你姥姥气病了，让他过来看看……等你父亲一进门，埋伏在门后的你大姨挥起尿盆就砸过去，盆里有满满的一盆尿……"对于这件事，我父亲给予了部分否认，他承认前面的内容，两个人是吵了，是打了，但过了就过了，因为第二天他就返回学校，尿盆事件根本没机会发生。"那是哪一年的事儿？"

父亲想了一下，不是1967年就是1968年……1967年，是1967年。

"你记不得尿盆扣你脑袋上的事儿？"我母亲说，我父亲是装记不得了，这件事，太伤他面子了，他当然要记不住。"那天，我就在家里，我在窗户里都看见了。"

瞎说。我父亲坚决否认，绝没有这回事儿，不信，你打电话问问贵芬。我父亲真的拨出了大姨的号码。不过那边没人接听。

电话打来，弟弟还是被抓住了。他在保定，登记住宿，身份证上的号码泄露他是一名逃犯。"哥，你快想想办法，你救救他！"

我把妻子从单位上唤回，打发到弟弟的门市——胡燕需要安慰，尤其是在这个时候。而我，则赶往母亲那里。希望她一无所知，也希望我的父亲，同样一无所知。

可是，在我进门之前，就听到母亲的哭泣。另一个房间，电视的声音很响，大约是一场怎样的比赛正在胶着，门上的玻璃可能看见，父亲躺在床上，伸着他的腿和脚。难道……

一看到我，母亲哭得更厉害了，上气连不上下气。愿我母亲安息。那个场景真是让人心酸。我走过去，和哭泣的母亲坐在一起，妈，你怎么啦，妈，你别难过啦……事已至此……

是个误会，差一点儿，我被……母亲的哭泣有另外的内容，她向我告状，说，我父亲打她。"你把我接走吧。"

从另一个屋里，我父亲也过来了。怎么能算打你呢？是打吗？

"不是打是什么？你打我也不是一次两次了，你恨不得我早死，你恨不得我……"母亲哭得。无法再说下去。

父亲需要解释，他必须解释。怎么算打呢？就是推了她两下。她那么多肉。

我说爸，她的肉再多，也不能打啊。我知道你辛苦，知道你累，要不，就让我妈上我那去过两天吧……那个时刻，我也控制不住自己的百感交集。

不是打，真不是打。父亲喃喃，我，我也没……你问问她，就是没完没了，问这件事是哪一年，那件事是哪一年，有的事儿我也记不清是哪一年的，再说有些她自己的事儿我也不清楚，她就急，就哭，就闹……你问问她，我们告诉她是哪一年的事儿，有什么用，她记得住吗？她有那个脑子吗？……

"我就是想，在我走之前……"

我母亲，一百七十斤的母亲，咧开嘴，就像一个弱小的孩子："我就是想，在我走之前……"

毫无疑问，那是个多事之秋。在另一篇文字里我也用出了这个词，就是多事之秋，没有哪个词能够替代它，比它更加准确。在这个秋天的末尾，在经历了一系列的曲折之后，弟弟被释放出来，而我母亲的岁月，已经寥寥无几。

　　而这些寥寥无几，还被她用在睡眠中挥霍掉了。她吃得越来越少，虽然还是那种饥不择食、狼吞虎咽的样子，可往往是，吃上几口，头一斜，鼾就起来了，未经好好咀嚼的食物顺着她微张的口又一点点掉出来。对她来说，早晨和夜晚没什么不同，正午和黄昏没什么不同，春天和秋天也没什么不同，她的世界已经越来越冷，越来越暗。我们叫不醒她。推她、拍她都已不起作用，她被困倦粘住了，那是一种很固执的胶。

　　可我弟弟的归来……"我的儿啊！"笨拙的母亲有些夸张，她竟然伸出双臂，抱住我弟弟的头。他的头，无法掩饰。母亲抚摸着弟弟的光头，"我的儿啊……你可回来啦……"

　　弟弟的归来使我母亲——她的脸上有了一层特别的光，特别的润泽感，还不止如此。整整一个下午，我的母亲都没让自己沉入到困倦中去，她，又一次成为了一个话多的女人。最后一次。

　　她说，当年，人家组织石油工人学毛选，四个老汉学毛选，自己是妇女主任，就跟在人家后面，搞了个"四个老婆儿学毛选"，词儿是现成的，把老汉改成老婆儿就行了，刘珂的嫂子，你姥姥，春姥姥，还有一个记不得了……结果还到县里汇报演出过，上了报纸，每人发了一个印着字的搪瓷缸。父亲提供了时间，1966年夏，那张报纸在搬到县城之前还在，你母亲很小心地留着，"那是她最风光的时候"。不是，我母亲纠正，我还参加过全国的农民代表会呢，我还和邢燕子一起照过相呢。停顿了许久，母亲忽然感慨，也不知道她后来怎么样了。她说，当年，你爸爸想当陈世美，他在大学里又搞了一个，家里都知道了——听到这个消息，我二话没说，坐车去济南，找到你爸爸学校……我父亲急忙纠正，不是，他没有，只是朋友，一般朋友，是那个同学有意思……"那是哪一年的事儿来着？"1968年。我当时，是学校革命委员会副主任。

林彪死是哪一年？那时，她已在公社工作，下午开会，宣布林彪叛逃摔死的消息。当时，公社一个副书记，姓刘，也许是头一天没睡好觉，在会场打盹儿，一愣神，听见说林彪死了，一下子哭了起来："敬爱的林副主席啊，毛主席最最亲密的战友啊，你怎么说走就走啦……"因为这一哭，被关了大半年，差一点儿没被整死。查来查去，这个人，根本和林彪没任何关系，也从没有过反党反社会主义的言论。后来听说放出来了，不过再没回公社……

我母亲还提到炼钢，提到她去泊头学习，提到她在县供销社当采购员的日子。提到我的出生，我弟弟的出生，一家人去农场，然后搬到县城……父亲和我们，负责为她的记忆提供时间——尽可能准确。她的日子不多了。

她又忘记了我爷爷去世的时间。我父亲再次提供了一遍。关于我爷爷的自杀，父亲给出的解释是，他受不了病痛的折磨。当然，在三年自然灾害期间我两个叔叔的死也是原因之一，之前，我爷爷可是农会积极分子，生产队小队长，民兵排长。"不是因为他姑？"母亲进行反驳，"他嫌她丢了脸，让他抬不起头来。当时还有人说，他姑，其实是让爷爷给毒死的……""一派胡言！"我父亲勃然作色，"咱娘去世的时候只有我在场，不是有人也说是我……"

完全出于偶然：我母亲，提到大伯家的二姐，她是哪一年死的？那么灵透个孩子，人长得俊，嗓子又好……是啊，她是哪一年去世的呢？被母亲如此突然地问到，父亲一时短路，他说，竟然完全没有印象。她死了，也就是三五年吧？

不，时间还长，我给父亲纠正，时间肯定还长，当时，我在中学，记得很清楚，现在，我的儿子都这么大了……看我这脑子。父亲也跟了这么一句话。我就感觉，像前几天的事儿似的。就是想不起来。

母亲又开始哭泣，看得出，她一直试图控制，可是……"你放心，妈，我们一定给你找到。"弟弟给她擦拭着眼泪，"妈，你别哭，我们这就去找。"

我们一家人，先搜索记忆里的相关事件，把它限定在一个时间段内……"我记得相册里有那个姐姐，不知道有没有注明拍摄时间……它会有用吗？"别管那么多，你先拿来再说。就在我妻子准备骑车离开的时候，弟弟追了出来：你不用去了。咱留着一手呢，咱有日历！我去拿！

经他这样一说，我也恍然：那些年，流行过一阵印有明星照片的硬纸年历，可折叠，如同旧式盒带里歌词的卡片——"我不光能找到是哪一年，有可能还能找到是哪一个月，哪一天！"

没想到她会死得那么惨……好好的一个孩子。她要是不去那里……母亲说。是啊，没想到她会死得那么惨，几乎被压成了一摊血肉模糊的泥，我大伯大娘，几年的时间都没缓过精神——要知道，在那个年月，车辆并不像现在这么多。可她，偏偏遇上了车祸。

她要是还活着……母亲，又变成了一个多愁善感的泪人儿。

弟弟带来一个旧箱子，上面有着一些莫名的污渍，以及厚厚的尘土，他说，来的时候还擦了一下。结果还是这么脏。

里面都有些什么！锈迹斑斑的钢球儿，被虫蛀过的小人书，里面塞着众多旧邮票。毛主席纪念章，还算整齐的烟盒，老鼠屎，十几枚嘉庆通宝，光绪通宝，朱明瑛、朱小琳的盒带，厚厚的一叠旧信封，上面贴着纪念邮票或特等邮票，有的信封上还用做作的隶书签着我的名字……"这些，多数是我当年的成果，我说后来找不到了，原来都让你弄走啦。"

"你又没问过我。你的就是我的，我的还是我的。咱哥俩，谁跟谁啊。"

母亲笑了："从小你们就这样。弟弟总占便宜。"

"哎，妈，可不能这么说，我是总占便宜的主吗？别人给我便宜我还不占呢，占，是瞧得起他！"见到母亲的笑容，弟弟也越发得意。得意地，有些心酸。

没错儿。在这个箱子最下边，是有一些明星年历，数量还不少，然而，不知是出于受潮还是被胶水或者蜂蜜之类的黏液浸泡过，它们紧紧地都粘在一起，弟弟试图小心地从中扯开，结果是，所有的字迹和图片都形成一块块斑点，面目全非，不可辨认。

　　不用找了。过几天再找吧。看得出，母亲已经累了，她难以再支撑下去，那么厚重的眼皮。我和弟弟交换了一下眼神，这，大概是母亲最后的回光，之后的时间，任何一天，都不可能再这样。

　　妈，我回去了。弟弟俯在她的耳边，那样温顺，你先好好睡觉，我一定想办法给你找到……

　　"也不小了。别再犯傻了……"这么突兀的一句，母亲垂下头，垂在哮喘和自己的微微鼾声里。

哭泣的影子和葬马头

1

这是很久以前的旧事了，上面布满了灰尘和斑驳的锈迹。仿佛沉在老屋的旧光线里。在我母亲去世之后，大约只有我还能记得起它来。

我也忘得差不多啦。

现在回想起来，有些环节我没有印象，有些连线是缺损的，它让我犹豫：是否要用想象和编造来补全它？还是，就让它缺着损着，让它呈现出旧事旧物的样子来？

先写下去吧。先写下去吧，如果不写，它的缺损会更多的，甚至会消失掉，完全地。完全消失掉的人和事太多了，甚至每一片树叶上都站满了这样的阴影，它们像一层细细的绒，风一来就散掉，再无法聚拢。

先写下去吧。

2

先说我的小姨。说到她，我先想起的是她哭泣时的情景……
这是不对的，这不是头绪。我得先把这段记忆推开。其实我写过
她，在另外的小说中，不过那时我叫她"姑姑"。不是姑姑，而
是姨，在另外的小说中我把她的身份移到了父亲的家族里，姑姑
是虚构的，可她的身体和行为则是小姨的。

我也把我移植到奶奶的身边——其实这也是虚构，我是跟着
姥姥姥爷长大的，一直到九岁。母亲说，我跟着姥姥她们是因为
姥姥没有儿子，太孤单了，二姨则总是冷笑：撒谎。你们是不想
带孩子，你们忙工作忙社交忙着休息，小浩对你们来说是累赘。

不说这个啦，它和我要说的故事无关。

谈及小姨，把她哭泣时的情景放在后面。我想到的依然是没
有连线的情节：姥爷追赶着小姨，他手里的扁担有两次差一点就
砸在小姨的背上。他们绕着院子里的枣树，小姨跑得脸色苍白。
姥姥扑过去，她抱住姥爷……她抱不住他，她只能延缓一下，就
这一下，小姨得以摆脱，从大门口一跳一跳，消失得无踪无影。
"你就打死我吧。"姥姥抱不住姥爷，但可以拖住他的一条腿。
姥爷，一向缩在阴影里、从不敢对姥姥发火的姥爷不知哪来的那
么大的火气，他回手一扁担，姥姥啊了一声倒在地上。

轮到姥爷手足无措了。他又恢复到以前。"你怎么啦？

我……我不是……"他说不完整。

墙上，门口上，有那么多好奇的头探着。

不知道为什么，相对于刚才的"战争"，我觉得那些伸长着的黑压压的头才更让我感觉恐惧。我想躲起来，也想把哭叫着的姥姥拉起来，她的身上已经满是尘土。可我的腿……

3

晚上的时候母亲来了，父亲后来也来了。院子里，有许多阴暗着的声音，我听不清他们在说什么。"快去医院看看吧。"母亲的眼睛盯着姥姥的额头，那里有一片明显的黑紫色，即使在灯光下，也是明显的。

"别的，都先不说了。我们，我们去医院吧。"父亲朝着外面。姥爷应当在屋外，他和那些阴暗着的声音在一起，我听不到他的声音。

他们都去了医院，而我，跟着父亲则去了奶奶家。

有一条漫长的夜路，没有灯，只有从黑暗里吹出的风。我在后面跟着，跟得吃力，可父亲没有停下来等等我的意思。我有那么多的话，它们像一个个滚动的气泡，但这么漫长的一路，我还是把它们一个个吞进自己的肚子里。

"你哭什么？你怎么哭了？"奶奶问我。她眯着眼睛，放下了手里的鞋底。她一问，我就"哇"的一声哭出来，从嗓子到我的肺，有一条口子被撕开了。我也不知道，自己怎么积攒了那么多的委屈。

4

小姨住进了医院，这是我第二天才知道的。在住进医院之前她先跳进了河里，这也是我第二天才知道的。我坐在屋子外面，有些声音会一断一断地飘到我的耳朵里，何况，聋子三舅总是那么大声。他说："水真是凉咧。"他说："我跳下去的时候，小琴就沉没影了，我摸了三把才摸到她。"

把他们送走，我母亲关上屋门，她把自己和姥姥关在里面。"你们就是棒打鸳鸯啊。"我听见母亲说，后面的声音小了，即使我注意，那些飘出来的声音也极为缥缈，根本无法分辨。几乎都是，嗡嗡嗡嗡，咿咿嗡嗡。我甚至无法分辨，它是由我母亲发出的，还是由姥姥发出的。

我坐在灶膛边上，用一根树枝在灶膛里寻找剩余的火焰，准备把手里的蚂蚱丢上去——我承认它不属于记忆，而是在此时添上去的线头。那天，我在外面做什么已经记不清了，但无意中，从只言片语中，我知道了一些发生，这倒是真的。

"不行，我说不行就不行！"是姥姥的声音，她突然大起来，"还反了她了！这事儿，不能由着她！"

接下来又是一片嗡嗡嗡嗡，我母亲的声音又骤然地大了一

188

下，"你们还想逼死她吗！没看见……"后面，则又沉到了嗡嗡嗡嗡里去。

"我也不管啦，有你们后悔的。"母亲打开门，她走出门去才意识到我还坐在灶膛边上。"走，跟我走，姥姥顾不上你。"

"不，我不走，"我抱住刚刚走出里屋的姥姥，"我就跟着姥姥。"

姥姥摸摸我的头："让他跟着吧。"

母亲也没坚持。她驱赶着墙上、大门口露出的脑袋："走走走，都走，是盐里有你还是醋里有你？三爷爷，你都多大年纪了，还和十来岁的孩子挤，你也真好意思。你也给孩子们做个样子！"

挤着的脑袋一个个少了。

5

我预想的，我母亲预想的，以及我姥姥预想的都没有发生。

小姨出院，一切风平浪静。她接受了结果，她接受得平静甚至让我姥姥都有些惊讶。"你要是就是不愿意，你也说出来……"倒是姥姥，哭了。

一切风平浪静，平静得让人心慌，至少我是这样感觉的。我本质上是杞人，我总感觉，这份平静的底下一定埋藏着什么，它也许会突然地地动心摇——唐山大地震，不过是前年的事儿，我记得还算清楚，我记得姥姥把我从摇晃的屋子里拖出来的情景。也许从那时起，我总胆小地感觉，平静下面可能藏有让人心慌的东西，恐惧的东西。小姨的风平浪静也是如此。

可是，没有。

那个后来被称为姨夫的男人出现了，他的个子有点矮。母亲说，他的个子有点矮，小姨嗯了一声，没有别的表情。"就这样啦？"我母亲拉住她的手，她们拥有同一个母亲，却有不同的父亲，正是因为这一点，她们一直都有些隔，有些陌生。

嗯。小姨依然没有表情，她把手，从我母亲的手里拉出来。我母亲抬起手，似乎还想再次抓住，但她没有继续。"你自己觉得好，就好。"

后来那个被称为姨夫的人又出现了，这次来得人更多，还有后来被称为姨夫的母亲，她是我们公社的副书记，我母亲早就说过。他们走后，炕上多出了两床被面，十双袜子，还有六尺花布。六尺，我母亲已经量过，她当时在村上的供销社上班，对此很有些敏感。她甚至马上说出了这块花布的价格，虽然这样的花布她的供销社里没有。

"你摸摸这布料！你摸摸！"母亲抓住小姨的手，把它放在花布上。

小姨摸着，她的眼圈红了。泪水下来了。

"你看你！"姥姥狠狠地瞪了我母亲两眼，似乎，在她们之间有巨大的仇恨。

6

我是后知后觉。当然这份后知后觉是因为我还太小的缘故。

我其实是应当知道的，可我却总不知道。

若不是那天晚上，我和一群舅舅、表哥们玩得晚了，我可能会继续后知后觉。当他们散去，我只得一个人回家。

我跑着，但又不敢跑得太快。我害怕，一路跟过来的"鬼魂"轻易看出我的慌张，那它，就会突然把我截住，把没有反抗力的我抓到地府里去，或者按进水中。我跑着，但又不敢跑得太快。

穿过一条胡同，穿过大街，我跑到了另一条胡同里。跑到头，就是姥姥家。那天，似乎是有月光的，似乎是，有。

所以我才在转到胡同里的时候看到阴影处，站着一个硕大的人影。我的脑袋里发生了爆炸。不能自禁，我叫出声来。

那个硕大的人影一下子分开了，原来是两个人。"小浩。"

是小姨。她从那个人影之中被分了出来："你怎么在这？"

我忘了我说过什么，或许是，什么也说不出来。小姨的出现同样让我惊讶，我想不出，她怎么能从另一个人的身体里分出来，我不敢想。

"走吧，我们回家，"她拉住我的手，她的手是热的，"我走啦。"她说给那个木木的人，把他剩在了那里。

我和小姨一起回家。我感觉，地动心摇来了，我站不稳，也走不稳。

我不知道是什么在晃动。

7

这次的"遇见"我没和任何人提起过，一次也没有，虽然，它本不算什么秘密。可是，我还是坚持，把它封在了我的"琥珀"里。事隔多年，我才将它撬开，已经事是人非。在这次遇见之前，我也曾多次遇到那个木木的男人，他曾多次过来串门，但，我没有多想，没有把他和小姨联系在一起。我叫他"果表哥"，是跟他母亲改嫁过来的，他来的第三年那个总阴着脸的七牛舅舅就死了，七牛舅舅死的时候我还没有出生。"总阴着脸"是我姥姥说的，这句话让我印象深刻，我大伯家的哥哥也是这样。她谈起七牛舅舅，我想到的面孔却是这个大哥哥的，一直如此，即使，现在。

他们家很穷。姥姥说。姥姥后来还说，她觉得这个果表哥是个"薄命的人"，没有耳垂。说这话的时候已经事隔多年，小姨也早就嫁到高庄，不过一直没有孩子。都是各人的命，姥姥说。

事隔多年，都已经，事是人非。

192

8

小姨嫁了。院子里一下子冒出很多人，热热闹闹，就连一向沉默的、躲避着的姥爷也换上新衣，蹲在门口。那么多人，赞叹，被面，新衣，漂亮的小姨找了个好人家。吃公家粮的。那么多人拉着小姨的手说话："可别忘了娘家啊。可别忘了你娘，她可是不容易啊。"

小姨说着，笑着，虽然偶尔地，眼红一下，但就是一下。马上会过去。

鞭炮响起，迎亲的人走进门口，那个果表哥也跟在后面。他跟在后面，很多人的后面。他没有进到里屋，只在院子里——蹲着的姥爷站起来，冲他点点头。他也冲着姥爷点点头，漠然的样子。他没有进到里屋。

小姨出来，她本是拿什么东西。她看到了果表哥，径直朝他走过去。"你来啦。"

院子里突然静下来。那么多的七嘴八舌，竟然让人惊讶而恐惧地一起关闭了。尽管我还小，但我也感觉着……我不知道该怎么描述自己的感受，现在也不能。

"来了。"果表哥说着，他的脸在颤，他的嘴唇在颤。他盯着我的小姨，直直地盯着。

"快快，咱二姑叫你呢，"母亲过来拉住我的小姨，她拉的动作有些夸张，"小孩子淘气，把缝在被子上的枣给偷了……"母亲，没有看到果表哥，更不用说他的表情。

小姨嫁了。走出门去的时候，平静着的小姨突然回过身子，抱住我的姥姥。"娘，我心里苦啊。"没错，她就是这么说的，娘，我心里苦啊。她的声音里有种撕裂。一句话，让我姥姥也跟着大哭起来，她用同样的力道抱住我的小姨：琴啊，我知道，娘知道。娘知道啊。

"别说了！"母亲过去掰开小姨的手，"大喜的日子……都别说了。"她也掰开姥姥的手，"娘，你怎么也这样。让人家笑话。"

坐在马车上，小姨已经是个泪人。她朝着所有的脸挥手，朝着姥姥和我的方向挥手，朝着果表哥的方向挥手——他在后面，可小姨还是看到了他，随后，她的手只朝着那个方向挥动。

我的小姨，已经是个泪人。

送走了小姨，人们散了，姥姥和我，和我母亲返回——院子里，姥爷已经换下新衣，背上了粪筐。"干什么去？"姥姥问。"我去拾粪去！"姥爷答得干脆，气哼哼地，不知道从哪里来的怒气。

9

谈及小姨，我会从记忆里拎出两条哭泣的影子。一条是小姨的，她坐在马车上。据说她还出现过短暂的晕厥，多年之后，小姨夫的母亲找到我姥姥，当时她们正在为没有孩子的小姨求医问药，当时，她也不再是副书记，据说是受到了某种的牵连。"没有，没有过。"姥姥仔细地否认，家族里没有晕厥的遗传病史，真的没有。"她也没有跟我说过有这么回事。"

"那怎么会……"

谈及小姨，我会从记忆里拎出两条哭泣的影子，另一条，则属于那个缺乏耳垂、缺乏好命运的果表哥。我看见过他哭泣时的情景……我看到过他哭泣，在河滩上，他哭得那么悲切，痛苦，我看到他的母亲过来拉他，他竟然，把自己的母亲给推倒了。我从供销社回来，母亲领着我，她偷偷塞给我三枚大枣，告诉我说装起来，回家再吃。我看见了果表哥哭泣时的情景，我的母亲也应当看见了。她说，你果表哥喝多了。但我的三叔给予了否认，瞎说，他没喝酒，他家哪来的酒。三叔对我母亲说，嫂子，你去劝劝他吧，也许你能劝得了他。这样下去……三叔和果表哥是同学，是要好的朋友。

"和我有什么关系？"母亲斜起眼，使用着多出的眼白。三叔并不在意，他说，他为什么这样，你清楚，我也清楚。我劝不了他。这样下去，他就是谢四。

谢四，是村子里的疯子。十一岁的时候疯的，至于原因，大人们一直语焉不详。反正，他疯掉了，时好时坏，总是冲着人傻笑，只要人一抬手，哪怕抬手的人是个三五岁的孩子，他也会吓得捂起脸，求人们饶命。三叔说，他又一次说，再这样下去，他就是谢四。又一个谢四。

"和我有什么关系。"母亲还这样说着,但,她答应我三叔,她去劝劝他。"等她回来吧。我也和他小姨商量一下。"

10

按照习俗,三天回门,小姨本应回来的,可她叫人送来了信,说她先不回娘家了,这些天不舒服,好点了再说。五天,七天,姥姥找人去问,姨夫的母亲亲自登门,她骑着一辆黑色的自行车。她拉着姥姥,老嫂子长老嫂子短,亲切得像是真的姐妹。"孩子在我那里,你有什么不放心?我们这样的人家,能给她亏吃不成,能给她气受不成?"

"不能,不能。我知道。"姥姥说着,脖子却伸向外面,仿佛绕过这个"奶奶"的肩膀就能看到我的小姨。"孩子的体质有点弱。""老嫂子,你放心,咱家里有条件,我保证给你养得胖胖的!"她笑得咯咯咯咯,让我想起电影里银环的娘。

说了一会儿,她就要走了,临走,她对送出门来的姥姥说,对了,她大姐转正的事……我记着呢,公社马上研究,马上研究!她拍拍姥姥的手,头却转向我:"小社员,马上要吃商品粮啦。"她再次咯咯咯咯地笑起来。

不过,自行车的气却被人撒掉了。"是谁做的?"姥姥问,"你看到了吗?"我说没有,没有,我刚才在锁舅家玩,才回来。"没事没事,老嫂子,我推回去就行,没事啦。"

——是谁撒的气？那个"奶奶"走了，姥姥把我又叫到跟前。我摇着头，心跳得厉害。——你真没有看见？刚才，我看见你果表哥了，他没进咱院吧？我还是摇头。——奇怪了。那是谁呢？

其实是我。车胎里的气是我撒掉的。时间有些太久，我想不起自己是出于怎样的动机。那是我唯一的一次。不过，它已经几次出现在我的小说里：我给父亲的自行车撒过气，杨傻子的，村长的，民兵连长的，以及……它们都是完全地虚构。这样的事，我只做过一次，向所有的神灵和领导保证。

一次次虚构，是因为它给我的印象太深刻了。之后几年的时间，姥姥都坚定地认为，这事是果表哥干的，只有他才能干得出来。

姥姥每次提起，我的心都会紧一下，颤一下。我觉得自己的身上一下子多出了太多的黑斑点，我不得不将它们藏在袖子里。

11

不是果表哥干的，但错过了时机，我也不能再做纠正。不过是和不是，又有多大的关系？

在小姨出嫁之后，果表哥依然会来，他进到院子里，看着我姥爷晒草、铡草，看着我姥姥进进出出，或在枣树下缝衣服，编草绳——果表哥进来，什么也不说，姥姥、姥爷看到他也同样什么都不说，仿佛他是空气和影子，仿佛他并不存在。

　　没有人理他。他也不理别人，无论是我的姥姥、姥爷，还是我。站在院子里的果表哥已经不是原来的果表哥了，他变了模样，也不再给我写什么空心的"福禄寿喜"。他站一会儿，把自己站得鼻子酸了，眼圈红了，就一声不哼地走出去，过几日再来。

　　"这孩子……"一次，姥姥望着果表哥的背影，长长叹了口气，"唉，你和他说说，让他别再来啦。"她一直叫我姥爷为"唉"，而之前的姥爷，我母亲和大姨的父亲，则是"死鬼"。"这孩子，也真是，可怜。你和他说说。"

　　"你怎么不说！"姥爷在小姨嫁走之后，一直有火药桶的性质，也不知道他到底在自己的心里积攒了些什么。"要说你自己说，反正我不说！"

　　"我说就我说！"

　　真是我姥姥说的。我母亲也不肯，姥姥只好自己出面。她说得足够委婉，但意思，果表哥很快明白了。"二奶奶，我知道。我不来了。"果表哥的眼圈又红起来，"我就是想，再看看小琴。我就是想，再看看她。"

　　我不知道果表哥是什么时候走的，我不知道姥姥还和他说了些什么，它同样是记忆缺少掉了的环，似乎他是突然消失的，似乎他还带走了两三个小时的时间，当我的记忆再次粘贴过来时，已经是很深的夜晚。

　　没有点灯，姥姥也没像往常一样做活儿，她就是在墙柜的边上靠着，一直靠到黑暗吞没了她和她的呼吸。"睡觉吧，早睡吧。"她对我说。过了很久，她叹了口气，睡觉吧，早点睡吧。我不知道她是说给我听的，还是说给自己。

12

大约半个月的时间，小姨才返回，她瘦多了，她给出的原因是，她吃不惯婆家的饭，自己又不会做。"大鱼大肉还真吃不了。不是我的命。"她斜着眼，看着我的小姨夫，"攀个高枝，可不容易呢。"

小姨夫笑着，他和我父亲聊得火热，"你吸烟不？"很快，两个人就离开屋子走到了院子，又走出了大门，直到我母亲喊："吃饭啦，吃饭啦，新姑爷进来吃饭啦。"他们才重新回到院子，父亲把半盒大重九塞进自己的上衣兜里。

"琴啊，过得怎么样？他们，他们家……"姥姥小声地问。她，把我小姨截在堂屋。

"一样。都一样吧。"小姨回答，"就是他们家做菜太难吃。真吃不惯。我做的他们也吃不惯。"

"那，你们……"姥姥指指里屋，小姨当然明白。"就那样吧。都那样。娘，不用担心我。"小姨从姥姥的身侧挤进里屋，"姐夫，别让他多喝，他喝多了，一肚子傻气。"

拧着身子，那个被称为姨夫的人咯咯咯咯地笑起来，他拉住小姨的手："还是你疼我。没事儿，我喝不多，我怎么会喝多呢，姐夫也会让着我的！"

"让着让着，我当然不会让你喝多。"我父亲也盯着小姨，"妹妹，你真是好福气。"

这句话，竟然让小姨变了脸色。"喝，你们喝！"她抽出手来，"有本事你们，你们……"

13

一场不欢而散的酒局。后面的事我并不知道，我被我母亲早早赶出了门，傍晚的时候才回到姥姥家。看他们的脸色，表情，我能猜测到，中午的回门宴，一定是一场不欢而散的酒局。

小姨还在。我也没问小姨夫的去向，现在想起来，他的去向可能有两个：一个是回家，回到高庄去了，而另一个则是，他喝醉了，被我父亲拉到"奶奶家"去过夜。我不关心这个问题，我关心的是，我能睡在哪里——姥姥的炕上，已经多出了小姨和我的母亲。

"你和我一起睡。"小姨说。

"别啦，还是和我吧。他的脚臭。"

"不，我就是和小姨。"

……我不知道自己是不是篡改了记忆，我记得是和小姨一起睡的，但再想，又觉得不是。反正，我挤在她们说话的嗡嗡声里，很快就睡着了，醒来时已经是第二天早晨。

小姨呢？小姨呢？我急忙从炕上跳下来——"她出去啦。和你妈。"姥姥跑进来给我穿上鞋子，这孩子，醒了不找姥姥也不找你妈，非找你小姨。

她们去哪啦？

谁知道。

14

之后很长时间我都没有再见到小姨。当然包括那个个子有些矮的小姨夫。她有了自己的生活，她的生活轨道已经从我的村庄、我的记忆和我的生活里岔了出去，有了另外的延伸。刚开始，我还真是想念小姨，不过孩子的想念会很快被别的什么填满，当然，有些则被丢落在外面。

果表哥不再来我们家，不再来我们的院子，听人们说他好了，又开始卖力地干活，恢复到原来的样子。四叔偶尔会找他，"小果真是好酒量！就是喝不醉。那天，我们四个人，就他一个是清醒的。"几年后，小姨回来，向我打听果表哥的事儿，我把我听四叔说的这段告诉她，她似乎有些失望。"就这些？"就这些。小姨再问："听说，他结婚了，有了孩子，是不是？"

我不知道。我是真的不知道，因为，姥姥和果表哥谈过之后，有关他的消息基本上就再没传进我的耳朵。"你妈也没有说

201

过？算啦。"小姨拍拍我的头，"她怎么和你说。过来，给小姨编辫子。小浩的手最巧啦。"

小姨的消息是确实的：果表哥已经结婚，并且，有了一个孩子，刚刚满月。

"我要看看去。"小姨咬着自己的嘴唇。

不能去。姥姥拦住她，你去，是哪一出啊？你去干什么？好不容易人家才平复了下来，你到底想什么？琴，娘别的事都答应你，唯独这件事，不行。

"我不管。你不用管我。"小姨面色苍白，她的眼神有些异样，"你一直管我，一直管我，我不用你管啦，你别管我啦。"

姥姥抱着她："傻孩子，傻孩子……"她只有这么一句。

妹妹，妹妹，你听我说……我母亲也加入进来，混乱中，她把手里的鱼直接摔在了地上，你听姐姐的，姐姐知道你……

"姐，我也没有别的意思。我只是想，看看他家的，孩子。"

看看孩子，行，你去也行。可孩子还没有满月，人家不让进……

"三十七天，都。你不用骗我，我知道。"小姨拉着我母亲的手，眼睛却是盯着姥爷的那屋，"我不闹，我就是看看孩子。姐，我看完了孩子，就回来，我就想看看孩子。"

好说歹说，小姨一直劝不住。母亲朝姥姥使了个眼色，姥姥出去，不多久，一条腿瘸的瘸子成舅跟着姥姥进到屋里，背着他的药箱。"妹妹咋地啦？发烧不？"

……也许是打了针，也许是吃了药，反正，小姨安静下来。她睡着了。我回来的时候小姨还在睡，姥姥说不要吵醒她，"今天都早睡。"

我是被一阵混乱惊醒的，锁舅、柱舅和黄义、曹全表哥都在。"二婶，你去吧，小琴……""小琴怎么啦？""小琴被人家抓住了。人家说，她想偷孩子。黄队长也到了，他说要送公社里去。"

姥姥，姥姥，我在里屋喊，姥姥返进屋里，别闹。你睡你的觉。姥姥有事，你自己睡。

我睡不着。窗外，风声呼号，用力吹着窗纸上的破洞。我觉得，有些让人恐怖的东西，已经从那里钻入了房间，它们越聚越多。

我不会战胜，不可能会战胜。我把自己想象成杨子荣，高传宝，但，他们总不附体，我一个人在的时候召唤不到他们。

15

关于那天晚上的发生，一家人都讳莫如深，他们甚至隐藏了我的小姨，让她没有再次出现。她消失了，连同她所携带着的一切。她消失了，我的姥姥、姥爷也陷到冷战中去，它，有些旷日持久，比以往要旷日持久得多。

姥爷，甚至拒绝和我们一起坐在桌前吃饭。姥姥几次妥协，他还是不肯，不肯说一句话。他把自己隔绝起来。

二姨有信来，我不知道具体的内容，姥姥得到的是十块钱和二十斤全国粮票。"她的心里还有这个家啊，我都觉得白养她。"话虽这么说，但姥姥还是收下了钱和粮票，她和姥爷说，唉，小二来信了，十块钱，二十斤粮票。姥爷停顿半秒，依旧头也不回地返回到自己的屋里。

这个人。姥姥望着他的背影，叹出一口粗粗的气。

小姨夫的母亲又一次登门，她和姥姥共同回避了小姨上次的"回娘家"，谈论的是孩子的问题：小姨他们都已结婚这么长时间，可一直没有怀孕。"她之前是不是着过凉？是不是……"接着，小姨夫的母亲有了指责：小姨太犟，总爱由着自己的性子；小姨的眼里没有别人；小姨……姥姥说着好话，可她的脸色也在变。

傍晚。母亲听了姥姥的叙述：娘，不是这样。小琴第一次回来，她就和我说过，那时我劝她，一遍遍地劝她——我也没有告诉过你。不想让你们知道，你知道又有什么用？除了生气着急，还能做什么？你不知道，她受的委屈……

母亲朝我扬起手：小孩子听这些干什么！你出去玩吧！找你锁舅他们去吧。天又不冷。

16

小姨那次回来，其实携带了弥漫的硝烟，只是，果表哥家的孩子像一团吹起的飓风，把她带回的硝烟暂时地吹散了。那时，她正在闹离婚。

闹离婚，是我姥姥说的，在饭桌上，她说给姥爷听。姥爷不说一句话，不只是不说话，他还把自己的脸扣进了碗里，仿佛是在难看地吞咽着什么。他飞快地离开了饭桌，飞快地背起筐，抓过镰刀，然后飞快地推门而去。"真是个废物。"望着背影，姥姥的声音里包裹着明显的不屑。

或许是到果表哥家"那一闹"的缘故，或许还有别的什么原因，小姨的婚没有离成，只是沸沸扬扬了一下。据说，据家里有亲戚在高庄的人们说，小姨她闹得很厉害，"几乎水火不容"，然而随后突然就。

"不知道她在想什么。"母亲坐在长凳上，望着缩在灯影下穿针引线的姥姥，"你不知道都怎么传的。真丢不起那个人。"

针，扎进姥姥的手指里。她跳了一下："别和我说话！"

17

很长时间再没小姨的消息，她过了河，住在河对岸的高庄，我们轻易地不跨过河去。很长时间再没小姨的消息，或许有，只是姥姥和我母亲交流，我没有听到。孩子们常去河边，那是一个快乐的去处，那里有丰富得不能再丰富的宝藏：大片大片的芦苇，昆虫和鸟，和鱼和虾，和传说，和泥泞，和蛤，和蚌。我们躲藏起来，我们追逐那些有羽毛的和没羽毛的翅膀，我们在战斗，为上甘岭，为高家庄，为共产主义事业。高家庄不是高庄，它是高老忠和高传宝他们的，不是我小姨的——但不知不觉，我会把两个村庄混在一起。我会望向对岸的远处，猜测一下，小姨在做什么。她会不会挖出一条地道来，这条地道，一直通到我们辛集？

这条河，是个阻碍。那时候，我觉得这条河就是条界河，河的这边是我们村庄，而另一端，则是陌生而遥远的所在，在那里，消息总是被什么给吞噬掉，它传不过来，即使传过来，也是微弱的，断断续续的。我记得这个感觉，即使多年之后，即使在我写作这篇文字的时候。

我开始上学。一年级，我们学习"我爱北京天安门"，学习"敌人一天天坏下去，我们一天天好起来"——我有了一个同岁新朋友，杨方涛，他父亲在县文化馆上班，"是个作家"。我们一起做作业，在他家，他家与果表哥家是邻居。

偶尔会遇见。果表哥还有亲热，但他母亲的脸却一直阴着，挂着一层薄薄的冰。一次，只有果表哥，他在门口招呼我，小浩，过来。最近，见到你小姨没有？她回来过吗？我摇头。的确，我没有见到小姨，也没有她的消息。哦，果表哥点点头，他的儿子，蹒跚着朝他奔来，伸展着两只手。

不知道为什么，在他笑着把孩子抱起来的时候，我的心猛地疼了一下。大约是，我觉得我的小姨和他之间，将再无交集——我有些怅然，尽管那时我还小，不太懂这个词。

是它。怅然。我感觉空落起来，连同那个下午。

18

　　他们确实再无交集，生活不是小说，充满了片断、空白和只有线头的有始无终，有些深切的、感觉天塌地陷走到了崖边的事故经历时间的磨砺，它们竟会成为细流，直到干涸。他们再无交集，小姨在经历漫长的分分合合，她的离婚旷日持久，任何一件绿豆大小的小事都可能成为导火的线，"我的这辈子，算是毁了。我也不能让他好过"。母亲说，不好过的小姨夫本质上是个花花公子。"你小姨就是一个幌子。"二姨说得更绝，她甚至给我的小姨夫还写过一封措辞严厉的信，之后十几年的时间再无往来——包括和我小姨。

　　直到小姨患上了重病。那时候，她们还是疏远的，在心理上，也许她们一向如此，我母亲和她的两个妹妹也大致如此。也不知道为什么会这样。

　　果表哥家的孩子渐渐长大，三岁，五岁。他们的日子也小有好转，果表哥准备盖新房——他把房子盖在果园边上，至少准备如此。这是一个开始也是结束，这是一个有着美好象征的开始也是一个惨烈故事的结束……我应该如何来描述它呢？

　　当年那个五岁的孩子在村边骑马下到河里的时候，有很多的孩子也在同一条河里游泳。他们头上艳阳高照，他们的身上一丝不挂。他们妒忌地看了一会儿那个骑马下水的孩子，马肚子在被水弄湿以前闪着亮光。

不幸就是在他们奔向河水的时候开始的，像一个暗暗的涡流。那匹不愿意下水的马，在进入到河中间的时候忽然发了狂，它跳起来，将五岁的孩子掀翻下去，然后……然后，用自己的蹄子，将那个孩子踏死了。那一场景没有人观望。

在河边拉沙子的果表哥也没有看到这一幕。当他把沙子装上车后才发现马背上的孩子没有了踪影。他连衣服也没有脱就游向河中。他潜入河底，不久就托着死去的孩子游到岸边，把孩子放到岸上。

然后，果表哥把马从河里牵出来，把它用绳子拴到一棵有很多疤痕的野生苹果树上。他从车上抄起一把斧子向马头砍去，树上那些又小又歪的苹果纷纷坠落了……我承认我在说谎，它不属于记忆，它属于一本我读过的书。我在读到那本书的时候，书里的故事和我记忆中的故事发生了重叠，我甚至以为，我记忆里的故事本是如此。它就是这样发生的。

我是在河边游泳的孩子，不过我一直没能学会，只能在河流的浅处。后来有人过来，冲着我们大喊，杨果家的孩子死啦！杨果家的孩子死啦！让马给踩死啦！

许多人，一丝不挂的孩子们冲出河流，胡乱地穿着衣服，跟在那个呼喊的声音后面。我没有那样的迅速，我不会游泳，只得深深浅浅地一步一步走到岸上去。小我一岁的柱舅是迅速的，他就像一缕湿漉漉的烟尘，那两年里，他目睹过人们把被果园里线枪打死的春银舅舅从果园里运出的情景，目睹过人们把已经淹死的建国哥哥放到牛背上时的情景，目睹过喝了农药的环婶婶在地上挣扎的情景，目睹过……而我总是被落在后面。

和书里写的一致，果表哥家的孩子是被马踏死的，不同的是他没有死在河里，也不知道是什么原因这个孩子竟然把马弄惊了。和书里写的一致，果表哥把马拴在了有很多疤痕的树上，不同的是那并不是一株果树，上面只结榆钱不结苹果。和书里写的一致，果表哥真的拿起了一把斧子——直到倒下之前，那匹马一直在斧子多次砍动的间歇过程中死死地盯着他看。马倒地之后，果表哥仍旧不停地往马脑袋上砍，直到马脑袋崩开。他欲罢不能，直到他的震惊通过一阵乱砍得到宣泄，此后而来的悲痛才让他住了手。

它也不存在于我的记忆里，是书上的，我知道的是，果表哥把马砍死了，他砍掉了马的脑袋。在姥爷的描述、母亲的描述、姥姥的描述、柱舅的描述中没有差别，他们才不会像书里那么渲染，他们粗糙的心也不懂得。

19

这是一个流传很久的事件。邻村的人也知道了，河对岸的人也知道了，高庄的人也知道了。小姨回来过，她比以往更清瘦，甚至有了高颧骨。她给姥姥姥爷送来了粽子、小米。

"你别出去。"姥姥说，"你别出去。让人看见，不好。"

小姨没有坚持。吃过午饭，她就离开了辛集，出门的时候甚至用纱巾蒙住了半张脸。姥姥送出了很远，关于果表哥没有耳垂聚不了福的话就是回来后说的。"你果表嫂……都傻啦。都不知道哭。"

第二天晚上，我们大大小小的孩子聚在一起，我们商量了另一个冒险：果表哥砍死了马，砍掉马头，三爷爷将马头葬在果园南的树下，这是许多人都看到的。"我们把它挖出来。放到河里去。让它把河里的鱼都引过来。"

这个计划确实让人兴奋，仿佛我们已经收获了不少的鱼。"我知道它埋在了哪里。你们都跟我走。"锁舅叉起腰，一副将领的样子，"胆小鬼们别跟过来。愿意接受考验的，跟上我。"

没有一个人掉队，尽管，夜晚的风声还是挺森然的。路上，光亮显得实在缺少，只有一条窄窄的月牙，它还时时会躲进云层里。我们费了很长时间才到达。"就是这里，没错儿，看看这些新土。"

是的，新土。我们很快就把它挖开了。

奇怪的是，新土的下面，并没有我们要找的马头。

"是这儿，我白天的时候数过。"锁舅又到另外的树旁看了看，他确定，就是这个位置，不会有错。"那，是谁偷走了马头?"

丁西，和他的死亡

1

某个九月的凌晨，四十三岁的丁西打着鼾进入了死亡，停止的呼吸里还包含着淡淡的酒气。带走他的是一个面容严肃的青年人，长着一张麻脸，一路上，他对丁西所说的话不过就是：跟我走。别问，别问那么多，闭嘴，叫你闭嘴！

尽管突然，甚至偶然，但丁西还是接受了结果：人总是要死的。这种死法也挺好。就是……不听话的眼泪又流出来了，他的手不得不再去擦拭——丁西很怕这一举动被前面走着的青年人看见，好在，青年人只顾自己走路，仿佛后面的丁西并不存在一样。丁西不能当自己并不存在，这样的幽暗已让他十分恐惧，尽管已经死亡，可他依然害怕四周的灰蒙里埋伏着什么，于是他紧跟几步，跌跌撞撞地追上青年人的影子。他竟然没有长着可怕的牛脸或者马脸，丁西想。他竟然也没对自己使用鞭子，也没有枷锁，丁西想。他竟然不怕自己逃跑，丁西想。

长话短说，略掉丁西的汹涌着的内心，也略去漫长的、风声鹤唳的一路，他们终于走进了一栋大楼。走到二楼，亡灵审核处——"带来了。"青年人还是那样简略，他掏出一张折叠的纸片放在桌上。"你叫什么名字？"里面的人将纸展开，在一个空白处盖下一大一小两个章，她并没有看丁西。"问你呢！"青年人有些不耐烦，"你好好回答。""丁……丁西。"丁西这才恍然，他的声音细小而干涩，也许是一路上不停的抽泣而影响到了嗓子。"住在哪儿？"丁西报上自己小区的名字，门牌号。"工作单位？"——里面的那个人哗哗哗哗地翻着厚厚的卷宗，到这一刻，她还没曾抬过头。

丁西报上了自己的单位。出生年月。家庭情况。说这些的时候丁西已经平静下来，他甚至忘了自己身在何处——"不对啊，"里面的人终于抬头，不过她的脸并没有转向丁西，而是招呼着坐在一边的青年，"你过来，你过来看……"他们的头凑在一起，私语着，把丁西晾在一边。他们俩说着，声音不算太小，支着耳朵的丁西听得清清楚楚——不是这个是这个没错儿我的单子上没有可我的单子上是你看你看我这里显示他还有两年零三个月的寿命不可能你看我的单子没错儿就是他啊那肯定是他们搞错了这些糊涂蛋今年都两次了不会吧这种事我还是第一次遇到……支着耳朵的丁西津津有味，然而他并没把内容联系到自己，作为"旁观者"，丁西盯着青年人的屁股——"你们说什么？！"恍然的丁西尖叫起来：你们，你们竟然犯这样的错！也太荒唐了吧！激动的丁西眼泪又下来了。

2

我还有母亲她的身体不好我的妻子下岗两个多月了而我的孩子刚上高二在这个时候你们把我抓来你们想没想我的家人是怎样的感受我是怎样的感受不行不行你们必须给我个说法必须把我送回去哪怕我只有两年的时间就是一天也不行半天也不行我要见阎王爷说清楚你们怎么能犯这样的错你们错得也太离谱了你们怎么能这样工作也太没责任心了我要补偿我相信有我说理的地方等我见到阎王看你们还有什么可说的你们一定要为此付出代价……带他来的年轻麻脸根本按不住他，一向木讷的丁西此刻口里有一条高悬着的河，他那样冲动，以致邻桌的目光也都瞄向了这边——

"说完了没有？"里面的那个人终于看了丁西一眼。"还想不想解决？"

不知道为何，瞬间，丁西便觉得自己矮了下去，他的力气也被抽空了。

"你过来。我没说你。"青年人凑过去，他们再次继续刚才的话题。这个单子先放我这儿，我不能给你，这个人我不能收，他不该这时来，错不在我这儿。错也不在我这儿，你看我的单子上写得很清楚，我没有半点儿的错误，你把它给我我交上去就是了，至于情况我会汇报给我的上司。不行，刚才我没好好看就给你盖了章，这个单子不能给你，你回去把情况弄清楚了再说。大

215

姐，这不是我的义务，我只负责把人带来，到这里，我的任务已经完成了，错不错和我没关系我只负责我的这部分。难道责任在我？我也不负这个责任，在我这里，这个人不应当这时候出现，他就不能出现。你把他带走。"你让我把他带到哪里去？"现在，轮到青年麻脸激动了，"我把他交给谁？我不能把他养在家里吧？凭什么啊？"

"不好意思。我不能接收。我们没这个权利，也没这个义务。"里面的那个人语速依旧缓慢，并没有半点儿的焦急，甚至，她还拿起一支笔，在手上不停地转着。"我也不能带走。"两个人，就这样僵在了那里。

总不能这样僵下去吧，这样也不是办法……丁西向外面看了看，猜测着，十点多了吧，妻子一定发现自己死了，她在打电话，联系母亲和孩子，联系单位、殡仪馆，也许运送尸体去火葬的汽车已经在路上——丁西探了探身子，清清自己的嗓子："大姐，你经验多，你说，我们应怎么办？我怎么才能回去？"——"靠一边去！"青年麻脸并不领情，"你插什么话！有你什么事儿！"

缩回去的丁西一肚子委屈，怎么会没我的事儿？这本来就是我的事儿，你们再不解决，我可能回不去了，再也找不到我的身体了。想到这，他又低低地哭起来——当然，在那个场合，他不敢哭得太过悲痛，影响到正在办公的和出出进进的人们。

这样吧，我可以把他领走，你是没有责任。可我也没有。你给我单子，我把他和单子一起交给上司，让他去处理。不行单子不能给你，给你就是我的责任了。不行。没单子我交不了差。

我不能给你。谁知道你带来的人不应该死。我把章给盖了。你要拿走，责任就变成我的了，我就解释不清了。可没单子，我怎么和上司去说？那不成了我的责任了？……你回去，让他们再给你出份单子就可以了，反正有底档。这份作废了，我不能给你。大姐，不能你说作废就作废，这样，我拿回去，上司看过了我再送回来。不能给你。我倒不是不相信你，而是……反正你不能拿走。

十点。十一点。别的桌边的人过来，听上一会儿然后又转回去。十一点十分，后面来了一个身材高大的黑衣人，他站在女人身后，怎么回事？两个人向人解释，我没责任，我也没有责任，这件事和我没关系，我只负责我应做的。我也是，我只负责。那这张单子……"你不能拿走。"被称为主任的黑衣人声音坚硬，"这件事，你确实没责任，我会和你的上司联系，看看失误究竟出在哪儿。"可我不拿走单子，怎么向上司交代？要不，请你们给我出具情况说明，怎么说明，就是把情况解释清楚，我是严格按照规则完成的，你们也是，但我们之间出现了……"在证实失误出现在哪儿之前，这个书面的解释我不能开。不过我会和你上司联系的，说明不是你的问题。"

晾在一边儿的丁西认真听着，几次想过去插嘴，但始终没有找到合适的位置。在这个间歇，他好不容易抓住了空闲："主任，那我呢，我怎么办？"

你先等着！青年人已经很不耐烦，我们的事还没解决，你站远一点儿！现在回去已经晚了，上司肯定会怪罪我拖沓，即使他

217

不说……"你是刚上班不久吧，年轻人？"黑衣人盯着他的脸，"如果你懂事的话，我建议你先回去，和你的上司说明一下，后面的沟通由我来做。总这样耗着不会有任何作用，我想你也不能太不把我的话当话，你的上司也不会这样。"

我还是想要一个证明，证明我完成了我的任务，并且完全按时……

"我们不能开具这样的证明，它不在我们的职责范围之内。"

——主任，那，那我呢？丁西的眼泪又下来了，他控制不住，我的家人一定很悲伤，我不能总在这儿，再说，如果回去太晚，他们把我的身体处理了我又该怎么办？

黑衣的主任很是宽宏，没有理会身侧两个职员关于下班了到吃饭时间的催促，而是静静地把丁西的话听完："唉，你这事的确让人同情。这是个意外，无法预期的意外。这样，我会尽快和负责此事的部门联系，努力解决好你的问题。你和老周保持联系。"他指了一下已经离开桌子的女人，然后走向了后面。

"我，我怎么联系？"丁西追上走出门口的青年人，现在丁西把他当成是最近的稻草，"我怎么才能知道结果？现在，我家里一定乱成粥了……"我怎么知道，青年麻脸并不想当稻草，他也是心事满腹，真是倒霉，别人干十年二十年遇不上的事儿倒让我遇上了，这是我第三次执行任务，就变成了这样。你别粘着我，停下，现在我们没关系了。

——怎么会没关系了？丁西很是恼火，是你把我带这来的，你就把我丢在这里不管？那可不行！你得把我送回去！你不能这

218

样不负责任!

我为你负责,那谁为我负责?连个证明都不开给我!青年人一把推开了丁西,去的时候上司规定我十点前回来,后面还有事儿,现在倒好,都十二点多了!连饭也赶不上了!

这样吧,被推开的丁西冷静下来,这样,你送我回去,反正也用不了多长的时间,我好好地请你吃顿大餐,肯定不会让你饿肚子。再有什么需要,只要我能做的我一定全力,这个你放心,只要你肯辛苦一下把我再送回去……再晚,我怕来不及了。

"我叫你别跟着我了。"青年麻脸停下来,他更为冷酷了一些,"阳间饭我吃不惯,也没胃口。我不会送你回去的,除非是上司要求,否则就是严重违规,这样的事儿我不能做。"停顿一下,他哼了一声,"你以为地府的时间和你阳间的时间相同?告诉你吧,到现在,你其实已经离开五天了。我用的是,阳间的概念。"

五天?丁西一下子,感觉自己掉进了冰水里。

3

等丁西找到临时安置点的时候时间已晚,天暗下来,空气中像凝结着层层的灰色油脂,阻碍着丁西的脚步。"证明",里面有个声音,丁西看不到他的面孔,"我……"丁西咽了口唾液,"没有……""下一个。"下一个走上前,递过他的证明。"那

219

我怎么办？"丁西再次凑近窗口，这时，他的后面空空荡荡，已经再无别人。

"证明。"

"我没有。我的情况特殊，你听我解释……"

"你不用解释。没有证明不行。这是规定。"

我的情况特殊；没有特殊，在我这里不存在特殊，再特殊你也得拿证明来；那你听听我的情况再结论好不好，我实在太冤了；我不负责这个，也不想听，我只要证明，拿不出证明说什么也白搭。

丁西还想再说，然而窗口已经关闭，关闭的窗口发出一声沉闷的声响，里面的人已经踢踢踏踏地走向远处，抱着他的大水杯。我太冤了，实在太冤了，你们犯了错误把我稀里糊涂地带过来现在倒好都不管了我连个去的地方都没有连个喝口水的地方都没有，你们这是怎么做事的，你们怎么能这样……一边说着，丁西一边抱着头，在窗口的下面坐下去。"我不走。我要等你们出来。你们终得给我解决。"

……院子里的灯光透出来一些，而四周的黑暗依然那么汹涌，里面还夹杂着风声。好在并不太凉。好在，头上的星星看上去硕大，它让丁西心里的恐惧略有减轻。倚着墙角，丁西的怀里有了大把大把的时间，此刻，他再一次安静了下来。

我现在的处境……丁西想，阳间的事不用想了，暂时不用想了，现在的关键是现在，我如何才能离得开，把属于我的时间要回来。也许我的身体已经被烧掉了，烧掉了，市里规定最多只能

220

存放三天，不会例外。不想它了，只要地府肯纠正它的错误，终会有解决的办法——问题是，怎样让那些部门意识到错误，错误又出在哪儿？丁西想，我明天还得去亡灵网收处，就找那个姓周的女人。是她经手的。不解决可不行。要不然，我就成了孤魂野鬼了。想到这儿，丁西竟然暗暗笑了一下，他觉得自己真有点儿没心没肺。

设想着明天，其实丁西对明天没有半点儿的头绪，他不知道明天会有怎样的结果，那位周姓的女人会怎么应答他；那个主任是不是还会再次出现，如果他们还用今天的话来搪塞他他又该如何……真是有些没心没肺，丁西想着这些的时候竟然已经全无悲伤和愤怒，他都惊讶于自己的平静，仿佛这个遭遇与他的关联不大，他只是在为某个别人设想和设计而已。他不能不想，即使全无头绪，想不出结果。院子里的灯光已经熄了，仅剩下门口那盏暗些的，它在风中晃动，时明时灭，发出嗞嗞嗞嗞的声响。没想到地府的人这样懒惰，它应当修一修了。想到这，丁西想到自己单位卫生间里的水管，滴滴答答地漏水，在自己死去之前就已经三个月了。领导也看到了，骂了两句，叫办公室找人，后来的结果就是滴水的地方缠了些胶带，可水还是漏。这时，丁西忽然察觉，他来到的这个地府和想象中的地府、小说戏剧里的地府并不一样，很不一样——之前，他光顾了想自己的处境，处境，竟然没有察觉到这点！这个察觉让丁西感觉一沉，有些晕眩。这个地府，和自己所处的城市并无太大的区别，砖墙，水泥，玻璃门窗，大楼，以及这盏年久的电灯；那个带他来这的麻脸，他穿的衣服，桌子后面的，女人，男人，那个黑衣的主任似乎穿的是件西服……为了验证，丁西挪下身子，用手摸了摸安置所的墙：没错。就像他所处的城市，不过是早几年的样子。不过，在这里看过去，星星要比阳间的大些，近些。

这个忽然的察觉竟让丁西有些悲凉。

明天……要是她让我去找那个带我来的人怎么办？我并没有他的地址，也不知道……我对他一无所知。不行，我一定要盯住姓周的，一定。她似乎更好说话些。

4

她不在。今天她不上班。我不知道她干什么去了，你后天再来吧。我不能告诉你。这事儿和我说没用，我不了解当时的情况。我是听了一点儿，但具体情况不了解，我没权处理。你等她来再说吧。

丁西对这个"明天"有一万个设想，但此刻的情况还是出乎意料。她不在，周姓的女人不在，他的情况实在特殊没有任何一个桌后面的人愿意接手，丁西剩下的只有等待。"我等不起，我得早点回去！"丁西的声音很响，他几乎爆发出整个腹腔里的气，但所有人，仿佛没有带出耳朵。他们公事公办，有条不紊。"你们听不到我说话？"丁西实在愤怒，"你们把我晾在这里就完了？我不相信在地府里就没有王法！你们，必须给我个说法！"

那些"你们"无动于衷，他们依然漠然地忙碌着，但不等于说丁西的呼喊没有效果，一个穿着灰制服的人靠近了他：你喊什么？我冤枉，我实在太冤了，我来……知道这是什么地方吧？喊什么喊，再喊就给我出去！我不想的，可是……你别再喊，听到没有？听到了。

灰制服极其瘦小，却有着不可辩驳的威严，丁西只好把声音降下去，我不喊了。站一边去，灰制服指指角落，你往那边站，别影响办公。说完，灰制服就朝门口走去，不再看丁西一眼。

慢慢地，丁西挪到刚刚指定的位置。他的手还在颤抖，腿还在颤抖，心还在颤。他站着，在远处看，看那些来来和往往。

交付单。姓名，年龄，职业，工作单位，家庭住址，家庭成员，死亡原因。盖章。走左侧窄门，向右转。下一个，交付单，姓名，年龄，职业……丁西固定在那里看着听着，伸长了脖子——第二个人死于癌症，就是到了阴间他的脸色也不太好，鼻孔里还有未尽的血。第六个，车祸，进门前一定狠狠地哭过，红着眼圈，此时却又木然起来，两条腿还在抖。车祸，第七个也是，他竟然把车钥匙也带了过来，把问题回答得语无伦次，若不是带他来的职员为他补充，结结巴巴的他不知道会吞吐多久才能把那几个简单的问题答复完成。左侧的门，右转，就在他走近门口的时候突然难看地哭起来，丁西看到，他有两片厚得超常的嘴唇，并且发紫。十一个，一个中年的女人，自杀，她一直低着头，小心翼翼的回答都被含在嘴里，不耐烦的里面只得再次提醒她，大点声，大点！十四个，他带来了太多的问题：兄弟你是哪里人，我怎么遇到这种事儿，吸烟不喝茶不你喝什么茶，我能不能和家里再联系一下那么多事儿我没交代他们办不了，给我十分钟就行，就十分钟，你帮我通融一下求求你了，兄弟知不知道我要去哪儿，按你们的规定我下辈子是人还是狗啊羊啊，有什么办法让我还继续当人我一定报答你我绝对说到做到，兄弟这辈子我也没干什么坏事儿不信你查一查，我吃了太多的苦才有的今天可今天来这了……你说我下面怎么办合适？——你有完没完？当这是什么地方？里面的已经很不耐烦，你那套在这里没用！左侧窄门！

第十四个人，略略地硬了硬脖子，最终还是退到一边。在经过丁西身侧他停了一下，打量了丁西两眼，而丁西，也用同样的神情盯着他——认错人了，他说。不过，你真的很面熟。像我一个亲戚。

丁西努力挤出一个艰难的笑，我也觉得面熟——这当然是句假话。

十五、十六、十七是一起来的，车祸，带他们来的人说他们在一辆车上，对此三个人都没有否认。可从丁西的角度，这三个人，完全可以说是陌生人，从一进来的时候就都阴着脸，谁也不理谁，谁也不看谁。消失于窄门，里面的人向负责带路的询问：他们怎么了？是什么关系？——而这，也是丁西想要问的。"朋友，平时很要好的朋友，"带路的那个人拿过盖了章的单子放进怀里，"相互埋怨呗。再说，一投胎，各奔东西，原来的关系也就不算数了，没必要了。"他咯咯咯咯地笑起来，在他的带动下，丁西也捧出了笑脸，他感觉自己笑得也一定非常灿烂。

十点。十一点。大厅里空闲下来，桌子后面开始来回走动。钉子，给我两页纸，还在为昨天的事生气？不了，早就不了，听说引渡司那边……唉你看我手上的这个，好不好看？好看，好看，比安琳的那串漂亮，他给的？这种蓝色很少见。我自己买的，对了上次那事儿，主任可不高兴了，我怎么想到，他也没说过……

"你还在这里干吗？"灰制服踱到丁西面前，"你不觉得自己该走了？"

丁西有些木然：我去哪儿？我哪儿也不去……好，好。我这就走。

就在他转身要走的刹那，突然有人冲着他叫：丁西，是你吧？是不是你？

5

这样的相遇实在让丁西感到意外，仿佛是一缕突然的光，一块漂到面前的木板，沉在水中的丁西立刻伸出手去：梁世平，是你，怎么会是你？你，不是……丁西心里有了再次的汹涌，他的眼眶又红了起来。

真的是你啊。你怎么在这儿？被唤作梁世平的老人上下打量着丁西：你的身体，你……

唉，说来……丁西忍不住哽噎，我，我冤死了。我，我我真

225

是冤死的……"你慢慢说。不急。"

"说实话，你这事儿，还真有些麻烦。"听完丁西的讲述，梁世平一脸无奈，"像我，来这日子也不少了，什么手续也都全，可是，还是没有个回音，光说让等着，等着。天天这样待着你说烦不烦。"对啊，在我印象里，你都死了一年半了，怎么还没有……我怎么也想不到还会遇到你。

"一言难尽啊。"一言难尽的梁世平向丁西讲述了他来到阴间的遭遇，这里的经验教训颇让新到的丁西唏嘘。梁世平也向丁西询问他离开的阳间，事是与人非，丁西把他觉得紧要的、有关的说了，梁世平自然也是一阵感慨："我以为，我早就不关心，不关心了……"

唏嘘和感慨之后，是一段不大不小的沉默，两个人坐着，就像两块大小不一的石头。老梁……丁西并没说下去，那件颇有些难堪的事儿他不知道该如何开口。"对了，你现在住在哪儿？"

我没有住处。怎么没有？你不是说你找到安置点了吗，没进去？没，昨晚，我就在院子外面过的夜。那谁说让你去那的？把我带到这边来的人。他说让我去安置点。你不早说。一会儿我带你进去。能不能行。没啥不能行的。可他们要证明。也就是例行公事，能混得过去。我有时带出来，有时就不带，说话的时候别吞吞吐吐的就行。能行吗，能。走，现在就走，还没吃饭吧。没……好吧，我先带你吃东西，这里我熟悉。至少比你熟悉。

一路上，很是热心的梁世平向丁西介绍，这里是通邮司，家里人给你送的钱物都要通过这里，你才来两天，家里的东西还送不过来——最早送的东西肯定是到了，可地府的效率……你得耐心，不耐心也不行，热的豆腐在这里你绝吃不到。那边是米店，前面街口有三四家餐馆，都做得可以，不过，地府里的饭菜都没什么味道。那是预审司、经查司、检察司、转世审核局、转世安置局、镜观处。不是，你肯定猜不到，这个部门在阳间没有，新死不久的，可以透过里面的镜子看阳间的生活。随便进，没有限制，但价格高得能吓得你再死一次。我就一次也没去过，再说有什么可看的，我也怕看了伤心，有气。阎王殿？喏，在那个山坡上，从这里能隐约看到上面的红顶。就是乌鸦们飞起的那个地方。我没去过，过不去，上个月我还试着走过，这么多条路，看似哪条路都能到，可绕来绕去就又绕回来了。我可没见过阎王，一次也没有，再说没事我见他干吗。我告诉你，你得耐心，耐心，等一年两年的都有，不算事儿，每个部门都抱怨，人手太少，事务太多，规则又严……我们就在这家吃吧。

梁世平说得没错儿，阴间的饭菜的确没什么滋味，丁西感觉自己嚼的仿佛都是湿透的纸。四碟小菜，没有鱼肉，梁世平竟然也没问自己要不要喝一点儿阴间的酒……路上那个热情的梁世平很让丁西不太习惯，要知道，活着时的他可不是这样，而坐在餐桌前，这个梁世平就是丁西原来认识的了，他还是那么小气，吝啬。"等我领到家里送来的钱，我一定要先请你吃，吃好的。阴间的花销……要钱的地方多着呢。能省就省，我比你有经验，老弟。"

梁世平说得没错儿，由他领着的确没费什么周折就进到了院子，忐忑的丁西并没受到任何的检查。"条件还行，三天洗一下澡，就是睡得挤点儿。"梁世平回过头，拍拍丁西肩膀，"紧张什么。用不着。对了，这里没有镜子。我来地府这么长时间了，没看到一面镜子。我不知道你怎么样，反正我没有照镜子的习惯。"

我也没有。丁西说。老梁，我就跟着你了，丁西说。"那是自然。在这里，见个熟人还真不容易。"梁世平在床角处拉出一个旧柜子，在里面翻出一张旧证件，把它递到丁西的手上："你先用着。要是自己出去，给他晃一下就行。"是你的？丁西打开，不是，上面的姓名是常芸，一个女性的名字，照片也是。"我捡来的。没关系，要是不放心你就用找这个，我们换换。"还是我用它吧，这已经……丁西有些激动，老梁，怎么说呢，当年……我那么待你，你还……

——让一下，丁西被打断了，来的人头也不抬，径直走到床上去。这时丁西才发现，这张床上，竟有四床被子，而那边摊着的被子里已经躺了两个人。

"不用管他们。"梁世平说，"明天，明天我和你一起去。毕竟我熟悉些。反正我也闲着，这样也有点儿事做。"

6

有了另一张口和另一个大脑，丁西感觉有了某种的支撑和依靠，虽然，这张口和这个大脑在生前与他并不是非常亲近，但死

228

亡和死亡后的相遇，使他们间的关系一下子密切了许多。老梁，你说我该怎么办？

两个人商定，反正今天审核处姓周的女人也不会上班，他们不如先去亡灵网收处，让他们理出错误也好。"就这样。""关键是，你得认得那个带你来的人。"

你们找谁，那个……哦，青年人，是个青年人，他好像刚工作不久，他的脸上……哦，我明白，你们是说，那个，麻子，是不？是是是。他不在。他昨天下去了。今天有七单任务需要完成。你们要不明天再来？他明天应没什么事儿。可我等不及。我……那好，你说是什么事儿？

对面坐着的这个人如此和善热心，是丁西所没有想到的。他悄悄看了梁世平一眼，而老梁也正朝他的方向瞄过来：看来，这样的人和事他也不经常遇到。"我，我本来是不应该在这里的……我还有寿命。可是一个错误，荒唐的错误把我带到这里来了。"哦，你的事，我倒是听说了。哦，你看我们的工作，繁重，琐碎，每个人都尽心尽力，从来不敢有所懈怠……我们得负责，只能更好地负责，是不是？因为任何一个小小的疏忽，都可能导致……大意不得，当然大意不得。我们得按照程序来，严格把关。

——"那，我这事儿……"

我们很重视，我们的上司也很重视！你放心，一百个放心一万个放心。你想，如果不是重视，怎么你一说还没说完我就知道呢？那天，哦，前天吧，昨天？反正他一回来就和上司说了，然后我们专门召开了会议……

"那，你们如何解决？"梁世平插话，"他现在急得不行，也不知道怎么办。"

是我们的问题我们立即纠正，但不是我们的问题我们也会……当然我们的工作也存在问题，与有关部门的沟通协调不够，这个，我们已经引起了注意，今天上午我们上司分别与三个部门进行了联系……

"我们能不能，好，感谢你们所做的努力，问题是，他的事，如何解决？不能总让他在地府里等着，得及时，要不然就是解决了他也回不去了。"

我说过是我们的问题我们会立即纠正。"那不是你们的问题吗？"不是。我们在事情出现之后立即进行了核查。我们有一套极其严格的规章，我们是按照规章办的，在这事上，我们不承担任何责任。

"那问题出在哪儿？"丁西几乎又要哭出来了，他从来没这样无助。

你别急，别急。你看，我们的底联，没错吧？你再看，我们的上级给我们的任务单，制式，内容，印章，都没有错吧？我理解你的心情，极为理解，要知道我们也都在阳间生活过……只要找到了问题，我们一定会有解决的办法，在这点上，我们的目标一致，目标一致，是不是？

一肚子委屈的丁西点点头，他努力忍住，但脸上的肌肉却无法掩饰。"你们办事的效率太低了，"梁世平把手搭在丁西的肩上，"我们很希望知道，我们现在怎么办？是不是他的死就白死了？"

——这位老人，你可不能这么说，我们工作一向讲究效率，当然前提是严谨，是不犯错误。我极其欢迎你提意见，如果是对的我也会好好接受。这点也请你放心。不过，你看这事儿，问题没有出在我这里。我们没有责任，是不是？刚才所有的材料我也都请你看了，要知道，这些，都是在你们没有来查询的时候就已经完成的。也请你们能够理解我们一下，我们天天……

"你们是不容易，我刚才——情绪上有些激动，不好意思。"梁世平只得收回，"我想问一下，下一步，下一步我们该怎么办？"

哦，我觉得有两个方向。一是，你们可向我们的上级部门反映，让他们提供帮助。其实我们已经联系过了，他们说没问题，错误也不在他们那里……如果你愿意还是可以再去一下。二是，为什么你们就不觉得是那边出的错？其实，更可能错误出在……我没别的意思，我只是说，有这个可能。当然，这可能是你不愿意接受的结果，一年多两年的，哦，如果按阳间的时间计算还有十年呢，你不愿意接受是可以理解的。但问题是，也有这种可能。你说呢？

丁西没有答话，而是把目光转向梁世平：他更有经验，尤其是和地府人员打交道的经验。梁世平想了想，他接受了建议：这样，你给我出个证明，证明你们没有出错。这样可以吧？——不行。声音是从后面传来的，丁西愣了一下，然后转过身子：是那个麻脸。此时，那张麻脸阴得可怕，头上、身上湿淋淋的，仿佛经过了一场暴雨。

为什么不行？我说不行就不行。你为什么说不行？因为我没有错误，我是按照规章来办的，连半点纰漏都没有，所以这个证明不能出，用不着。

说着，那张麻脸转向里面的人，把公文夹递过去，完全漠视着丁西的存在。丁西感觉，自己的身体在抖着，抖得厉害。

——你这样不行嘛。这个态度可不好。里面的人说。这事儿，你甭管了，我来处理。

你不知道这个人多么讨厌，无理取闹！昨天非要跟着我，我好说歹说都拦不住他。你不知道我昨天受的那鸟气！他们把单子收了，却不要人，也不给我证明……

里面的人不再理这张麻脸，他依然换出和气的样子来：你叫……丁西，好，丁西，我给你开个证明。也不能怪他，这事儿的确没我们的责任是不是？我们给你开证明的确不是分内。但人得有恻隐，我就看不得别人可怜，当然我们的工作也要求我们尽可能地为你们做好一切可以做的……麻脸的脸色更沉，可是，他也没再坚持。

你收好证明。里面的人在把证明递过来时，同时又递过来一张纸：这里也需要你填写，其实也没什么，就是在非常满意或满意栏下画勾。我希望是非常满意，这也是实情对不？哦，后面……你肯定不会不太满意，也没不满意，对不？再说那两栏一般不会填的，有时会有意想不到的后果……是，百日考核，其实

232

不考核的时候我们也是如此，对待工作我们一向尽职尽责……好，你的表现很好，这样，你可以去了。我建议你先去那边，再审核一下。

"我能，我问一下，我需要给他也填张表吗？"丁西有意平静，他指了指一侧的麻脸。

——不需要。

7

……第N日，他们去了一趟亡灵审核处，略过其中的周折，丁西的手上又多了一张证明，其内容和在登记司的基本一致：证明兹有新亡灵丁西男××岁其阳间住址为××市××区××街××小区××号于×年×月×日死亡来我处报到新亡灵在亡灵网收处登记时间与我处登记时间严重不符经审核我处登记时间为×年×月×日经手人周××……"我们跑了这么多天，只有一个这个……它有什么用？问题在哪儿？谁负责？""它至少证明时间不符。的确不符。"第N+1日，丁西和梁世平，亡灵网收厅，被告知需要等待：我们在内部审察，三日后正常办公。第N+4日，他们被挡在了门外：亡灵网收厅正在接受上级部门的检查，不办公。之前的内部审察和这有关系，但关系不大。走开，没什么可讨论的，如果想办事儿最好乖乖地听话，再说，你们和我一个看门人较什么劲？我的职责就是，把无关人员拦在外面。请你们配合。

好吧，梁世平拉住丁西，算了，这样，我们去一下通邮司，看你家里给你送什么东西来没有。吃不吃饭关系不大，衣服也应换一换了，好在，在阴间，我们没有具体的肉体，不会有多大的味儿。算了算了，走吧。

街角的通邮司里熙熙攘攘，挤满了等待领取的人。丁西和梁世平在一个角落里坐下，丁西把头深深地埋在臂间。"想家了？"梁世平拍拍丁西的肩膀，"我第一次来也是。通邮司的职工问我，我竟然一把鼻涕一把泪，就是说不出话来。慢慢会好些的。"

终于轮到了丁西，姓名，证件。梁世平的手指捅捅丁西的腰，拿审核处的证明，或者网收处的，都行。快。丁西把两份一起递给满头大汗的灰衣人，他扫了两眼，不行。这个可不行。怎么不行，这里有名字，地址。我们不认这个。你得拿证件。你不知道什么是证件吗？灰衣人的语调略有鄙夷，他擦着头上的汗，看，墙上贴着呢，如果你没带就下次再来，下一个。他没有那样的证件，如果有早就带来了。他的情况有些特殊……死的人哪有不特殊的，我们只认证件，让他去办证吧，办好了再来，这有什么难。下一个。你能不能通融一下他的情况真的极特殊你看证明上写得很清楚——不好意思我做不了主不是我不想通融可出了问题谁负责？不按照规定办理我无法交代请你也理解我的难处。你没看我忙得，下一个。

走出通邮司的门，梁世平拉住丁西，你在这等着，我再试一试。他们的副司长和我还熟。看行不行。你等着。

阳光很厚，厚得有些虚假，而风还有些凉。在街角处坐下，丁西盯着来来往往的亡灵们，他们的来来往往那么虚幻，丁西盯着他们，心在别处。他的心在别处：想着自己的母亲，妻子，孩子；想着自己，自己的身体，它肯定已变成了烟尘，成为了灰，成为了消散；想着前夜的那场酒，在那时，自己还那副嘴和脸，简直让人羞愧。他想着，自己母亲会怎样面对自己的突然死亡，自己的妻子，她会怎样面对，早上醒来，身侧是一具半裸的尸体，刹那间，她会哀伤还是惊讶，她会……这么多年，这一路，近着远着，亲热着陌生着，小心翼翼地保存着的……他忽然多出了愧疚，一下子，那么多，简直可以淹没掉他。他想着，人情之冷或者之暖，哪些人会用哪种的表情出现在自己的葬礼上；关于自己的生平，悼词，以及熟人们心里的评价……丁西仰起头，试图让自己的眼泪别流下来，试图让流出的眼泪再回到眼里……阳光很厚，有不少更亮的光斑在闪烁着，却少了些温度。对短暂一生的回想让他波涛翻滚，而眼下的境遇同样如此——

走，可以了。梁世平过来拉他，并不看他的眼和眼里的泪水，老梁这一细心的忽略让丁西暗生感激。回到通邮司，另一个略胖的灰衣人冲丁西点点头，你们过来。有你的，在这里了。

衣服，都是旧的，他穿过的和几件没有穿的。可是缺少了袜子。几张照片，丁西的被子，其中一床他似乎没有盖过，那种花色很是老旧，他记不起来。纸车和纸马，梁世平说它们可以变成真的，只要购买一张地府邮管处的符；但现在的阴间也很少用它们了，占地方，甚至可能因此遭受惩罚，不如像他们那样，把

235

它们交给通邮司处理。说着，梁世平压低了声音，这是我答应了的。小损失得受，不然没证件其他的你也拿不走。"好。你安排吧。"说着，丁西缓了一下情绪，从收到的钱包里抽出几张纸币，又抽出了几张：老梁，朋友们都辛苦了，给他们……我刚来，不知是不是太少。

……从通邮司出来，丁西执意要请梁世平吃饭，推辞不过梁世平也就去了。席间，两人很少说话，只喝酒，但没有喝出任何的醉意来。一夜，丁西在床上辗转，直到天亮。他想睡在身侧的梁世平应当会有察觉。

N＋5日，丁西陪梁世平去了一趟转世审核局，去那儿是丁西的强烈要求：你总帮我，不能总是忙我的事。虽然你走了我就少了依靠，但我不能光想着自己。人山人海，丁西没有想到那里集中了那么多的亡灵。排队，拿号。他们拿到的是1234号——"没戏。今天肯定排不到。"梁世平拉着丁西离开，路上，他们路过镜观处，一栋墨绿色的房子——"你想不想给家里人托个梦？"梁世平停下来，指了指那栋房子，"如果你有什么特别重要的事儿，没来得及和家人或者其他什么人说明白，可通过这家公司给指定的人托个梦。""好啊好啊，就是没事儿，也希望能和家人联系一下，你说不是吗？""是啊。不过我得告诉你，价格有些过于……你先去看看吧。"

里面的光线极为特别，它一直在变幻，变幻，但丁西找不到这些光来自何处。墙上贴着许多关于"托梦家人"的广告，略显有些陈旧，有两幅广告上还有污渍和划痕，看得出很长时间都没再更换了。"你们来办什么业务？是给家里托梦吧？是不是首次办理？我们现在有个优惠活动……"进入阴间之后，这是丁西遇到的第一个如此热情的人，而且她穿着一件小款的粉色的上衣，这样的制服丁西也是第一次见，他还以为，很自以为是地以为，在阴间是不能有粉或黄的出现呢。她说，她贴近丁西和梁世平的面前，这时办个卡其实更为划算，那样你可以在一年内……我想你也已经了解地府里的效率，我可没有任何诽谤的意思，我是说，总得排队吧，总得一部门一部门地过吧，一年的时间肯定是快的了，三年五年的都有呢，现在阳间里人太多，而地府里的工作人员却一直没有多少增加……优惠百分之二十二，这样你可省不少的钱呢！我建议你办一张，办一张吧！

我，我先看看，价格……

不贵，不会贵的，相对于其他托梦的商家，我们绝对是最为便宜的，但质量上又有可靠保证！而且，可以有各种方式供你选择。你要不要我向你详细解释一下？

好。

托梦，分三种类型，当然它们的价格当然会有差别：A类，是片段式的，可以显示你在某地的出现，或者你想提醒的某个场景、地点什么的，但不能连贯；B类，是暗示性的，比较隐晦，需要接受者自己猜测、解释，一般而言你的提示接受者会想得到，否则，它就没有意义了；最方便最直接也最可靠的当然是C类，我们可以让你直接在接受者的梦里出现，说出你最想说的话，说出你的心愿或者秘密，当然在价格上也最贵。再贵也值，不是吗？要是选择了A类B类亲朋好友不理解怎么办，误会了怎么办？梦，可以是黑白的也可以是彩色的，当然彩色的会贵一点儿，也就贵一点儿；如果说，你感觉托一次梦不放心，也没问题，我们可以安排两次、三次或者四次，最多不超过五次——地府对此有严格规定。在时长上，也分不同的价格供你选择，单次时长不能超过两分钟，以阴间上的时间为准，这也是地府明文规定。这是具体的价格，你看一下。

"这也太贵了吧，"丁西暗暗盘算，他求助地向梁世平望去。"是太贵了。""怎么会贵呢？你们当然知道，这时托给家里人、最重要的人的梦是多么珍贵，花多少钱都值，应当是无价的！再说你们托了梦，接受者怎么不会给你们送大批的纸钱过来？冥币面额看着大，可没阳间的钱值钱！你看看我们的这些设备，我们还要有众多的亡灵工人给你们传递，阴阳的阻隔可比千山万水的阻隔大多了，险多了，这条路你让别的什么亡灵走走试试！能在阴阳两界行走……没有专门的渠道，没有专门的技术是做不来的。你知道这一路多少关卡，我们得交多少买路的钱——你要是知道其中的门路，你会觉得这钱花得值，太值了……"粉衣女孩口里简直有条河流的河。"是值，"丁西用力咽了口唾沫，"可是我的钱不够。""那少花点儿，就一两次黑白的，片段的，总可以吧？对活着的人也是安慰。这个安慰，你在别处还真买不来。""还是，算了吧，"丁西再次把头转向梁世平，"我不想买了。我们要不，去别处看看。"

"你就这样不关心家人？阳间就没一个让你留恋的人？"

238

离开镜观处，丁西一直默默回想粉衣女孩的那句话，要不是他确实带的钱不够，他还真会托一个梦给阳间，至于托给谁可以再斟酌。你给那边托过梦吗？丁西问。托过，A类，就一次。又没什么大事儿，不值得花那么多钱。梁世平说。给老嫂子？这次，梁世平没有回答，而是望着天空：你看看，太阳在哪儿？阴间有白天和夜晚，星星也能看得见，可就是看不到太阳。真是奇怪。

　　丁西也抬起了头。是啊，真是奇怪，他才意识到，的确没有太阳，但阳光却厚。是不是地府在地下的缘故？不知道。我也没有见过鸟。一只也没有。奇怪。是啊，奇怪。要是一直在阴间生活，那他到了阳间会不会也感到奇怪？不会，不会。因为，在投胎前，转世安置局会给灵魂们每人一个小药片，含在嘴里，你就会遗忘掉之前的所有发生。阳间说，给人喝孟婆汤。一个意思。不过我听这边的人说，转世安置局里一个姓孟的人也没有，更没有老太婆。

　　好像还有时间……我们接下来做什么？

8

　　第N＋12日，亡灵网收厅给予答复：这个证明是无效的，它无法证明哪一个时间才是正确的。发回第二十一亡灵网收处，请查对后再次开具。第N＋16日，亡灵网收处似乎还是旧面孔，不过表情、态度都有了变化：我已经开了证明，我只能证明时间不一致，哪个时间是正确的我还真不知道，但在我们这里我们的时间是上下相符的。我没办法开那样的证明，它不在我的职责范围内。我只是一个小吏，小吏，你懂吗，我得时时处处谨言慎行，越权的事儿我可不敢。不行，不行。我也不能要求上级部门，你给他们查一下，怕在阳间你们也不能吧？就是，你们不能为什么我就能？我也不能。N＋17，亡灵网收厅：问题肯定不出在我们这儿。你不用查，我可以保证，我在这里干了近二十年了，从来就没有出过错——何况是这样的错误。你应当相信。我不会给你看我们批文的档案的，这不符合规则，它需要保密。好，我记下来，姓名，年龄，死亡时间，亡灵审核处的时间……三天后你再来。N＋21，亡灵网收厅：我查过，我们的没有错。证明不能开，我为什么要给你开证明？没这样的先例。我说不行肯定不行，你找谁也不行，这事我做不了主。第N＋27日，亡灵网收厅：我只能给你证明你来过。我们经查无误，情况属实。不过我也告诉你，你的做法是错误的，你会为你的做法付出代价的。

N＋29日，亡灵网收处：错误不在我们，现在已经明确，我们的上级部门也给你开了证明，问题很可能出在亡灵审核司。你找他们去吧。N＋30日，亡灵审核司：我们没有任何错误，失误也没有。我们已经自查过多次，毕竟，像你这样的事多年也会不出现一例。我可以给你看登记底联，这已经是违规了，按理说是不允许的——你只能看你的那部分，别看他人的。

亡灵网收处：我们没有错。我们是准确的。

240

亡灵审核司：为什么认定错误出在我这？我们更是准确的。

亡灵网收处：我们给你开过了证明。

亡灵网收处：我们的证明当然有效。

亡灵审核司：你去那边问。

亡灵网收处：这件事儿和我们没多少关系，我们只是按规定办。

亡灵审核司：我们是按规定来的。你去那边再问问。

亡灵网收处：三番五次，你们烦不烦？不要再来了，我已经给了你证明。还要什么！

亡灵审核司：证明早开过了，三番五次，你们烦不烦？不要再来了！

亡灵网收处：你已经影响到我们的正常办公，这对你没任何好处！

亡灵审核司：你已经影响到我们的正常办公，这对你没任何好处！

亡灵网收处：还写信告状，哼，那你接着写，我不会再管你的事儿。好说歹说不顶用，你告去，不过我告诉你，网收厅完全支持我们的做法，这件事，我们没任何责任。

亡灵审核司：我们没任何责任。若不是看你可怜……

"现在，我该怎么办？"丁西说，"老梁，我撑不住了，我感觉自己像一只没头的苍蝇，在我面前竟然全是墙壁，墙壁，越来越窄，我本不想撞上去可我没有任何的办法。我想不出办法来，"丁西说，"老梁，和我在一起让你也受……现在，我自杀的心都有，要是能再死一次要是再死一次可以解决我他妈的就再死一次……""我理解你的心情"，梁世平说，"我也是这么过来的。没完没了的等待，无处不在的漠然，现在，我觉得，在阳间过的都是天堂的日子。"梁世平向丁西递过已斟满的酒杯，"别多想。总是有办法的。"丁西接过酒杯，和老梁碰了一下，然后一饮而尽："你说办法在哪儿？"

"等着吧。办法终会出现的。"

"要它就不出现怎么办？"

"那就接着等。"梁世平伸长了手臂，拍拍丁西，"别以为我的境遇会好很多，别以为，和我们睡在一间屋子里的那些人会比你好很多，其实，都差不多，一个样。但你不能总那么闷着是不是？你还得给自己找些乐子。"

"老梁，感谢你，要不是你在身边，我真……唉，我也得向你说声对不起，在阳间的时候……这个死，让我想明白了许多事。"

"你还是不明白。"梁世平独自喝光了自己杯里的酒，"你以为明白了，其实没有。过些日子，你又发现你其实根本就不明白。"梁世平盯着丁西的脸，此刻，他的眼里竟然也有闪过的泪花："老弟，我也是这样啊。我倒觉得，自己越来越糊涂，越来越糊涂。干脆不想。什么都不想。你得学会忘。"

"我也愿意自己不想。可事儿，就摆在这里……"

——哎，你，你是……对不起，又认错人了。站到他们面前的那个中年男子拍拍自己的脑袋，你和我一个亲戚长得真像。他脸上，这边，有个瘊子。那个男人在自己脸上比画着，实在太像了。

"我们见过面，"丁西说，丁西说完那个男人也有些恍然："对，对对对，就在我刚来这边的那天，在报到处，不，审核处！你们，就两个人？"

　　梁世平拉过一把椅子："是啊，我们俩原是同事。你坐，你坐。"

　　"不了，我还有朋友。新交的朋友。这边的。朋友总是越多越好，"那个男人略略俯了一下身子，"你们喝你们的，有机会，我请你们吃饭，亲戚，我从看见你就感觉跟你亲，可别驳我的面子。我的朋友来了，我过去招呼一下。"

　　望着那个忙碌的背影，梁世平问，这个人是谁？陌生人。丁西回答，他总是认错人。对了，老梁，从明天开始，你也就别跟我一起去跑了，反正也不会有什么进展，我也不再抱希望，还让你跟着受委屈……

　　"你不能拒绝我，"梁世平说，"兄弟，这是我的需要。我和你一起去跑，无论有用没用，我都觉得还有点事做。不然，闲也会把我闲死的。在阴间，再死一次可不容易。"梁世平笑得沧桑："就当帮我，打发时间吧。"

9

　　不知何故，没有太多滋味的酒竟然让丁西有了些醉意。他喝得也并不比梁世平多，而梁世平却毫无感觉。离开酒桌的时候丁西的头有些沉而腿却在发软，只好由梁世平扶着走回临时安置点。在门口，门卫拦下了他们：证件。

天天来回，这么熟了还要什么证件。我的脸就是证件。尽管这样说着，梁世平还是把证件拿了出来，在门卫的面前晃了晃，然后又放回到兜里——不行，你得让我看清楚了。你今天怎么啦？老梁有些生气，他把证件丢给门卫，看，行了吧，我们可以进了吧！难道是什么衙什么署，混到这里来能干什么！说着，老梁拉着丁西就往里面走，门卫再次伸出手臂：他的。

他和我是一起出去的，早上你是看到的！你拿给他看，真是！老梁从丁西的怀里掏出证件又晃了一下，行了，行了，都是自己人。不行。拿给我。门卫一副僵硬着的表情，这是我的职责。请你们配合。

……结果是，丁西又一次被拦在了外面。你等着，我去找你的证件，肯定是你们俩拿混了，我找她去要。梁世平冲着门外的丁西喊，用着故意的大声，你别走远。我马上就来！

丁西没有走太远，他就在院子的外面，从大路走向小路，从小路走回大路。天渐渐黑了，路灯亮起，累了乏了倦了的丁西干脆靠在路边的树上坐下去，他盯着远处。远处，一个人朝他的方向走过来。

怎么又是你，你在这干什么？

没事儿。丁西背过脸去，可那个男人却似乎没看出丁西的不满而径直走到他的身侧，蹲了下去。别介，别什么事儿都自己扛，说来我听听，也许，我能帮上点什么。多一个朋友多一条

244

路。

　　的确没事儿。丁西并不愿意多说，面前的这个中年男人让他不适，他觉得自己再说一个字都是多余。

　　算了吧。我知道你有事儿。那个男人换出一副表情，你没有理由信任我，你可能误解我的热情里会有什么企图……不是，我没那个意思，丁西解释，我只是，我的事太难了。我不想……别把事儿想得太难。要想办，一定会有办法。到现在，只要我想的，我还没有什么办不了的事儿。那个男人颇有些自得，办事儿，你得拿出办事的态度，态度，态度你懂吗？别端着，也别太傻了。要善于钻，善于粘，善于啃，更要善于交朋友，各类的朋友，你还真不知道什么人能在什么事上帮到你……丁西听着，看得出，那个刚喝酒回来的男人心情不错。我今天请的这边的朋友……具体我也不多说了，有个认识不久的朋友，现在是铁哥们儿，他也就是一个看门的，挺偏的一个人，可就是跟我好。想不到，他竟然帮我办成了大事儿！颇为自得的男人从怀里掏出一张纸，展开，递到丁西面前：看，转世安置局的安置计划书，五天后，兄弟，五天后拜拜！他有意压低声音，哥们儿转世，还是人，而且是一大很有势力的大户！

　　五天？！

　　从明天算起。本来还可以早点儿的，但那边没有合适的人家，而这边还有些事儿没有料理完，有些帮助我的朋友我得一一答谢不是嘛，人走茶凉的事儿哥们从来都不干！有句俗话，没有过不去的火焰山！五天，这五天里，我要是有空儿，一定请你

245

喝酒!

谢谢。

别客气。我也可介绍一些我的朋友给你认识，还是那句老话，多个朋友多条路，还真不知道哪块云彩下雨。

是啊，我也很高兴认识你这个朋友。

这样就对了。走啊，在这里坐着干吗，还不回院子里去?

你也在这里住? 我怎么一直……

我在院里住，住在后排，单间。平时我就走后门了，今天是喝得高兴，想多走段路，才到这里的。走，咱们一起回。

不了，丁西拒绝了那个男人，我再待一会儿。这些天，我总是想家里人，想他们过得……唉。丁西笑得有些硬，他自己也感觉得出来：我想自己静一静，再说，喝了不少的酒。

好吧好吧。男人走了两步，然后又转回了身子：老哥，我劝你两句，别那么想不开，他们有他们的日子，你在阴间，就和他们没多大关系了。投胎之后就再没关系了。往前，往前看。想多了没用，别累着自己。

我不想多想，丁西说，他是说给自己的，那个背影已经消失于门口。是它逼着我去想! 丁西说，他说给自己，用的是恶狠狠的语气。我不得不想。

躺在地上，丁西望着头上低低的夜空，点缀在上面的星光和它们的摇曳——天已经越来越凉。我不可能在阴间再死一次吧。丁西想，不过受冻的滋味应当也不好受。配合着他的想，一阵冷风从他身上吹过，仿佛还围绕着他打了个旋儿，让他不禁颤抖了一下。在阳间……丁西侧下身，努力把"在阳间"的念头驱赶出去，那个男人说得没错，想多了没用，他需要一个榆木质的脑袋——他几乎成功了，他集中想的是降下来的黑暗和硕大的星星，想的是凡·高的一幅叫《星空》的画，据说卖了不少的钱。丁西想，不知道那笔钱在阴间的凡·高是否有份儿，如果他有了钱会用来做什么。会不会一次次地向他的弟弟托梦，让他把自己割掉的耳朵找回来，放进坟墓？丁西笑了起来，这个奇怪的想法实在过于可笑，他把眼泪都笑出来了。

管它呢。这样也挺好。没什么大不了的。这个想法同样过于可笑，丁西独自又笑了一阵儿，从地上爬起，拍拍屁股，朝着临时安置点的方向走去。

门口那盏灯在风中晃动，时明时灭，发出哐哐哐哐的声响。丁西从地上捡起一块石子，朝着灯的方向丢去。然后是，第二块。第三块。他把第四块石子丢出之后，径直走向了门房，敲门。

干什么？

开门。

门开了。丁西有意把自己的脸在那个门卫的面前晃了几次，门卫冷冷地看着他，并没其他的表示，这倒让丁西有些不好意思了。他冲着门守点点头，然后碎步走进了院子。

10

　　他真的有这样的本事？是他说的，我本来也不信，可他让我看了安置局的信函。这应当没错；我还是不信；你这样说，我也觉得可疑；也许他真的有本事，不好说，昨天我就看他不同寻常，应是很能钻营的一个人；是啊；我也想看看那封信，这样，我们先去找他；我不想去；你不去我怎么和他说？我不能总困在这里吧，也许他能有渠道，能出个好主意；好吧，我陪你去找他，不过，我实在……；我理解，理解，你的性格，唉，到了阴间也不肯改一改。你帮助我联系上他就行，要不，我请你们一起吃饭？这样，老梁，我给你联系上我就走，你们聊，我想没有我在你们可能会更谈得开。要是吃饭，就安排晚上，我请，也算是答谢你，这样也显得更自然；唉，你这个人。我觉得他对你更有用。唉，好吧，好吧；那我们现在过去，他总是走后面的门，我怕他早出去了；走，我们走，对了，你知道他叫什么吗？不知道；他住在哪儿？他只说后面，后面，单间。我们去问吧，哪怕一间一间地敲门，反正房间也并不多……

　　这已经是第N＋N日，时令也接近了秋末。树叶开始枯黄，不过没有一片叶子落下来——梁世平说过，树叶不落也是阴间的特点，即使到了冬天。那它会不会被揪下来呢？在等待梁世平到来的无聊中，丁西走到树前，向树叶伸过手去：树叶揪得掉。不过，到了手上的树叶很快就变了颜色，不再是黄，而是灰，似乎还有被火烧过的痕迹。另一片也是，丁西走得略远，这次，他揪下来的是松树的叶：到达手上，它们也全都变成了灰色的，只是依然坚硬。丢掉树叶，丁西此时的目标是树枝：它们会不会也变灰，有那种灰烬的痕迹呢？

你想折树枝？丁西没有回头，是。你来了？来了。情况如何？唉，别提了。人家忙得很。而且，狮子大开口。梁世平把一根粗大的枝条折断了，可他根本无法将那条断枝从树干上拉下来：他，就不是那种可靠的人。没什么实话。

老梁，饭我还得请，咱们两个……算了算了，不饿。一点儿都不。天还早，我们要不去一下亡灵网收处？别去了，没什么用。这叫什么话，走，走吧！

N＋N1日，N＋N2日，N＋N3日，N＋N9日……"这样真不是办法。"梁世平做了些沉吟，"我看不如这样，我们去预审司，经查司，检察司，我们可以走诉讼，这件事，我想了好久了。"丁西也学着梁世平的样子沉吟了一下："我也想过。不过，我不知道阴间……""管他呢，不试怎么知道？我们碰碰运气，万一碰对了呢。说不定，你小子因祸得福，到时候可不能忘了我。""我可不敢希望。"

话虽如此，但行动还是进行了起来。第N＋N11日，预审司：这样的案子不归我们管。我们负责的是阳间因刑事案件导致死亡人员的情况分析和审理。你这肯定不是。经查司：我们管不了，它超出了我们职责范围。职责范围，喏，墙上有，写得清清楚楚。你得找对口单位处理。第N+N12日，检察司：我们负责的是阴间公务职员的管理审察，而你，根本就非阴间公务职员。对此，我们爱莫能助。找哪个单位？我不清楚。这种事，我也是第一次遇到。

N+N15日，域署判官局——你们找谁？他们被拦在门外。"你看，我们是这么个情况。我们已经跑了许多地方了，他们说，此事只有请域署判官亲自审定。"等着。灰衣人进屋，过一会儿又走出来：今天域署判官局有重要会议，不能见你们，明天吧！

N+N16日，域署判官局：明天。N+N17日，域署判官局：今天不行。明天。你早点来，要在判官们刚一上班不是太忙的时候，他们事太多了。你看看门外停的这些车就知道了。是啊，我理解你们不易，要是易了，谁上这来不是吗！N+N19日：进吧。记住要遵守规则，别乱说乱动。

四十四阶台阶，丁西走得竟然有些发软。"我们找哪一个……判官？"梁世平摇摇头，他也是第一次进来："门卫也没说。""这样一个个敲门，不，不太好吧？"丁西拉住梁世平，"你等我一下，我再回去问问。""行。"

厚厚的窗帘挡住了外面的光线，让屋子里显得很暗。瘦判官坐在高大的椅子后面，低着头，正专心地审阅放在面前的文件，对丁西他们的进入似乎并没察觉。丁西和梁世平对视了一下，他们俩安静在角落里，努力让自己变成石头。一份儿，盖章。两份儿，盖章。瘦判官没有抬头的意思，那两块石头也只好继续小心地呼吸，避免构成打扰。第四份儿，从丁西的角度，似乎看到瘦判官略皱了下眉，他从笔筒里拿出一支笔，在上面勾画了几处：

"你们有事儿？"

丁西和梁世平对视了一下："有，有事儿"。丁西从怀里掏出了申诉材料，以及亡灵网收处、亡灵审核司的证明。

"拿过来吧。"瘦判官依旧没有抬头，他又拿起了另一份材料。"你们可以先放在这儿。留个方式。我会叫他们联系你的。"

判官大人，丁西壮了壮胆子，判官大人，我没有联系地址，现在，我还没处住呢。这么长时间了，我一直……

"怎么回事？"

是这样，这样的……

"怎么搞的，"瘦判官看过了丁西的申诉也看过了证明，"真是胡闹。怎么着也得先想办法，至少得先让你住下。这样，你拿上我的信，去审核司办一个证件。这次没问题，他们一定会办的。"

感谢判官，大人，丁西激动不已，您真是，真是……我会记得您的。那，我的事……

"从各自的证明中看不出他们哪有问题。我叫人再审核一下。你先回去等着吧。"

判官大人，梁世平插过来，判官大人，我叫梁世平，正常死亡，来这都一年多了，我说的是阴间的时间，要换成阳间的就有六七年了……

"你是说，我们的效率太低，远远不能满足你的要求，是不是？"不不不，我不是这个意思……"现在，阳间的人口越来多，死亡的人数也年年增长，事务多人员少，规章又严，再说，你总得让公职人员休息吧，总得让他们有点个人时间吧，这样一来……我希望你能体谅地府的难处。"我当然能体谅，判官大人，我不是申诉，我只是感觉大人和善可亲，能体谅我们，肯为我们做实事……"好吧，高帽我收下。你看，我这，还有这么多事儿要做。"

——离开域署判官局，梁世平在路上停下来，他的脸色异常难看：丁西，刚才你为什么不说话？

老梁，你让我说什么？

你拍拍自己的良心！在阳间，你怎么对我我不计较，从你到了阴间……这段时间我是怎么对你的，你又是怎么对待我的？刚才……哼，我算瞎了眼！

老梁，对不起，我不是不想说，可我想插话的时候，你看人家的表情！分明是逐客！当然我也承认自己有些胆怯，还没想好怎么说合适……

你要替我说两句，有用没用是好是坏我都不管，我会心里舒服些，可你，竟然屁也不放一个！

老梁，这事儿……怪我，我不再解释，这样，我不管我的事的后果，也不管人家判官的脸色，我去，我再去找！丁西脸涨得发烫，他再次走向判官局门前的四十四级台阶——站住，你给我站住！

门卫从后面追过来。

11

很有能量的中年男人走了，临走，他来和丁西告别，本来，我想请你喝酒的，可这些日子，忙得我啊。你长得特像我一个亲戚，我们关系特别好，那小子可没少沾我的光，不过他也够意思，一下子给我烧了那么多纸钱。哥们，来生见，要是能见的话，你记住我欠你的酒，我一定还。

梁世平也送出了大门，他和那个男人又窃窃地说了些什么，略远的丁西并没有听见。男人走后，梁世平变过脸色，一言不发地从丁西的身侧迈回院子，他显得极为冰冷。"老梁……"丁西喃喃地喊了声，并没走远的梁世平应当能够听见，可他没有停顿，仿佛没带出聆听丁西喊声的耳朵。院门口，只剩下丁西一个人，还有风，还有树叶的声响，那一刻，丁西感到莫名的孤独。

孤独，深入了骨髓。

接下来的日子，丁西只好在缺少梁世平陪同的情况下一个人上路，而少一个人，丁西感觉自己的身侧一下子空出了大半。那里没有空气也没有光，当然也不是黑暗，比黑暗还要少，它是空出，是无，是一种坍塌——他不知道该怎么去和梁世平说。他能说什么？无可挽回。

在接下来的N＋NN的日子里，丁西一个人上路，他前往的地点更多的是，域署判官局，转世审核局。这是你的材料？

不，不是。那你是？我是他的朋友。好朋友。本人为什么不来？他……他病了。不方便。病了？是。你还真够朋友。不过，非本人提交的申请我们是不办理的。等他好些了，方便了，还是自己来吧。下一个。

一天天过去，梁世平依旧没有原谅的意思，每当丁西用小心的笑脸凑过去时他就转向别处，给丁西一个冷冷的背影。和阳间时一样小气，丁西想。人的本性真是难移。这样的人，就应困在这里，永远出不去才好。丁西恨恨地想。进进不得，退退不得的人是我啊，丁西恨恨地想，这个梁世平，也许正等着这个笑话呢。在阳间的时候，他就总是……恨人有，笑人无。这个梁世平。算啦，不去想他，我的问题才是大事儿。下一步该怎么办？

丁西心里没有答案。之前，他还想自己的"尸体"，想自己的妻子，记忆里的事儿，现在他几乎都将之前忘光了，即使再想，也完全没有了痛感——我是不是越来越冷漠了？好像，我对自己也冷漠起来了。不过，丁西对此没有遗憾：关键是下一步。现在这个处境，他不得不天天地想下一步，不得不，天天努力不去想下一步。

——办不了，不在我的职责范围内。

——对你的处境，我的确很同情，这样的情况放在谁的身上都会……可是，我真的是没办法。我不是制定规则的，只是它的执行者，我得保障它合理、有效、不变更地执行。要是谁都能根据自己的好恶随意修改，那规则就不是规则了——要规则，就是限制我们胡作非为。简历上，你曾在传媒公司工作过，我想这个道理你应当比我更清楚。

——办不了，我不能办。找我们主任也不行，他也不会给你办的。我们不能随意更改规则。

——你得补齐证件，证明。按我说的去补吧。

——我只认证件。手续不全，谁敢办？

——你去亡灵网收处那边查询一下。我没接到域署判官局的文件。

——你去亡灵审核司查询。我没接到。域署判官局也不应直接给我们下文，要下也得下到我们的上一级。你可以自己去。

——你的要求，也不能说不合理，但，真不符合规定。出了问题谁负责？

——错误没出在我这儿。

——错误，也没出在我这儿。

12

昏黄的、阴间的冬日来临了，四处弥漫着无聊，虽然地府再无"再死一次"的危险，但那种刺骨的冷还是让人恐惧。铁锈色的大地上铺着一层白雪，就如是，一条磨出了织纹的寒碜的旧桌布，上面满是窟窿。这张桌布不够宽大，有些屋顶依然暴露在外，它们屹立在那里，从丁西的角度看去，就像一艘艘停泊着的、载着被煤烟熏黑了烟囱的小船。随着冬日的来临，丁西与梁

255

世平的关系有了恢复，他们开始有了交流，商量，有几次去亡灵审核司、亡灵审核处，梁世平像从前那样陪着，只是，他不再为丁西说话，而是固定地、远远地站着。两次，丁西约他去吃饭，梁世平没有拒绝，他们依然喝酒，第二次，他们甚至说得火热——但有块冰，一直拒绝融化。这点儿，丁西当然感觉得出来。其实他也放弃了这样的试图。

某日。梁世平突然提议，我们今天去亡灵审核司，我有个这边的朋友，管理员。也许他能帮上忙。你得有点小的表示。也不用太多太重，这只是个表示，表示你的眼里有人家，对人家有尊重就行。不，原来不是，他是新调过来的。时间不长。也没太大的交情，就是，认识。认识而已。

那个认识而已的朋友倒是热心，他直接把梁世平和丁西领到了后院库房。打开门，一股烟一样重的霉味儿扑面而来——"看吧。能够查找出问题的档案也许在里面。这还只是其中的一间。"

里面，整整一间库房已被各种文件、档案塞得满满的，人走过去，只得把一些散乱堆放的文件搬到院子里，挪动一下木质书架——"三百多年的记录都在这里。包括去年以来没有封存的。"管理员随手拿过地上的一本档案，上面，时间和水渍的痕迹极为明显。"这是三十二年前的。七十二卷。就这一本上，记着四百多人的生死。"把这卷重新丢回地上，管理员又拿起几本，分别递给丁西和梁世平："你们看看。别给我弄坏就行。也别说出去，这事儿，说大就说大说小就小。"

——我们怎么才能找到有丁西的那本？

"不好找。前面那个管理员，其实也是个肯尽责的人，就是，怎么说呢，他对档案管理不在行，摆放完全没有顺序——也许他有自己的顺序，可走的时候没有向我交代。据说是带着情绪走的。七间库房，我们得一间一间一本一本一页一页地找下去——看我们的运气了。也许你刚翻两本就找到了。"

——他是新死的，今年的，肯定不会放得太靠里。

"外行，完全是外行。"管理员笑了笑，"今年的相对好找一些，可是，至少也有八百本之多。而他的名字，登记在出生时的那本上，按阳间的算法——你四十几岁？只能在旧档案里。对了，审核处、审核司那边是按死亡年月排的，那边好查。"

在霉味和尘土中，丁西仔细翻找，然而始终没发现自己的名字。有一本，和他出生的年月符合，然而从头查到尾，"丁西"这个名字就没出现过，姓丁的也只出现过三次。就在丁西准备翻看下一本的时候管理员拦住了他："时间到了，我得上前面去了，要是被司长或什么人知道了，还不把我骂死，甚至可能因此丢掉工作。要不是老梁，说什么我也不能让你进来这里。"

——是是是。感谢。我们不能给你添麻烦。

"你放心，一旦我发现你的名字，会及时通知你的。你叫于西，于西是不是？看我这记性，"管理员指了指梁世平，"你有这样的朋友真是你修来的福。他可没少求我——自从知道我调任这边以后。"

——我们老同事，用不着感谢，工作还得你做，还得你辛苦是不是？最应感谢的人是你，丁西，要是有了结果，可别忘了这个朋友!

——是是是。谢谢，谢谢。

——可是，老弟，你说……这么多的档案、文件，就是天天查你得查到猴年马月？也不是我说，前面那个管理员，责任心可远不如你……

"也不能这样说。他有他的难处。人手不够，可任务不少，还没人看在眼里。不好干。本来他也想好好弄一弄的。原来，这七间库房，存的档案还多，有六百多年的，后面的档案放不进去只好堆在外面——他前任的前任，曾向上级部门申请销毁一部分过旧的资料，没批准，说要建立新库房永久保存，后来建房没了消息，再后来，也就是去年这个时候，上面又同意了销毁。把那些陈旧的资料销毁掉，再把原来堆在外面的资料档案放进去，还没等他按时间、区域分类，就被调走了。"

——分类，在把它们弄进库房前就应当分好类再弄，现在倒好……我看这活儿等到你退休也干不完。

"没办法。原来我们管辖的区域人口不多，出生和死亡的量都不大，可现在……不急。保持心态最重要。"管理员转向丁西，"有消息我会通知你。我也不想欺骗你，时间上不会很快，就是查出错误出在哪儿来后面还有大量的工作要做、程序要走……我记下你的名字了，丁纪。"

——不不不，我叫丁西。丁西。

"放心，这次不会再错了。你先在外面等会儿，我和老梁有两句话要说。"

等待的时间并不长，梁世平就从门边闪出来，走，我们去吃饭；时间还早，这个时候去有点太早吧；没事儿，咱们也好好说说话，丁西，这次咱们一醉方休，唉，也不知这边的酒能不能醉人；老梁，是不是有什么高兴的事儿；算吧，拖了这么长的时间。批文下来了，我三天后去转世安置局报到；祝贺你，祝贺你；没什么可祝贺了，说实话我现在没有半点儿的兴奋，要是在一年前；好事多磨啊，还是应当祝贺，我请你；我都快被磨没了，我被磨得……咱们别争，兄弟，我请。还剩下的这点儿钱，我都花了吧，以后也没多少用了。我就想，走之前，找兄弟好好说说话。

有鱼，有肉，有素食做成的山珍与海味。"以前总是省着，不敢花，你不知道你还要待多长时间。临走，也尝尝阴间的美食。嗯，还不错。不过怎么也比不上阳间的。"丁西吃着，品着，舌尖上的味道有某种的百感交集。

喝，干一杯。老弟，我给你赔个不是，我的心眼是有些小。不过当时，我特想你替我说句话；老梁，我当时，当时……是我不对。我后来想过补救，可是，唉；我知道，你不说我也知道。我就是一时转不过来。你知道，人在最无助的时候，特希望别人抛根稻草过来，我当时感觉，你不肯抛给我；你知道我的性格，老梁，我，我有些怯懦，见到判官，不自觉地就，不敢说话；在阳间的时候，你也是这样，有次我看你向省里巡视组汇报，腿就一直在颤，看得我都想过去踢你两脚。也就是那次，杨青远说你不堪大用。我不知道你知道不知道他的这个评价；我不知道，但我感觉得到，老梁，我是小人物，一直是，我也没想过什么大用；我看有段时间，你可是一直对他，跟得很紧啊；我一个小职员，不能不听话，换作你你也会。老梁，我知道你们的关系……我当时很想好好地工作，不站队，跟你们每个人都保持良好的关系——后来你就疏远我了，我也知道，有几件事你有意……其实在心理上我与你更近；是啊，我承认，那时还真针对过你，现在想起杨青远来我都还牙痛。本来他的职务是我的，可他使用了下作的手段把我搞下来了。职务可以不要，但他总感觉我是威胁，处处和我斗；老梁，都过去了，这些都过去了，我们在这边，那边的事儿，恩恩怨怨的，算了吧。反正我过来，想明白了，当年，真没意思；丁西，我告诉你，有些人有些事你可以算了，到了这边，咱们俩就……可他杨青远，我还真……他真不是东西！恶毒，阴损，两面三刀，完全是个笑面虎。当时，我看你跟着他跑，心里真是恶心。

不谈他了，我们换个话题，老梁，我得好好敬你一杯。来到这边，要不是你，我肯定早就垮掉啦。"那不一定。人，其实没那么好垮。"不多说了，要是来生我们还能见到，还是同事，我们一定……"这个我信。我相信我们能够成为好哥们儿，好兄弟。经历过死后，哈，不知道到那边还记得住记不住。"

……一杯，一杯，这次，是梁世平有了醉意，而在丁西那里不见半点儿，他竟然可怕地清醒，可怜地清醒。一杯，一杯，梁世平的话题又绕回到杨青远身上，他的唾液里有了更多的污浊，在那里，杨青远变成了一条长着毒刺的毛毛虫，每一步每一次蠕动都会在地上留下毒液。接着，梁世平又开始对地府的指责，陈述自己和丁西遭遇的不公，怠慢，漠视，尽管丁西一次次制止，可他依旧滔滔不绝。

"老弟，现在回想一下，我们的日子……"

"老弟，我刚刚去世的时候，就想，在我转世之后，一定要如何如何。现在不那么想了，真不那么想了。"

"老弟，我……"

梁世平的声音越来越大。周围的人，邻桌的人，纷纷朝他们的方向看，就像看一出有趣的闹剧，这，让丁西多少生出些厌恶。"老梁，别喝了，我们别喝了。"

突然，邻桌一个胖大的男人，趴在桌子上拉响哭泣的汽笛，他更为肆无忌惮。他，把周围的目光和服务员吸引了过去：怎么啦，怎么啦，别在这里哭会影响我们的生意的你要是想哭最好……一个青年走进餐馆，在丁西他们对面的桌子前坐下来，用一种漠然的眼光盯着丁西他们看。是那个麻脸，把丁西带到这边的麻脸：不会错，丁西认得他。

"老弟，"梁世平似乎骤然清醒过来，"有个提醒，我必须在走之前说给你。我觉得，前面，我们的思路可能不对。"

——怎么不对？

"我觉得，我们现在要的，不是查找究竟是哪个单位部门出了错误，不是要说法、要补偿，这个很难办到，反正我是看不到希望，没有谁肯承认是自己的错，他们不会，即使错误就摆在面前。我们完全是在浪费时间。你也别想越过判官局向阎王申诉，

261

不行，那条路走不通，多待这一年，我知道。我建议，从明天开始，我们别的不谈，就请求他们给予安置，让你去投胎。"

丁西没有说话。他盯着对面的麻脸。他的目光里，有着火焰和刀子。

"你听我说。像你这种情况，要想办妥投胎，难度也是巨大的，两个时间对不上，负责转世安置的肯定也不想负这个责。所以，你得想办法，一切办法。能想出来的办法一定要都用上。老弟，你得学会改变自己，别那么……要不是你那个，那个亲戚，我也转不过弯来。我们要看结果。"

老梁拍拍丁西的肩膀："结果，结果最重要。你要是再错过了，再办不成，那就要永远留在这边，当你的野鬼了。"

丁西没有说话。他依旧盯着对面的麻脸……

使用钝刀子的日常生活

说起我的生活，我的工作……我的生活无非那些，一天二十四小时，白天和黑夜，上班下班，看看电视玩玩游戏，太阳每天都是旧的，有时它还会完整地藏在雾霾里；至于我的工作，也不过收发文件、写写公文，完成领导交办的其他事项（尽管有时这个其他更是重头，占用更多的时间），和同事们聊天喝茶，国事家事单位事个人事事事都关心一下……事业单位，许多人的工作也大致如此，旧太阳的下面更没多少新鲜的。不过，若说略有奇特之处，就是，需要每日里割一点自己的肉。

　　这是规定。

　　当然这条规定没有上墙，而是科长口头传达的，在我上班一周之后。他还递给我一把没有开刃的小刀，和一个小塑料袋。他告诉我，每天自己动手，割完后放在办公桌上，由后勤的过来收。"能不能带点血，能带多少血呢？"我小心翼翼地调侃，在我面前，科长是一个不苟言笑的人，这一周的时间我都是在小心翼翼中度过的，我相信以后还得如此。"自己掌握。"说完他就离开我的办公室，把门摔得挺响。

　　我不敢再问。之后两年的时间里，我都严格地遵守着这项规则，没有过任何的懈怠。（何止是没有懈怠！有时，因为科长的脸色，因为迟到或者别的什么，我还会在平时割的重量上再加一些，虽然这并不曾被科长或者局长看到……）有时，节假日的时间，我也会自动地割下一点肉来——那部分不需要上交，随手处理掉就可以了。我处理的方式是将它埋进花盆里。不知道是不是方法不对，那些放在阳台上的花儿依然无精打采，并不因为添加了我的血和肉而变得茁壮些，尤其是那盆茉莉，花少，叶也少，新枝也长得枯黄……不管它，我只要天天割一点儿肉就可以了，它，已经成为我生活里的一部分，不可缺少的部分，牵挂的部分，就是割得比平时略晚一些也会让我心慌，感觉空荡荡的。

我割自己的肉，从肩膀处、手臂上、胸口处、大腿或者脚趾上……好在割掉的肉第二天第三天就会重新长出来，并且不会留下伤口，但那把没开刃的钝刀子割起来实在有些疼，很难说是"割"，似乎更准确的说法应当是"磨"，我得将两边的皮肤磨破，然后再从中间将肉磨下来——但我不能不使用科长提供的这把刀子，倒不是别的什么原因，而是，使用这把刀子不留伤疤，别的就不能保证了，要是万一……我可不想拿自己做那样的实验。疼，当然是有的，其实这件事没有别的什么危害，就是疼，有时疼得长些有时疼得短些，有时刚割完那份疼痛感就消失了，而三两天前、已经看不出痕迹的地方却还在疼，丝丝缕缕，牵牵扯扯……它让我生出一些对人对事的倦怠来。

在这两年的时间里……我几次想开口："科长，你也需要割肉吗？""科长，是不是咱们单位所有的人都得割自己的肉？为什么要有这样一条规定？"或者，"科长，如果你也需要……

要不这样，我每天多割一点儿，反正后勤他们也不查，也查不出来，你就不用自己割了……"我为我的疑问做了不少的铺垫，可是每次话到嘴边，我都又生生地咽了回去——总是时机不对。当然这和我们科长的性格也有关系，他反复向我强调，领导交办的事再小也是大事，别以为自己能混过去，他其实一直在看着，只是不说罢了；领导的吩咐理解的要执行，不理解的也要执行，别问，千万要管好自己的嘴；坦坦荡荡做人，明明白白做事，干工作要必得领导的心思、好恶，否则你所做的一切都是白费；没有谁喜欢不听话的人，没有谁喜欢事多的人，没有谁喜欢夸夸其谈显得比领导知道得更多的人。"我这都是经验之谈，都是肺腑之言。"在谈及这些肺腑之言的时候，科长依然是副冷冰冰的表情，那时候他正为自己的"前途"焦心，副局长的位置已经空了一年，如同吊在房脊上的香蕉，看得见，但暂时够不着。

"咱们局长，确是干大事、懂政治的人。城府太深啦，咱是学不到啊。"我和科长谈话他往往以类似的感慨结束，"你看看他改的这份报表，仔细看他变动的地方！高瞻远瞩，明显比我们高一个层次！"说实话我看不出他说的明显，不过是加一句"我认为"或者在"以上级相关指示精神为指导"中加上"和规定"三个字，而这个"和规定"在我原文中是有的，科长删除，局长再次加上，仅此而已。出于习惯，我也跟着点头："科长，以后你多教着我点儿，多带带我，我和你的距离还差得远呢，好多事就是想不明白。"我停顿一下，看着科长的脸色——

"有些事不必想明白。执行，记得执行就对了，别问为什么。"

267

他的话，又把我的问题噎了回去。多亏我刚才停顿了一下，没有马上向他提问，否则……我和审计处的张军（他是高我两届的同学，不在一个系）出去喝酒已经使科长不高兴了很多天，为此我多割自己不少的肉，现在……在准备离开科长办公室的时候我偷偷瞄了一眼他的办公桌：除了文件和资料，一本《厚黑学实要》，似乎还有一个塑料袋，和他给我的那个差不多大小，不过它被压在《厚黑学实要》的下面只露着很小的一角。

下班的时候，张军打电话来约我去打牌，有他们陈处长，还有检察院的一个人。"我不想让你科长看见，"张军在电话里解释，"我感觉他好像，怎么说，怪怪的。"电话里传来笑声，"想进步都想疯了吧。"我也跟着笑起来："怎么会，前天科长还夸你呢，不过夸你就是批评我，说让我向你学着点。"我对电话里的张军说，不好意思，今天不行，我有大学同学过来，三年没见，这次是专门来找我的，我都和别的同学约好啦。"看你。我本来是想拉你一把，给你和我们处长亲近的机会，让他对你有个印象，以后也好……"张军很有些失望，"我刚向处长推荐你。这个牌局……"这时，科长的影子在窗外闪了一下，因为夕阳的缘故看上去阔大很多。"实在是，实在是抱歉……"我对电话里表示了为难，"你替我解释，好好解释，下次我一定到，领导看得起我一定不会给脸不要脸。可这次，真的不行，我组织的场儿，我要不去以后同学们能怎么说我？真是……"

"谁的电话？"科长推开门，他的半张脸露在阴影里。

268

"小……王志新，我的表弟，"我对半张脸的科长弯了弯腰，"家里出了点事儿，要打官司，让我请法院执行厅的人喝酒。""哦，"科长没有移动，"你晚上有同学聚会？""是，来个同学。从济南来的。""哦，"科长将半张脸收回去，"算了吧。我有个聚会，本来想带你去的。你有事就算了吧。"

那一日，我重新拿起刀子，在自己腋下重新割掉一片肉。血流得很重，我看着它流下来，直到它凝结成两条大蚯蚓的样子。蚯蚓的样子，我望着它，心里不时泛起些许的酸楚——血的蚯蚓爬行在皮肤上，显得非常难看，但我没有将它擦拭下去。为什么要这样，为什么有这样的规定？我对着南面的墙，对着上面《工作守则》和《保密守则》的位置，守则冷冰冰，没有回答。是谁规定的？他妈的局长也要遵守吗？我将声音压低，虽然已经下班，但"隔墙有耳"的可能性还是不得不防，这事已经有过教训，同样的错误我可不想再犯第二次。天慢慢变暗，我先是在渐暗的时间里默默地坐着，等它完全黑下来再打开灯。再一次面对墙上的守则，黑体和宋体，镜框一侧有两道细长的反光，远远看去仿佛是贯穿的裂痕。既然是规则，那为什么不写到上面去？你们也觉得它见不得人？我顺手抓起办公桌上的一枚大头针，朝镜框的方向丢去。

力量不够。这枚金属质量太轻。

我打开粗糙的纸盒，从里面抓出十几枚大头针，一枚枚丢过去，这次有了响声。砰，砰，砰砰。依然有没有丢到的。我的手再次伸向纸盒，砰，砰砰，砰，它当然并不悦耳，不过，一整

269

盒的大头针还是一枚枚地被我丢完了。接下来，我选择的是曲别针，它的声音更响，也更让我有力量和快感。

曲别针也让我丢完了。桌上还有……文件，文件盒，稿纸，三本书，一本《秘书工作指南》，一本《公文书写》，还有一本《鳄鱼街》。它是我在毕业前买的，上班不久就将它带到了单位——那时我觉得反正工作不忙，有时间的话就将它读完，谁知道它被带来之后就一直搁置在那里，两年中我似乎只读了一两篇，而且早已没有了印象。我将它拿起来，随手翻到一页。

"在那个漫长而空虚的冬季，在我们的城市，黑暗收割着丰硕的庄稼。阁楼和储藏室凌乱不堪，搁置了很长时间的陈旧的坛坛罐罐和大锅小盘重重叠叠地摆在一起，里面还有大量被扔弃的空电池瓶。

"在那些被燎得发焦的椽柱密布如同森林般的阁楼中，黑暗开始缓缓进行破坏，继而疯狂地骚动起来。铁锅开始举行阴沉的会议，会议冗长啰唆、争吵不休，瓶罐汩汩作响，酒壶吞吞吐吐。终于，某天晚上，铁锅和瓶罐大军在空空荡荡的屋檐下冒出来，浩浩荡荡地涌流而出与城市作战。"

无聊，我将书丢在了一边，这样的《暴风骤雨》实在提不起我的兴致，布鲁诺·舒尔茨，我怎么会买这样的一本书，它简直像墙上的守则一样烦人。要是放一本金庸多好，放一本《废都》或者《儿子与情人》多好，时间也不至于这么难以打发。我离开椅子，准备把刚刚丢出去的大头针和曲别针都捡回来——是不是要再丢一遍？

我正想着，门突然开了：还没走？加班啦？

但愿他没看到我当时的窘态！屁股朝上，上身半裸，嘴里还含着几枚大头针——局，局长……但愿他没看到我的窘态！不，怎么可能，他的出现仿佛带着一层黏性很强的胶，我被固定在那里，唯一没被固定的是突然涌出的汗。

你这是干什么？局长的方脸没有波澜，曲别针？

这时黏住我的胶才开始化去："是，在赶……一个材料。"我急急地系上扣子，"在想问题的时候，想不出来该怎么表述的时候，我习惯一边想一边……我知道不对，这个习惯我会改。但我没浪费，这不，我正在捡回来呢。"

吃饭了吗？

"吃，吃过了。我在楼下兴云小吃吃了碗面条。"

这时局长的手机响了：哦，哦，我马上，马上。等我。

"局长，您也在加班？您可真是……"他径直走了，当我探出头去的时候他已经不见了踪影。

我在床上辗转，从枕头的左边转向右边，又从右边转向左边，并将枕头蹂躏成汤圆的形状、鞋子的形状、袋鼠的形状、癞皮狗的形状以及猫的形状，每一种形状里都有骨头和爪子。整整一夜，我的脖颈处爬满了大大小小的蚂蚁，它们不停地抓，爬，偶尔还会咬我……我怎么能那个样子呢！那个样子，会给局长留下什么印象？看到我身上的血迹没有？我说吃过了他会不会意识到我在说谎，对一个说谎的下属……还有，我说加班，如果他偶尔和我们科长提起科长会怎么想，我在他不在，是不是意味着间接向局长告了他一状？……那一夜，真是的煎熬，后背的皮肤都冒出了烤肉的气息。八点钟，我赶到办公室：没人。还好，大头针和曲别针已经都收回了纸盒。这时我忽然想起昨天没有去擦的血迹：它已经不在了，一点儿痕迹都没留下。我舒口气，饥饿感突然狠狠揪了五下我的胃：是啊，从昨天晚上到现在，我还没有吃过饭呢。于是，我来到兴云小吃——来碗面条。茶蛋两个。

"刚干什么去啦？"科长阴着脸，"看看你的脸色！同学聚会我没意见，喝次大酒我也没意见，可不能影响工作啊，刚才我找了你半天。"

是，是。我点着头，科长，我马上干。

干什么干，我弄完啦，送上去啦，填个表。记住以后别这样就行了。妈的，不过五六个数字，都在他们的掌握之中，你说非要让我们自己填，什么意思嘛。

"科长……怎么……"

没事儿。他的脸还没有晴开：后勤这么多人，都干什么吃的？报个条子送个报表都没好脸，横挑竖挑，总觉得好处都我们得了，辛苦的事都是他们做的！一个干事，也跟我硬脖子！这样，你赶一下半年工作总结，在去年的基础上加今年的新内容，我们的亮点工作……马上去弄吧！

半年工作总结，半年工作总结……那个昏昏沉沉的上午我的大脑里全是酸性的、浑浊的东西，每个字、每个词一进入到里面就马上被溶解成另外的样子，它们有的变宽有的变窄更多的是变得模糊起来……其间，后勤处刘师傅来过一次，他收走了我留在衣帽架旁的塑料袋，看都没看里面割下的肉。十一点钟。我的状态略有缓和，可是整张稿纸上也只有"半年工作总结"几个字。妈的，我将笔丢下桌子，然后到洗漱间洗了把脸。

"科长。"我推一下门，门是敞着的。带着没有散尽的昏沉我径自走了进去。

"你……谁让你进来的？"看得出，他对我的突然闯入感觉吃惊，急忙用毛巾掩盖——他在割自己大腿上的肉！"我，我……"我所受的惊吓并不弱于他，那一刻，我变成了哑巴："我，我，我……"

"出去！"他喊了一声，用更急忙的行动盖住桌子上面的东西——慌乱中，我并没有看清他掩盖的东西是什么。

……回到自己的办公室，我惊魂未定，但脑袋里的糨糊已经消失，它空出大片的空白，像裂开了那样。这时科长的电话追过来：你来我屋一下。马上。

你坐下。科长指了指椅子，这时他衣冠楚楚，早已恢复平时的模样。你刚才来有事？

我说，怀着太多的七上八下我说，刚才，我想请示，咱们的半年总结……

"先放一放吧。"他打断了我，"各科室的情况也没报上来。不急一时。下午你回去休息吧，看你这个样子，嗯，领导问起来我给你顶着，说你弄材料去啦。"

嗯。谢谢科长。我今天是有点……下次不了，我一定要改。

老同学来多喝几杯唱唱歌啊什么的也可以理解。我们是关系社会，关系就得走动，不走动再亲的关系也会远了，尽量别误事儿就行。对了，把昨天的花销拢一拢，我想想办法。

"谢谢科长，我，我怎么能……你不责怪我就……"

那个上午科长显得推心置腹，谈着，我们的话题就转向了办公室政治，工作规则，谈到每日割一点儿肉的规定。你可能不太理解，其实，这个规定不只我们单位有，它也不是专门制定给你的，也不是专门制定给我的。"怎么会有这样的规定，它是由谁来规定的？"我也不知道，反正从我来的时候就有，谁也不是，谁都是。说实话我都没想过这个问题，我像你这个年纪的时候，唉，只知道努力工作，一路拉车，有规定，执行就是了，执行好就是了。"有点儿像卡夫卡的小说……"他是谁？我上学的时候没有人谈起他，我上的也不是中文系。生活可不是小说，小说可以编，编不好没关系，生活就不行，你错一步可能一辈子就得错下去，再也回不来。就说割肉，割谁的肉不疼？有什么办法，大家都在割，你不割，你不割，一定会比割了更疼，谁也不是傻子，既然都割就有它的道理。谁都不易，你别看别人觉得如何如何……谁的经都难。"既然都割……"小李，我知道你想问，既然都割，为什么大家都藏着，尽可能让别人不知道？咱们统一时间、统一地点割就是了，对不对？这我倒想过，其实很好理解：不好意思，谁也不愿意让别人知道自己遵守了这么一条规定。说日本是耻文化，其实我们也是。统一时间、统一地点，也会影响领导的尊严，领导悄悄地割，你们集中起来割，你们会怎么想？

心照不宣，就是心照不宣，这样挺好。大家都有面子。小李啊，要不是你今天看到了，我也不会和你说。"科长，既然大家都藏着掖着，而且后勤处的人对此也不认真，不如这样，以后你的那份我就替你割，反正我年轻身体也好……"是啊，后勤的不认真看，但哪一天他认真了，或者领导突然检查……我们还是堂堂正正地好，清清白白，就不怕鬼敲门，腰杆挺得直。

对了，科长突然想起一件事，刚才我桌上，你进来那会儿，不，我割肉的那会儿……有个挺重要的东西，我一时想不起来了，你看没看到，帮我想想，哎，我这脑子……

是什么东西？

是文件？信？档案袋？我想不起来，只觉得挺重要，好像要局长签字……

我没看到，我说，我刚进来就出去了，当时我还晕头转向，根本就没往你桌子上看。

"是啊，要是看到了就告诉我。应当是个秘密级的文件，在外面可别多嘴。"

你就是到了也没用，那天的牌局没组织起来。在乒乓球室，师兄张军告诉我，那天他们刚坐好，一个电话就把杨处长叫走了，他说让等他，三个人一直等到九点他也没能回来。两个外单位的人一顿好骂。他擦了擦汗："是商局长叫的他。现在，单位，乱套啦。"张军探过头来：商局叫他，是因为有人告状，上级部门和市委、省委都有，说后勤马处长年龄造假、干部身份造假，而且属于混岗——他占的是办公室的编制。不知道马处长能不能过这一关。

哦。我点点头，这个消息，我已经从办公室钱娜、刘虹、账务处周平那里听到了，不过我还是做出第一次听到的样子。"查呐，这和商局长有什么关系，都是前任留下的……"你是真傻还是假傻，查起来无论是前任还是现任的事，商局都摆脱不了关系，至少他管理能力会遭到怀疑。再说，后勤和领导，他掌握你的事太多了，你要不想办法保他，惹毛他背后一刀……商局可能有意提马处，这不，告状信就来了。

我听说，商局不是承诺提我们科长吗……

老皇历啦，可能也就你们科长还抱着热罐子。哼，你们科长也被告过，有小三儿，受贿索贿，好像，也有年龄学历造假的事。单位想提谁，一有动议和苗头，你看吧，脏水污水就一起来啦，告状信满天飞……你知道赵宪亮为什么走？让人告的，待不下去了。领导也没真想保他，毕竟是前任局长的事儿。现在在农贸商场摆摊卖服装，混得很差。

"我不认识他。"

他的事总听说过吧？你们科长就没和你说过？"说过。"

张军说，现在单位，真是乱。没有谁和谁真心，没有谁和谁真配合，都怪商局，要当时快刀斩乱麻早早定下这个副局长事就少很多，现在倒好，这个位置谁都想争，成了烫手山芋……对了，据说这次，告状信是你们科长写的。

"不可能！"

怎么不可能？我知道你在人家手下不便说什么，商局他都怀疑……这事千万别告诉你们科长！整个单位，都觉得你们科长的嫌疑最大。我告诉你，你们科长，为了往上爬什么事都做得出来。

我说，我不认同，我跟科长两年多，他也就是对工作苛刻些，再说人家干了这么多年，快退休了，想当副局也是正常的，我就不信陈处长就没这个想法……

陈处长当然有，但他在明处，人家坦荡荡地争，可你们科长……总使阴招，小伎俩，明明想着却说我不要，我不要……前几天我得罪他了，他和你说了没有？

"没有。"

那我也不跟你说了。我知道他不愿意你和我来往，你们科长的阵营感特强，我猜，他平时没少说我们坏话吧？

"没有，"我说，"他可能不喜欢我们这些年轻人总在一起，看不惯，但他从没说过别人的坏话。不过，我觉得最近，他确实和马处长有些……他受到了马处的刁难。当然他没有这样说，听话听音，我猜测。"

他当然不明说了，你们科长，怎么会让人抓住他的把柄？张军说走吧，不玩了，今天有点累。"不是张群、李绪也总是玩吗，今天怎么就咱俩？"他们玩得少，前任的时候他们下班后都不回家，天天在球室，商局不喜欢乒乓球喜欢钓鱼，这不，乒乓球室就冷清多了。张军拍拍我的肩，在我们这个单位，打球打牌钓鱼养花也都是政治。别的单位也好不到哪里去，要到关键部门，更是。一切都是学问啊。你知道不，你们科长也打过一段时间球，说实话他是我们中间打得最好的，但他无论想什么法儿出多大力，始终胜不了关局长。兄弟，来这么长时间了，你也应当多了解了解，有好处。

我说，我喃喃地说，我是了解少。师兄以后多教我，提醒着我点儿。像我这种人，我知道自己笨，有些东西学也学不来，还是老老实实、本本分分地干活算了……

靠，跟我少来这套，要是别人，我也这样说——别以为我不知道你是怎么想的。咱们得相互照应，抱成团，否则的话就只有让人欺侮的份儿了。过几天一起打牌，当作政治任务来看！有的领导，考察干部都在牌桌上……有两个提副科的职数你知道不？有人说话有人帮腔，成功率会大些，就是这次不成领导也会想着你。别不当回事儿。

行，师兄一定叫我。

科长向我证实，两个副科职数的空岗是真的。"还拿什么茶叶！我们用得着吗！回头你拿回去，我不要。"——也不是，茶叶是我叔叔带来的，我父亲不喝茶，他说怕浪费了让我带给你。"那好吧。我收下。别总这样。我当然会推荐你，我尽力。局长对你也有印象。你要做的就是，努力工作，更努力工作，个人进步的问题，组织想着呢。"随后，他沉吟一下，你不利的地方是，年轻，资历浅，比你早进来五六年的都还没提——在人事问题上，组织一向是谨慎的，认真的，若不然这事也就早定下来

278

了。"我，我不是非要……我只是想……"我吞吐了一下，然后按张军教我的，"科长，我这个人，也只会干工作，别的什么就交给科长你了，谁让我是你的兵呢！如果需要，我是不是也去领导那走动一下……"嗯……科长沉吟了一下，也不是不可以……这样，我先为你打探一下局长的口风，人事的事儿不是领导一个人能定的，要上会，当然关键作用在他。如果有可能，你就去一下。你过去，也就是加深一下印象，说明你的想法，咱们局长和我一样，不喜欢歪的邪的。"好。"

从科长办公室出来我遇到了刘虹，她用胖手拍拍我的肩膀："小李，我正找你呢。晚上几个朋友聚聚，我老公出差回来带回了法国红酒，正宗的，一定要到啊。咱们去一个会馆，那里条件挺不错的。我没叫任何领导。""我现在不敢确定，只要不加班，我就一定过去。""必须过去。老姐要求，你还不听？"

晚宴。本来是一出好戏剧，就是我这样有些木讷的人也看得出来，叽叽喳喳的女性们一边赞叹刘虹衣服的漂亮和LV包，一边按照《甄嬛传》里面的人物分配：刘虹是华妃，钱娜是曹贵人，后勤处的安群环主动选择：我是流朱，在电脑的测试中就是这样的！"拉倒吧！"刘虹笑着推她一把，"安小主，你干吗非要降低身份啊，你唱歌唱得好，又那么……古典，对了而且你还姓安！安陵容，你是！""我才不想当安陵容呢，我的性格和她不像。""你以为我就想当华妃啊，我有那么霸道吗？我觉得我是眉庄才对！可你们非要我当，我就当这个华妃！不过敢爱敢恨也真是我的性格，对我好的人我当然会好好记得，我会加倍地对他

279

好。"师兄张军凑过去，他挂出嬉皮笑脸的表情："华妃，我知道你对我好！你们都对我好！朕，爱新觉罗·胤禛……"

"呸，呸呸，"女性们笑得更加叽叽喳喳，"你，你少想占我们便宜！最多是个温实初。""哪儿哪儿，张哥是苏培盛！好人！张哥可是好人一个，就是缺点什么……""缺什么缺什么？你咋知道的？""去去去……刘虹，你再没正经，我们就让你老公狠狠治你……"——那，我不是皇帝，谁是皇帝？妹夫，小李，还是商局？"真是狗嘴，看不掰下你的牙来！你妹夫，他倒想当皇帝！你问曹贵人安常在愿意不！"

晚宴。本来是一出好戏剧，就连我这样木讷的人也看得出来，大家推杯换盏显得热烈而尽兴，然而由于孟仁的喝醉——起初，我们并未意识到他醉了，大家的注意力不在他的身上，这是实话，我也没有过多地注意到他——"你们，哈哈哈。小丑。"他反复说着，"你们，小丑。你们，这些小丑。"

"你怎么啦？"刘虹转向张军，"都怪你，非要和他干三杯，你不知道他酒量不行啊。""心疼酒啦？"张军还保持着嬉皮笑脸，他拍拍刘虹丈夫的肩，"真是好酒啊。感谢妹夫。妹夫，比妹妹大方多了，我再和你喝三杯，你心疼不？"刘虹丈夫的笑略显僵硬："张哥，她不是心疼酒，她是……"

"你们，这些小丑。"孟仁呆呆地笑着，他用手指一一指点着我们，"小丑。小丑。"

"小李，他喝多了，你把他送回家吧。"张军看了看我。我说，好，我送他。谢谢刘姐和姐夫。"看你，兄弟，麻烦你了，也没让你尽兴。下次，下次姐补偿，专门请你！"

一路走得跌跌撞撞，路边吐过两次的孟仁依然反复不停："小丑，你们，小丑。哈哈你们这些小丑。"他拉着我的手，然后用另一只手指着自己鼻子，"我也是小丑，我他妈更是小丑。"

他拒绝回家。我只得按照他的要求把他送回单位。洗了把脸，不断打着嗝的孟仁清醒多了。"兄弟，我真是喝多了。"他拉着我的手，不肯松开，"我，哦，我控制不了自己。哦。刚才，哦，我没说胡话吧？"

都是自家兄弟，没关系。我对他说，你没说别的，倒也不算什么。"你说，我说什么了？"你就是说，小丑，你们小丑。"丢人啊，丢人啊。"说着，孟仁拉开抽屉，从里面取出刀子——孟哥，你干什么？我抓住他的手，孟哥，算了，现在算了，你这样子，会伤着自己的。"没事儿，我有分寸。"虽然这样说，但孟仁还是把刀子丢在桌上。

"丢人啊。哦，喝什么酒啊。"

谁都有喝醉的时候。我说。孟哥，你休息会儿，咱们回家，别着凉了……

"你给我坐下！"孟仁低着脑袋，但语气不容置疑，"小李，我和你说，你先听我说。哦，你孟哥这么多年哦不是什么事都看不出来，哦，不是看不明白。今天是什么宴？她刘虹什么意思你不是不知道吧？你不知道！你不知道哦。她叫我的时候我就知道。小丑，我说小丑是什么意思？你不知道，你不知道哦。她刘虹什么时候请我们，都有个时间点，哦，一次一次……哦人家有钱，有势，有靠山，这个时候拉我们一把……什么意思？你肯定知道什么意思。吃人家嘴短，你还好意思和人家争，哦，还好意思……再说，人家也是在摆实力，实力，把别人吓回去，兄弟啊，你孟哥不是看不出来，我看不惯她那副嘴脸！我就看不惯她那副嘴脸！小李，你把我送回来了，我跟你说，哦，我知道你和你孟哥是一样的人，我们安安分分，不和别人争，可别拿我们当傻子！对不对？她那些事儿……这次，她是志在必得！哦你别说，还真可能就她得上。她要是得上，我们可就没好日子过啦兄弟啊。她只会想着自己绝不肯让别人得一点儿的好。她可坏着呢阴着呢，为了往上爬，为了得好处，什么事都做得出来。上次省局评选，她故意拖着，等最后一天才汇报，那时要上报的材料都备不齐，只得作废了——你孟哥和张军，和王世云都够条件；还有，哦，我们工资全省最低，最低什么概念？除了几个领导的，领导的她不敢。她就是卡着你，让你少得一点是一点……"

孟哥，你喝点水。

"别打断我。我的心里跟明镜似的。整个办公室的人都让着她，甚至都怕她，为什么？你别说办公室的人，就连商局都得让着她！哦，人家有钱。那钱是怎么来的？兄弟你我都清楚，怎么来的？哦，我们都清楚。人家把单位的领导上上下下都买通啦！都向着她说话，不向着也不行啊。她和谁好你知道不……你小子别装，你知道，单位上没人不知道，我也告诉你，你别以为哦你们科长会为你说话，甭想，他会权衡……我告诉你都是小丑，一个个都是，你知道不？你看看大家的表现！我也是，我承认哦我

282

也是，我就他妈一个天天嘻嘻哈哈有泪往肚子里咽的小丑！谁也别说谁，谁也高不到哪里去。我跟你说，哦，兄弟，我跟你说，有人问刘虹，你不是说你给我们送两台惠普彩电吗，你嫂子可是等着呢——你说，你说这是什么？明着要！真他妈的不要脸！这事你听说过不？我知道你知道，你小子也跟我玩城府，嫩着呢。咱单位没人不知道这事儿。你别装，小李啊，你哦，别给我装，都是小丑，你孟哥坦荡荡承认自己是。你孟哥今天喝多了点儿我承认我也想这个副科哦我他妈学历没造假我天天看王八蛋们的脸色天天早来晚走我为的是什么小李你也别瞧不起你孟哥你孟哥也就是小丑你也别瞧不起你孟哥瞧不起孟哥就是瞧不起你自己……"

孟哥，你喝点水。不早了，我们走吧。

"好吧。你先走，我再待会儿。"孟仁继续低着头，"兄弟，我喝多了。说什么你也别往心里去。我是憋屈啊。我憋屈着，还得赔着笑脸，还得装着不在乎，还不能把憋屈在家里显出来……当个人，真他妈的不容易。小李，我说得多说得少，你别往心里去。"

没事儿，孟哥。

"你先走。我再……你看到这刀子没有？我们每个人一把，你知道，我也知道。每人一把干什么？剜自己的肉。剜自己的肉干吗？你知道我也知道。可不剜不行啊，身不由己啦。"

我夺下他的刀子，孟哥，算了，今天算了，下班前，你应当早割过了。这事儿应付应付就行啦。干什么非要和自己别扭。

"我不痛快！我想再割一遍！是兄弟不，是兄弟就甭管我！"

……说起我的生活，我的工作……我的生活无非那些，一天二十四小时，白天和黑夜，上班下班，看看电视玩玩游戏，太阳每天都是旧的，有时它还会完整地藏在雾霾里；至于我的工作，也不过收发文件、写写公文，完成领导交办的其他事项，和同事们聊天喝茶，国事家事单位事个人事事事都关心一下……它是平静的，即使在那些似乎有着暗流的日子里。要说暗流，其实也是天天都有，只是起伏不同，强度不同而已。那些日子，我们在国事家事之后，单位事成为了核心，各自的"关系"则是核心中的核心，在那些日子里，我听到：我们科长和后勤的马处吵了一架，都闹到商局那里去了，表面上是因为一次车票和餐费的报销，本质上则是另外的较量。刘虹给商局送了一个黑色的箱子，里面是钱，本来商局准备是收下的，后来因种种原因他无法满足刘虹的要求，便将箱子退给了刘虹——这么隐秘的事儿本不应让外人知道，之所以大家知道了，原因自然出在刘虹身上——她说里面的钱少了。她咽不下这口气。于是她和一个要好的朋友诉苦，于是，整个单位都知道了，于是，商局也听闻到传言。至于商局会怎么处理，现在还不得而知。审计处杨处长和商局之间最近关系微妙，这在表面上当然看不出来，反而显得更亲近些——商局在某个私下的场合表达了对杨处的不满，用的是很严厉的词：口是心非的小人。这当然会传入杨处支着的耳朵里，不过人家杨处，却消化了它，至少表面如此。利用手段，张群和我们垂直部门的一个退休职工搭上了关系，这名老职工虽然无职无权，但他是某领导的岳父，于是——"真他妈的处心积虑！"向我传

284

递信息的张军自然忘不了怒骂，这意味着，一只乌鸦毫不费力地叼走了一块肥肉，余下的十几个光头只能挣抢最后的一把梳子。

"孟仁没有机会。不会来事儿，不会有谁想着他。他的牢骚也太多，换谁也不爱听。"

"钱娜也不是不想，她是清楚自己的实力。那天，我看见她从商局屋里出来，眼圈都是红的。女性，即使丑点胖点，跟领导接近的机会也比你我多。"

"你科长，我告诉你他不会为你说话，他才不呢。他想的是自己的……他要上位了，也许你还有戏，不过牺牲掉你让自己显得公平的可能性更大。除了工作关系，你和他又没别的什么。他也去上面找人了。"

"小李，你，我，钱娜，咱仨肯定没有机会。看他们争吧，看他们的笑话吧，你看看那些嘴脸！"

"可能，要干部职工投票。要是真的需要，请兄弟拉我一把。我不是冲着职务来的，你也知道你哥不是那种热衷于……我想要机会能为大家做点事儿，做点好事儿。你看他们现在……兄弟，你也得上上心，我们都知道你在工作上的努力，但光靠工作努力是不行的。这次帮哥，下次我帮你。"

…………

说起我的生活，我的工作，真的无非是这些，它就像巨大的泥沼——这不是我的比喻，而是孟仁的，他还说，整日沉在这个泥沼里的都是酱缸里的蛆虫，真是无聊，无趣——干点什么都比这样强！对此，张军师兄嗤之以鼻：屁话，他是想当蛆虫而不得，他要是能当成，肯定比谁当得都痛快。你别听他的，虚伪。

尽管如此，张军还是对泥沼的比喻表示认同：就是泥沼。那还能怎样？反正我不想当处在最底端的那个，像孟仁这样。看门的老头儿都不给他好脸色，人家也知道，这个人不会发达。他没有发达的那天。

不过，张军笑得有些诡异，不过，别看他孟仁天天抱怨，说这样的日子不值得，要真让他放弃他还真舍不得。你信不？我点点头：我信。你们科长这次是彻底把商局得罪了。在商局任上，他肯定没戏。张军再次问我，你信不？

我不知道。不过最近，我们科长似乎真的是，怎么说，和之前有些不同，而且提到商局，也不再是以前的语态。我不知道发生了什么，当然也不会去问。你信不？张军再次追问，他的表情里带着小小的得意——"我不知道。"

但我知道。张军拍拍我的肩膀，人啊。他说的就是"人啊"，这么无来由的一句。我站着，不知道该用怎样的表情和举动来回应他。

这时，电话响了。是科长的声音。

一路上，科长阴着脸，他随着车的摇晃而摇晃着，仿佛从上车的那刻起他就进入了睡眠，不过即使在梦里也并不开心。有几次，我想寻找个机会，但话到嘴边还是咽了下去，它不合适，时机大约也不合适。

突然，科长问我，刘虹的事知道了吧？

286

"什么事？"我愣了一下，"她怎么啦？"

科长继续闭着眼睛，他摇晃得更厉害了。"她能有什么事……"我沉吟了一下，"前几天，我们还参加了一个聚会，都是年轻人，刘虹组织的……你说的，不是这事吧？"

我继续在想："三四天前我还看到过她。还说了句话，内容就是打个招呼，没别的。她那时……没什么不同。我真没看出什么不同。对了，最近几天似乎没见到她，你让我弄那两份上报材料，我就基本没出门……"

"她住院了。"科长继续言简意赅，始终，他都没有把眼睛睁开。

"住院？为什么？"我再次表示不解，是真的不解，"她身体……出什么事了？看她平时……"

"无中生有。你看看现在这个单位。"科长终于睁开眼，瞄了一下给我们开车的王国亮，"写匿名信，打小报告，总怕别人好那么一点点。这样的人不会有什么好下场。"接着，他说，"她在割肉的时候没注意，狠了些，伤到了气管。别看她表面上风风火火的。"

"这个规定该废止了。"说完，科长又闭上了眼睛。

图书在版编目 (CIP) 数据

封在石头里的梦 / 李浩著. — 北京：北京十月文
艺出版社，2018.1
ISBN 978-7-5302-1737-5

Ⅰ. ①封… Ⅱ. ①李… Ⅲ. ①中篇小说—小说集—中
国—当代 Ⅳ. ① I247.5

中国版本图书馆 CIP 数据核字 (2017) 第 214660 号

封在石头里的梦
FENGZAI SHITOULI DE MENG
李浩 著

出　　版　北京出版集团公司
　　　　　北京十月文艺出版社
地　　址　北京北三环中路 6 号
邮　　编　100120
网　　址　www.bph.com.cn
发　　行　新经典发行有限公司
　　　　　电话（010）68423599
经　　销　新华书店
印　　刷　北京盛通印刷股份有限公司
版　　次　2018 年 1 月第 1 版
　　　　　2018 年 1 月第 1 次印刷
开　　本　850 毫米 ×1168 毫米 1/32
印　　张　9.25
字　　数　165 千字
书　　号　ISBN 978-7-5302-1737-5
定　　价　38.00 元
质量监督电话　010-58572393
如有印装质量问题，由本社负责调换。